Carl Hagenbeck

Von Tieren und Menschen

SEVERUS

Hagenbeck, Carl: Von Tieren und Menschen
Hamburg, SEVERUS Verlag 2012
Nachdruck der Originalausgabe von 1908

ISBN: 978-3-86347-344-0
Druck: SEVERUS Verlag, Hamburg, 2012

Der SEVERUS Verlag ist ein Imprint der Diplomica Verlag
GmbH.

**Bibliografische Information der Deutschen
Nationalbibliothek:**
Die Deutsche Nationalbibliothek verzeichnet diese Publikation in
der Deutschen Nationalbibliografie; detaillierte bibliografische
Daten sind im Internet über http://dnb.d-nb.de abrufbar.

Von Tieren und Menschen

Erlebnisse und Erfahrungen

von

Carl Hagenbeck

*

Mit zahlreichen Bildern

*

Wohlfeile Ausgabe

Steingruppen in Stellingen

Inhalt

Erster Abschnitt

I.

Jugenderinnerungen

Die Welt stand noch nicht im Zeichen des Verkehrs, als
ich meine Knabenzeit verlebte. Vom Geräusch und Ge-
triebe, das heute die Weltstadt Hamburg erfüllt, war noch
wenig zu bemerken. Durch die Straßen des lustigen alten
Hamburgs wandelten noch neben dem Ausrufer des Senats,
der seine große Glocke schwang, die seltsamsten Originale,
irgendwo in den Vorstädten fand fast in jeder Jahreszeit
der fröhliche Trubel eines Jahrmarktes statt, und um die
Weihnachtszeit wurden nahezu alle freien Plätze der Stadt
dem berühmten „Hamburger Dom"[1]) dienstbar gemacht, der
inzwischen vieles von seiner Originalität verloren hat.

Wenn ich jetzt meinen Blick über die weiten Gründe des
Stellinger Tierparkes schweifen lasse, mit seinen grünen
Matten und ragenden künstlichen Gebirgsformationen, zwischen denen Tausende von Besuchern sich des Anblicks der
lebenden Tierpanoramen erfreuen, dann will es mir fast
wie ein Traum erscheinen, daß der alte Hamburger Dom
mit dem Tierparadies von Stellingen durch ein festes Band
verknüpft ist.

Deutlich sehe ich noch den mit verschneiten Buden bedeckten Großneumarkt vor mir, wie er sich zur Weihnachtszeit ausnahm. Die Hände in den Taschen, vor Kälte von
einem Fuß auf den andern hüpfend, drängte sich das Jun-
genvolk vor den lockenden Auslagen mit Zuckerwerk, Spielsachen und duftendem Schmalzgebäck, aber mehr noch vor
den mechanischen Theatern, Wachsfigurenkabinetts und Buden mit menschenfresserischen Wilden und seltenen Tieren.

---

[1]) Weihnachtsmarkt in Hamburg, der in früheren Jahrhunderten, in ganz einfacher Form, in den Vorhallen der Hamburger Domkirche abgehalten wurde.

Auf dem alten „Dom" konnte man noch allen Ernstes die
Seejungfer und ähnliche Fabeltiere leibhaftig zu sehen bekommen. Vor den Buden gingen die Ausrufer hastig auf
und ab, denn auch sie froren, und ließen laut ihre einladen-
den Stimmen erschallen. Einer von ihnen war der „Schauspieler" Schwanenhals oder, wie er sich selbst nannte, Swonenhals, ein origineller Mensch, der sich für alle möglichen
Dienstleistungen anwerben ließ. Jetzt also, an einem Win-
terabend des Jahres 1853, schritt Swonenhals auf dem
Großneumarkt vor einer Schaubude auf und ab und rief
immer wieder die denkwürdigen Worte in das staunende
Publikum:

„Immer hereinspaziert, meine Herrschaften! Hier ist zu
sehen: das größte Schwein der Welt! So etwas muß man
gesehen haben, das ist kolossal, das ist unglaublich, das ist
noch nicht dagewesen! Das Riesenschwein, meine Herrschaften, persönlich hier in Augenschein zu nehmen. Erwachsene zahlen einen Schilling, Kinder die Hälfte!"

Diesen Text unterstützte ein mächtiges Schild, auf dem
das Schwein so groß wie ein Nilpferd abgebildet war.

Was aber das Merkwürdigste an dieser Bude auf
dem alten Hamburger Dom für mich ist, das ist die Tatsache, daß auch jenes primitive Unternehmen den Namen
Hagenbeck trug, ja, daß diese oder eine andere ähnliche
Schaustellung aus vergangener Zeit die Wurzel war, aus
welcher das weitverzweigte Unternehmen, das jetzt in
Stellingen zentralisiert ist, im Laufe eines halben Jahr-
hunderts emporwuchs.

Der Unternehmer, der das Riesenschwein auf dem Großneumarkt einem verehrlichen Publikum vorführte, war mein
lieber Vater, der das Tier, das in der Tat neunhundert
Pfund wog, von einem alten Tierarzt gekauft hatte. In
jenen Jahren pflegte mein Vater die Domzeit nie vorüber-
gehen zu lassen, ohne irgendeine seltene oder merkwürdige
Erscheinung aus der Tierwelt auszustellen. Es kamen dabei
freilich die ergötzlichsten, heute ganz unmöglich gewordenen
Täuschungen vor, die man selbst in einem amerikanischen
Groschenmuseum nicht mehr ungestraft wagen dürfte. Eines
Tages wurde meinem Vater von dem Kapitän eines im
Hamburger Hafen angekommenen Schiffes ein Vicunna-

Lama angeboten, das sofort für sechzig Taler gekauft und
zur öffentlichen Ausstellung bestimmt wurde. Alle Vorbereitungen wurden getroffen, und unter anderem auch ein
großes Aushängeschild beim alten Maler Gehrts bestellt,
aber — o weh! Ehe die neue Attraktion zur Schau gestellt
werden konnte, segnete sie das Zeitliche. Das Lama ging
ein. Was tun? Das teure Schild, das zwölf Taler gekostet
hatte, in den Winkel stellen? Unmöglich. Zu dem Schild
mußte in den Gefilden Hamburgs ein neues Vicunna erjagt werden. Mein Vater fand ein solches in Gestalt eines
ganz gewöhnlichen Rehs, das er kaufte und nun ganz un-
verfroren als Lama den Besuchern zeigen ließ. Solche
Scherze durfte man sich damals ohne weiteres erlauben;
man war in der Zoologie noch nicht so gut bewandert wie
heute, holte man doch seine Kenntnisse aus umherziehenden
Menagerien, die sich noch ganz andere Unterschiebungen
gestatteten.

Die Anfänge des Tiergeschäfts, soweit es mit meinem
Hause verknüpft ist, liegen indes noch weiter zurück. Was
mich selbst betrifft, so kann ich behaupten, daß mein ganzes
Leben, von der Wiege an, sich in unmittelbarer Verbindung
mit der Tierwelt abgespielt hat, denn mein Vater betrieb
in der Hamburger Vorstadt St. Pauli, wo ich am 10. Juni
1844 geboren bin, ein Fischgeschäft. Unmittelbar aus diesem
erwuchs auch der Tierhandel. Doch darf man aus dem
kleinen Domschwindel, der im lustigen alten Hamburg nichts
bedeutete, keine falschen Schlüsse ziehen. Befand sich doch
auf dem Dom die berühmte Bude „Hamburg bei Nacht",
in die man den Besucher gegen einen Schilling Entgelt
vorne hineinließ, um ihn hinten einfach wieder hinauszu-
lassen, auf die Straße: da hatte er Hamburg bei Nacht.

In meiner Erinnerung steht die Gestalt meines Vaters
als die eines aufrechten, scharf umrissenen Charakters. Er
war ein Mann von unerschütterlichen Grundsätzen und großen Gesichtspunkten. Dankerfüllt muß ich sagen, daß zu
allem, was erreicht worden ist, er den Grundstein gelegt
hat. In seinem Charakter paarte sich großer Lebensernst
mit einer freundlichen Umgangsform. Sein Spruch war bei
allen Gelegenheiten: Mit dem Hute in der Hand kommt
man durch das ganze Land. Die praktische Nutzanwendung

dieses Spruches ist mir als Knabe so oft begreiflich gemacht worden, daß er mir in Fleisch und Blut übergegangen
ist, und daß ich ihn, glaube ich, auf die Meinigen wieder
vererbt habe. Hinter äußerer Strenge, die mein Vater in
der Erziehung seiner Kinder beobachtete, verbarg sich eine
große Herzensgüte. Der Stock spielte in der Erziehung
keine Rolle, schon durch das Vorbild des Vaters, der ganz
aus Tätigkeit, Pünktlichkeit und Sparsamkeit zusammengesetzt war, lernten wir Kinder in seinem Geiste zu leben.
Nur ein einziges Mal entsinne ich mich, Prügel bekommen
zu haben: der Vater hatte mich rufen lassen, und ich war
trotzdem nicht rechtzeitig zu Tisch gekommen. Seitdem ge-
wöhnte ich mich an strenge Pünktlichkeit. Gab es zwischen
den Kindern einmal einen Streit, so genügte ein lautes
„Hallo, hallo!" oder ein „Nana!", und alles war still. Ganz
besonders wurden wir zum Sparen angehalten; nichts, was
irgendwie von Wert sein konnte, durfte verlorengehen. So
wurden zum Beispiel die Nägel, die sich beim Öffnen der
Kisten krumm bogen, wieder gerade geklopft und noch einmal verwendet. Als eine Art Talisman trug mein Vater
das erste größere Geldstück, das er in seiner Jugend verdient hatte, stets in der Tasche, und als ein teures Ver-
mächtnis ist dieses alte Geldstück jetzt mein ständiger Begleiter. Für die Arbeit, die wir Kinder schon frühzeitig im
Geschäft leisten mußten, erhielten wir eine bestimmte Ent-
lohnung, die jedes Kind eigenhändig in eine tönerne Spar-
büchse stecken mußte. Zu Weihnachten wurden dann diese
Spardosen zerschlagen und das Geld in Silber und auch
Goldbukaten umgewechselt. Die meinigen besitze ich heute
noch.

Wir waren drei Knaben und vier Mädchen, wovon jetzt
noch, außer mir, mein Bruder Wilhelm und meine Schwester, Frau Umlauff, am Leben sind. Meine Mutter starb
im Frühling 1865. Durch eine zweite Ehe, welche mein
Vater später wieder einging, besitze ich noch zwei Halb-
brüder, John Hagenbeck in Colombo auf Ceylon und
Gustav Hagenbeck in Hamburg.

Meine ganze arbeitsreiche Knabenzeit hat sich zwischen
dem Fischgeschäft, das aus kleinen Anfängen zu großen
Dimensionen erwuchs, und dem beginnenden Tierhandel ab-

gespielt. In die Schule ging ich nur, wenn Zeit dazu vorhanden war, höchstens drei Monate im Jahre. Die Ele-
mentarweisheiten wurden mir in einer Mädchenschule, bei
Mutter Feind in der Friedrichstraße auf St. Pauli, ein-
getrichtert. Erst von meinem zwölften Jahre ab erhielt der
Schulbesuch mehr Regelmäßigkeit. Mein Vater verschloß
sich keineswegs dem Segen der Bildung, und ein ange-
messenes Teil schien ihm durchaus notwendig, aber er stellte,
ganz im heutigen amerikanischen Geiste, den frühzeitigen
praktischen Erwerb ebenso hoch. Er pflegte zu sagen: „Pa-
sters süllt je nich warden, aber reeken und schriben mutt je
lönen!"[1] Als später das aufblühende Geschäft Verbindung
mit Frankreich und England anknüpfte, bewährte sich der
weite Blick meines Vaters, und da hieß es: „Dat nützt nix,
englisch und franzeusch mußt du ool noch leern."[2] In den
wenigen noch übrigbleibenden Schuljahren wurde dann der
Grund in den höheren Fächern und auch in Sprachen gelegt; allein in der Hauptsache blieb der Erwerb derjenigen
Kenntnisse, die zu einer ausgebreiteten Geschäftsbetätigung
nötig sind, jener hohen und höchsten Schule vorbehalten,
die man praktisches Leben nennt.

Die Haupttätigkeit im Fischgeschäft fiel in den Sommer.
Damals kamen noch massenhaft die jetzt brandteuren Störe
auf den Markt, und mein Vater war einer der Hauptabnehmer. Er hatte sogar eine Anzahl von Fischern gegen
festes Gehalt in seinem Dienst, die alles, was sich in ihren
Netzen fing, abliefern mußten. Von März bis Juli zogen
die Fische aus dem Meere elbaufwärts, um zu laichen und
sich, freilich wider Willen, in langen, großen Netzen fangen
zu lassen. Wir kauften und verarbeiteten in jeder Saison
durchschnittlich 4000—5000 Störe. Unter Verarbeitung ist
die Gewinnung des Kaviars und das Räuchern des Flei-
sches zu verstehen. Sicherlich ist es für den Leser, der nicht
tief genug in die Tasche greifen kann, um die Bedürfnisse
des Lebens zu decken, auch von Interesse, etwas über die
damaligen Preise zu erfahren. Ein Pfund geräuchertes

---

[1] Pastoren sollt ihr nicht werden, aber rechnen und schreiben
müßt ihr können.
[2] Das nützt nichts, englisch und französisch mußt du auch
noch lernen.

Störfleisch galt bereits als teuer, wenn es mit 4—5 Hamburger Schillingen, das sind 32—40 Pfennig nach heutigem Geld, bezahlt werden mußte. Jetzt kostet das Pfund Störfleisch 2,50 bis 3 Mark, also das Achtfache. Der Preis für einen gewöhnlichen Milchstör war 3—4 Mark kurant. Rogenstöre kosteten 10—12 Taler per Stück, je nach ihrer Größe. Alles dies weiß ich nicht nur vom Hörensagen, ich stand schon damals als zehnjähriger Junge mitten im Geschäft, und an manches Ereignis aus jener Zeit denke ich noch heute mit Vergnügen zurück. Wievielmal bin ich mit den Fischern hinausgezogen zum Fang und habe mit meinen Knabenhänden die mit harten Schuppen gepanzerten Kolosse aus den Netzen herausziehen helfen. Einmal fingen wir in der Nähe von Glückstadt ein Riesenexemplar, welches die stattliche Länge von dreizehn Fuß und eine entsprechende Stärke besaß. Die Beute entpuppte sich als ein Rogenstör, dem zweieinhalb Eimer Kaviar entnommen werden konnten. Der Rogen wurde damals mit 10—12 preußischen Talern per Eimer (15 Liter) bezahlt.

Das Feld meiner Knabentätigkeit lag aber nicht auf dem Wasser. An manchem Tage habe ich auf dem Hamburger Hopfenmarkt, wo ja auch heute noch gemarktet wird, ganz selbständig für hundert und mehr Taler Fische eingekauft. Zu Hause waren meine Geschwister und ich beim Ausnehmen des Kaviars behilflich, auch mußten die drei ältesten den Kaviar nach Hamburg zur Ablieferung bringen und die Blasen der Störe verarbeiten, die als Hausenblasen zu verschiedenen chemischen Zwecken verwendet wurden.

Von Mitte Juli ab begannen die Aale den Stören die Herrschaft streitig zu machen. In dieser Zeit, bis etwa Ende September, erhielt mein Vater große Aalsendungen aus Jütland, zuweilen wöchentlich bis zu 10 000 Pfund, die in Säcken verpackt waren. Bei dem Reinigen und Verarbeiten dieser Fische mußten wir natürlich heran. Was nicht gleich frisch abging, wurde in Fässer gepackt und später geräuchert und versandt. Auch im Herbst und Winter konnten wir die Hände keineswegs in den Schoß legen. Jetzt kamen die kleinen Fische dran. Heringe und Sprotten waren auf Eisendrähte zu ziehen — mir kribbelt es noch in den Fingern,

wenn ich an diese herrliche Arbeit zurückdenke. Man mußte
die Fische nämlich aus einer eisigen Pökel, worin sie ein=
gesalzen waren, herausnehmen und auf ebenso kalte Eisen=
drähte aufreihen. Da gab es manchmal verfrorene Hände,
aber Spaß machte die Sache uns Kindern doch, es wurde
sogar um die Wette gearbeitet, denn für jede zehn voll=
gezogenen Drähte erhielten wir einen Hamburger Schilling
als Arbeitslohn.

Von diesen Ereignissen aus der Jugendzeit kann ich un=
möglich scheiden, ohne zweier bekannter, ja berühmter Ham=
burger Originale zu gedenken, die seltsamerweise mit unserm
Hause ebenso verwachsen sind wie der Hamburger Dom.
Der eine war der alte „Aalweber", einer unserer treuesten
Kunden. Ich sehe ihn noch vor mir mit seiner hellen Jacke
und roten Weste, einen hohen, weißen Filzhut auf dem
Kopfe, am Arme aber den von einer Serviette bedeckten
Korb mit geräucherten Aalen. Wer kannte Aalweber nicht?
Morgens zog er mit einer Karre umher und hielt Bürsten
feil, und zwar auf ganz besondere Art. Er sprach nämlich
nur in Versen, die eine unendliche Länge hatten und eigent=
lich nie abrissen. Nachmittags zog Aalweber aber mit jenem
Artikel durch die Straßen, der ihm seinen Spitznamen ein=
gebracht hat. Damals gab es in Hamburg keinen Menschen,
der nicht einmal am Lämmermarkt= oder Waisengrüntage
vor Aalwebers Bude in der Kirchenallee zu St. Georg, da
wo jetzt das „Deutsche Schauspielhaus" steht, erschienen
oder sonstwie zu dem Genuß Aalweberscher Aale gekommen
wäre. Noch heute ist der Name dieses Originals nicht nur
bei alten, sondern auch bei jüngeren Hamburgern, die ihn
nie gesehen, lebendig. Wohl niemals hatte sich irgendein
Straßenverkäufer größerer Beliebtheit und Volkstümlichkeit
zu erfreuen. In einem in der Steinstraße gelegenen Thea=
ter brachte man sogar Aalweber, von einem jungen Schau=
spieler treffend dargestellt, auf die Bühne, und das Stück
— es hieß „Gustav oder der Maskenball" — hatte einen
ungeheuren Zulauf.

Das andere Original, das Aalweber an Berühmtheit
keineswegs nachsteht, war Dannenberg. Es wird mir schwer
werden, diesen ganz seltsamen Menschen zu schildern, trotz=
dem ich ihn in meiner Knabenzeit so genau kennengelernt

habe wie wenige. Dannenberg wohnte in der zweiten Etage
unseres Hauses in der Petersenstraße, und ich hatte natürlich stets freien Eintritt bei ihm. Schön war der berühmte
Mann gerade nicht, denn sein von einem schwarzen Backen-
bart umrahmtes Gesicht wurde durch eine eingesunkene Nase
entstellt. In den Ohren trug er kleine Ringe, wie man es
heute noch bei Seeleuten sieht. Dem unschönen Äußeren
stand aber ein um so anständigeres Innere gegenüber, und
Dannenberg entfaltete eine unglaubliche Tätigkeit. Es gab
keine Arbeit, die dieser Mann, der eigentlich von Beruf
Schauspieler war, nicht angegriffen hätte — nota bene für
Geld und gute Worte. Morgens sah man ihn als Ausrufer
durch die Vorstadt ziehen und mit lauter Stimme allerhand
Neuigkeiten ankündigen. Zuweilen, wenn er in städtischem
Auftrage Auktionen ankündigte, trug er eine große Glocke
in der Hand. Er begann seine öffentlichen Reden gewöhnlich
mit den Worten: „Hört, Lüd!" oder „Hört, ihr Hamburger
und Einwohner!", und dann ging's etwa in folgender Art
weiter:

„Door is hüt morgen groote Afschoon of der lange Reeg
bi Herrn Mittelstraß öber diberse Mobilien, Kleidungs-
stücken, Gold- un Sülbergeschirr, Koppergerät und sonstige
wertvolle Gegenstänn. Wer da Lust to köpen hätt, dee
koom klock tein, bring öber Geld mit!"[1]

Wenn ein Kind oder ein Hund sich berlaufen hatte, wenn
irgendwo frisch eingetroffene Eßwaren angekommen waren,
alles wurde von Dannenberg angekündigt. Gab es nichts
auszurufen, dann sah man den Tätigen Holz zerkleinern,
beim Umzug helfen und allerhand andere Verrichtungen be-
sorgen.

Eine besondere Aushilfestellung hatte Dannenberg bei
meinem Vater. Natürlich mußte er auch hier zunächst den
Ausrufer spielen, und alle St. Paulianer erinnern sich gewiß noch seiner großartigen Anpreisungen: „Hört, Lüd!
Frisch gerökerte warme Neesen! Bi Hogenbeck in de Peter-
stroot gitt dat acht dicke, fette, warme Neesen för eenen

---

[1] Hört, Leute, es ist heute morgen große Auktion auf der
Langenreihe bei Herrn M. über . . . Wer Lust zu kaufen hat,
der komme Schlag zehn Uhr, bringe aber Geld mit."

Schilling." Zu anderen Zeiten hatte dieser Mann für alles
uns drei älteste Kinder zu beaufsichtigen.

Die Glanzzeit Dannenbergs begann aber erst nachmittags, denn nun verwandelte sich der Ausrufer und Hilfs-
arbeiter in den Theaterdirektor, dessen problematischer
Ruhm selbst in die Annalen der Hamburger Theater-
geschichte Eingang gefunden hat. Wenn Dannenberg, als
Ritter der Vorzeit verkleidet, im blanken Harnisch, den Helm
auf dem Haupte und das gewaltige Schwert an der Seite,
die versunkene Nase durch rote Schminke verdeckt, vor seinem
Elysium-Theater auf St. Pauli stand, war er nicht wieder-
zuerkennen. Man entdeckte den St. Paulianer Ausrufer in
ihm erst wieder, wenn er den Mund öffnete und das Publikum, diesmal in gewähltem Hochdeutsch, seine Stimme immer drohender erhebend, zum Besuch der großen Tragödie
einlud. „Entree erster Platz vier, zweiter Platz zwei und
letzter Platz, ich schäme mich fast, es zu sagen, nur einen
Schilling." Mehr als einmal habe ich als Galeriebesucher
den Aufführungen beigewohnt und die heitersten Szenen
miterlebt. Mitten in die hochtrabendsten Reiterszenen sau-
sten zuweilen vom hohen Olymp herab faule Äpfel und
Eier auf die Bühne, und dann mußte erst einer der Schauspieler, während die Vorstellung unterbrochen wurde, im
Laufschritt nach der Galerie eilen, um die Übeltäter an die
Luft zu setzen. Das war also Dannenberg. Wer sich für seine
Persönlichkeit und sein Theater näher interessiert, der findet
eine gute Charakteristik und die heitersten Episoden in Bor-
cherdts Werk „Das lustige alte Hamburg" verzeichnet.

Der Beginn der Verwandlung des Fischgeschäftes, das
doch gewissermaßen nur eine Nahrungsmittelhandlung war,
in ein Tiergeschäft fällt in das Sturmjahr 1848. Anfang
März fingen die Fischer, die in diesem Jahre schon sehr früh
zum Störfang ausgezogen waren, sechs Seehunde in ihren
Netzen. Da die Fischer verpflichtet waren, den ganzen Fang
an meinen Vater abzuliefern, überbrachten sie ihm natürlich
auch diese Seehunde. Zu dem, was nun folgte, kann man
wirklich sagen: kleine Ursachen, große Wirkungen. Mein
Vater kam nämlich auf die glückliche Idee, die Tiere gegen
Entgelt sehen zu lassen, und stellte sie zu diesem Zwecke in
zwei großen Holzbottichen auf dem Spielbudenplatz in

St. Pauli gegen einen Schilling (acht Pfennig) Eintrittsgeld
aus. Mit dieser Schaustellung wurde ein ganz gutes Geschäft gemacht. Sie war die erste ihrer Art für meinen
Vater, da es sich diesmal nicht um Haustiere handelte, und
man kann wohl sagen, daß sich aus ihr das ganze Tiergeschäft entwickelt hat. Von einem Berliner Geschäftsfreunde
wurde es meinem Vater nahegelegt, die Seehunde auch in
Berlin zu zeigen — für den modernen Menschen eine sonderbare Idee, Seehunde nach der Reichshauptstadt zu bringen, um sie dort als große Seltenheit auszustellen. Damals
handelte es sich aber wirklich um eine Seltenheit, und die
Seehunde wurden also schleunigst in Krolls Garten untergebracht. Trotz der politischen Gärung war das Geschäft
gar nicht schlecht. Als aber die revolutionäre Bewegung
täglich zunahm, begann es meinem Vater in Berlin un-
gemütlich zu werden. Er verkaufte also die berühmten sechs
Seehunde an einen Berliner Unternehmer und reiste wieder
nach Hamburg zurück. Dieser Unternehmer hatte beklagens-
werterweise ein sehr schlechtes Gedächtnis, er ging nämlich
mit den Seehunden in die Weite und vergaß ganz, die
Rechnung zu bezahlen. Das war der Anfang des Tierhandels. Er war nicht so schlecht, wie es vielleicht aussieht,
denn mein Vater hatte nicht nur nichts verloren, sondern
durch die Schaustellung in Hamburg und Berlin noch ein
Sümmchen übrigbehalten.

Man muß nun nicht glauben, daß der Gewinn bei den
Schaustellungen und Tierankäufen, die jetzt folgten, allein
eine Rolle spielte, es kam bei meinem Vater eine angeborene Liebe für die Tiere hinzu, das kann ich mit gutem
Gewissen sagen. Ein Tiergeschäft, sei es klein oder groß,
ist ohne Liebe für die Tierwelt gar nicht denkbar. Mein
Vater war ein ganz besonders ausgesprochener Tierfreund,
das erhellt schon daraus, daß er sich stets Ziegen, eine Kuh,
einen Affen, einen sprechenden Papagei, Hühner, Gänse und
allerlei sonstiges Viehzeug hielt.

In den großen Räumlichkeiten, die zum Aufbewahren der
Räucherwaren dienten, stolzierten außerdem ein Paar
Pfauen. Die Menagerie war eigentlich schon fertig, noch
ehe jemand an ein Geschäft mit Tieren dachte.

Von meinem Vater muß die Liebe zur Tierwelt sicherlich

Singhalese mit Ochsen-Fuhrwerk

Indische Gaukler

King Dido mit zwei Frauen

Patagonier

Somali-Frauen

Ukubak mit Familie

durch Vererbung auf mich übergegangen sein. Wenigstens hat sich die Tierneigung bei mir schon in frühester Jugend und recht drastisch geäußert. Als zweijähriger Knirps brachte ich eines Tages in meiner Schürze zum Schrecken meiner guten Mutter acht lebendige junge Ratten ins Haus, die mir natürlich sofort abgenommen wurden. Resultat: ein fürchterliches Geschrei, das erst verstummte, als mein Vater auf den glücklichen Gedanken kam, mir statt der verschwundenen Ratten ein Paar junge Meerschweinchen zum Spielen zu geben, denn auch von diesen Viechern hielt er sich eine ganze Zucht zu seinem besonderen Vergnügen. Etwas später erhielt ich einen lebendigen Maulwurf geschenkt. Als Burg für den neuen Einwohner wurde eine große Tonne voll Sand hergerichtet. Die Hauptfrage war aber auch hier die Magenfrage. Allabendlich pilgerte ich mit meinen älteren Geschwistern zum Heiligengeistfeld, um Regenwürmer zu suchen, und hiermit hielten wir den Maulwurf auch über zwei Monate am Leben. Wahrscheinlich hätte er noch länger gelebt, wenn er nicht einem Unfall zum Opfer gefallen wäre. Während eines schweren Gewitterregens vergaßen wir, die Tonne zuzudecken, und so ertrank der arme Kerl in seiner eigenen Burg. Dies war die erste kleine Lehre, die ich bezüglich der Behandlung von Tieren empfing. Der Unfall ging meinem Kinderherzen sehr nahe, und wenn auch unbewußt, habe ich wohl aus ihm die Lehre zu größerer Vorsicht gezogen.

Einige Jahre später passierte mir ein weit eigenartigeres Unglück. Ich war bereits ein zwölfjähriger Junge und war mir infolge meiner beinahe selbständigen Tätigkeit in dem schon mehr und mehr erblühenden Tiergeschäft über mein eigenes Tun und Lassen völlig klar. Wir hatten auf unserm großen Hof ein halbes Dutzend Enten laufen, deren Gefieder sehr schmutzig geworden war. Da es den Tieren an Badegelegenheit fehlte, kam ich auf den Gedanken, ihnen diese zu verschaffen. Ich pumpte also ein leeres Seehundsbassin halb voll Wasser, ergriff meine Enten und setzte sie eine nach der andern ins Bad, wo sie sich lustig zu tummeln begannen. Ein Weilchen sah ich dem lebhaften Treiben mit Vergnügen zu, dann begab ich mich in unsere Wohnung in der Petersenstraße zum Mittagessen. Wie

groß aber war mein Erstaunen, als ich nach etwa zweieinhalb Stunden zurückkehrte und keine Enten mehr vor-
fand, weder auf dem Wasser noch im Hofe. Mit Hilfe
eines alten Wärters wurde das ganze Grundstück abgesucht
— ohne Erfolg. Da verstieg sich der Wärter zu dem für mich
damals sehr merkwürdigen Ausspruch: „Vielleicht sind die
Enten ertrunken." Ich war der Ansicht, das könne überhaupt gar nicht möglich sein, als wir aber das Bassin
untersuchten, fanden wir die sechs Enten still am Boden
liegen. Sie waren wirklich — ertrunken. Wegen des starren-
den Schmutzes hatte das Gefieder nicht genügend durch die
natürlichen Quellen des Körpers eingefettet werden
können und vermochte also das Wasser nicht abzuhalten.
Das Gefieder sog sich dadurch ganz voll Wasser, und seine
Schwere zog die Tiere in die Tiefe. Man hätte sie zunächst
nur in ganz seichtes Wasser setzen dürfen. Nun kann man
sich wohl denken, daß ich für diesen Streich von meinem
Vater nicht gerade gelobt wurde, es hatte aber doch für
mich sein Gutes, indem es mir eine Lehre für die Zukunft
war.

Mit dem Seehundsgeschäft war der Stein ins Rollen gekommen. In den nächsten Jahren wurde mit Erfolg auf
neue Seehunde gefahndet, die mein Vater aber nicht mehr
selbst ausstellte, sondern an reisende Schausteller weiter
verkaufte. Von diesen wurden die unschuldigen Tiere auf
Messen und Märkten als „Seejungfern" oder gar als „Walrosse" vorgeführt — unter dem taten es diese Leute nicht.
Im Juli 1852 wurde ein ausgewachsener Eisbär angeboten,
den Kapitän Main mit seinem Schiff „Der junge Gustav"
aus Grönland nach Hamburg gebracht hatte. Für ein solches
Ungetüm fand sich damals, als erst drei zoologische Gärten
existierten, so leicht kein Käufer. Kühnheit und Unter-
nehmungsgeist gehörten dazu, in diesen Eisbären sozusagen
Geld hineinzustecken. Mein Vater scheute sich indes nicht,
dies zu tun, und erstand den Eisbären nach langem Handeln
für 350 preußische Taler. Zufällig gelangten um dieselbe
Zeit eine gestreifte Hyäne sowie einige andere zu Schiff an-
gekommene Tiere und Vögel in seinen Besitz, und diese
ganze Menagerie wurde alsbald auf dem Spielbudenplatz
zu St. Pauli in dem damaligen Hühnermärderschen Museum

gegen vier Schilling Eintritt ausgestellt. Nun muß man nicht denken, daß einfach, sagen wir, eine Anzeige in die Zeitung gesetzt und auf das Publikum gewartet wurde. I wol Ein Ausrufer wurde vor die Tür gestellt, und was für einer! Der damals sehr bekannte Ausrufer Barmbecker wurde in einen roten Frackanzug gesteckt, wie ihn die dänischen Postbeamten als Uniform trugen; in die Händ bekam er ein riesiges Sprachrohr, und mit Hilfe dieses Instrumentes mußte er es in die staunende Menge hineintuten, daß hier der Rieseneisbär aus Grönland gegen nur vier Schilling Eintrittsgeld zu besichtigen sei. Solche Reklame mußte man zu jener Zeit machen, denn der Spielbudenplatz mit dem schon gekennzeichneten Mattler-Theater und seinem Direktor Dannenberg, mit seinen Karussells und Schaubuden verlangte starke Wirkungen.

An diese Schaustellungen schlossen sich dann alljährlich die Vorführungen auf dem Hamburger Dom an, die fast alle eines komischen Beigeschmacks nicht entbehrten.

Im Herbst des Jahres 1858 entsprang aus einem Wagen einer Menagerie der auf dem Transport nach Harburg befindliche Löwe „Prinz", ein prächtiges, ausgewachsenes Tier. Die erste Tat, die der Flüchtling vollführte, war die, daß er dem Pferde, welches den Wagen zog, an den Hals sprang und sich in seiner Gurgel festbiß. Ein kaltblütiger Knecht, der den Wagen begleitete, der später unter dem Ehrentitel „Der Löwe von Hamburg" bekannt gewordene Heinrich Rundshagen, warf dem Raubtier eine Schlinge um den Hals und erdrosselte es. Merkwürdigerweise zeigte man später nicht nur den ausgestopften Löwen für Geld, sondern auch Rundshagen, dem sein Heldentum zu Kopf gestiegen war, ließ sich für Geld sehen. In dem Dezember also, der auf diese weltbewegende Begebenheit folgte, ersann mein Vater eine ganz großartige Schaustellung, die heute natürlich keine Katze anlocken würde. In Gesellschaft mit dem alten Schuster Baum, auch einem Original des alten St. Pauli, wurde eine Nachahmung des Löwenrittes hergestellt und in einer Bude gegen einen Schilling Eintritt gezeigt. Das Kunstwerk bestand aus einer alten ausgestopften Löwenhaut, die am Nacken eines noch älteren ausgestopften Schimmels befestigt wurde. Beide Tiere ent-

2*

stammten dem Hühnermärderschen Museum, nur die Stellung wurde etwas umgeändert. Die Blutspuren am Nacken
des armen Schimmels stellte man durch aufgetropften Sie-
gellack her. Dieses Unternehmen erwies sich als außerordentlich gewinnbringend, dem Publikum gruselte vor Entsetzen, und der Löwenritt war wohl das beste Weihnachts-
geschäft, das mein Vater auf dem Dom bis dahin gemacht
hatte.

Während einer anderen Domzeit kam wieder einmal das
beliebte Riesenschwein dran. Dieses Mal war es ein großer
Eber der englischen Yorkshire-Rasse, die bekanntlich nur
schwach mit Borsten versehen ist. Dadurch kam einer der
Arbeiter meines Vaters auf die originelle Idee, das Tier
als eine ganz besondere Merkwürdigkeit, nämlich als nacktes
Riesenschwein, zu zeigen. Zu diesem Zwecke wurde der Eber
rasiert, doch ging die Sache nicht so leicht, wie man sich's
vorstellt, und das Schwein wurde infolgedessen auf das
jämmerlichste geschunden. Auf dem Schilde, welches oberhalb der Bude angebracht war, befand sich natürlich ein
Porträt des guten Schweines, etwa doppelt so groß, als
es in Wirklichkeit war, und darunter folgender Vers:

„Oft sah man schon ein großes Schwein,
    Doch niemals diesesgleichen;
    Drum tret' ein jeder hier herein,
    Die Größe zu vergleichen."

Ganz langsam begann nun, neben der Fischhandlung, das
Tiergeschäft sich zu entwickeln. Auf kleine Geschäfte folgten
größere, und die meisten waren mit Reisen verbunden, an
denen ich schon als Knabe teilnahm. Von da ab hat sich
mein halbes Leben sozusagen auf der Walze abgespielt,
ich habe mündliche Verhandlung der Schreiberei stets vor-
gezogen, auch damit die schönsten Erfolge erzielt; kurz, ehe
sich's jemand versah, saß ich schon auf der Eisenbahn oder
dem Dampfschiff. Seit meiner Knabenzeit hat sich, wie ich
glaube, diese Eigenschaft nicht im mindesten verändert.

Meine erste Geschäftsreise machte ich als elfjähriger
Junge in Begleitung meines Vaters nach Bremerhaven;
hier hatte ein Ship-Chandler einige Tiere zu verkaufen.
Damals mußte man noch, um mit der Eisenbahn von Ham-

burg nach Bremen zu gelangen, einen Umweg über Han=
nover machen; eine Fahrt nach Bremerhaven, die wir heute
gar nicht mehr in Rechnung ziehen, bedeutete damals also
wirklich eine Reise. Der Tiervorrat bestand aus einem
großen Waschbären, zwei amerikanischen Opossums, einigen
Affen und Papageien, die eingekauft und mit dem Dampf=
boot zunächst nach Bremen gebracht wurden; von hier
aus sollten sie den Weg nach Hamburg auf dem Deck der
„Diligence“ zurücklegen. Die Menagerie sollte also in lufti=
ger Höhe auf dem Dache der Postkutsche die Reise machen,
ein Wagnis, das denn auch nicht unbestraft blieb. Nachdem
die Postkutsche die ganze Nacht hindurchgerasselt war,
entdeckte man am Morgen in Harburg, daß einer der
Kasten leer sei. Der Waschbär hatte sich während der
Nacht zwischen den Holzstäben hindurchgenagt und das
Weite gesucht. Nie werde ich das Gesicht meines Vaters
vergessen, als er, sich hinter den Ohren kratzend, mit ver=
lorenen Blicken den leeren Kasten ansah. Der Waschbär
war und blieb indes verschwunden, und man durfte nicht
einmal Lärm schlagen, weil einem sonst ein ganzer Ratten=
schwanz von Prozessen hätte an den Hals geworfen wer=
den können; denn würde der flüchtige Gesell nicht bald er=
legt, dann standen für die Hofbesitzer und ihr Geflügel böse
Tage in Aussicht. Wirklich hat sich der Waschbär auch
noch volle zwei Jahre in der Lüneburger Heide umher=
getrieben, bis man das seltene Wild erlegte. Wir erfuhren
dies aus der Zeitung, verhielten uns aber natürlich mäus=
chenstill, und niemand, außer meinem Vater, dem Postillion
und mir, erfuhr jemals, wie der Waschbär in die Heide ge=
langt war.

An ähnlichen Episoden, die sich aber meistens im Hause
abspielten, war überhaupt kein Mangel. Mitten aus dem
schönsten Schlummer wurden wir einmal von einem Nacht=
wächter aufgerüttelt, der uns schreckensbleich mitteilte, daß
beim Millerntor in der Nähe des Stadtgrabens ein großer
Seehund umherrutsche. Sogleich machte mein Vater sich auf
den Weg, und ich als erster Assistent des Tiergeschäfts war
natürlich auch dabei. Das Glück kam uns zu Hilfe. Wir
konnten den Flüchtling eben noch erwischen, als er gerade
die steile Wallböschung, die zum Wasser des Stadtgrabens

führt, hinabrutschen wollte. Es war keine schwere Arbeit,
das Tier in einem unserer Seehundsnetze zu verwickeln und
nach unserm Quartier am Spielbudenplatz zurückzubringen.
Wäre der Seehund aber erst in das Wasser gelangt, so
hätte sich das Einfangen viel schwieriger gestaltet.

Ein anderes Mal, ebenfalls des Nachts, wurden wir von
unserem alten Wärter mit der Meldung überrascht, daß
eine gestreifte Hyäne, die am Abend vorher eingepackt
worden war und am nächsten Morgen verschickt werden
sollte, ausgebrochen sei. Mein Vater bekam keinen geringen
Schreck, denn wir hatten damals noch keine Erfahrung in
dem Umgang mit solchen Raubtieren. Zur Hilfe wurden
ich und meine älteste Schwester mitgenommen, denn der
Wärter war schon ein alter Mann, hoch in den Siebzigern,
auf den man nicht rechnen konnte, und dann ging's nach
dem Spielbudenplatz. Als wir die Menagerie betreten hatten, meine Schwester mit einer Lampe, mein Vater und
ich jeder mit einem Seehundsnetz bewaffnet, suchten wir mit
aller Vorsicht den Raum ab und fanden die Hyäne endlich
in einer Ecke unter einem großen Affenkasten versteckt. Nach
der Art ihres Geschlechts begrüßte sie uns mit einem greu-
lichen Geheul, einen Angriff wagte sie jedoch nicht. Mit
langen Knüppeln brachten wir das Tier endlich unter dem
Kasten heraus. In dem Augenblick, als es sich voll Wut
auf meinen Vater stürzen wollte, warf dieser ihm mit großem Geschick das Seehundsnetz über den Kopf, und im Nu
hatte die Bestie sich in den Maschen verwickelt. Innerhalb weniger Minuten brachten wir das gefangene Tier
nunmehr in einen leeren Raubtierkasten hinein. Das ganze
Abenteuer spielte sich aber durchaus nicht so rasch ab, wie
ich es hier erzählt habe, denn erst gegen acht Uhr in der
Frühe kehrten wir in unser Heim zurück.

Ein anderes Abenteuer, das mir aus jener Zeit im Gedächtnis geblieben ist, verlief nicht so glimpflich. Aus einem
großen Affenkäfig sollte eine Anzahl Paviane vermittelst
eines Sack=Keschers herausgefangen werden. Mein Vater
hatte, im Käfig stehend, gerade ein Exemplar im Kescher
und wollte es herausbringen, als auf das Geschrei des Gefangenen sämtliche anderen Paviane, etwa ein Dutzend,
meinen Vater anfielen und ihn jämmerlich zerkratzten und

zerbiſſen. Es gelang ihm, freilich blutüberſtrömt, den Käfig
zu verlaſſen. Außer einer Menge offener Biß= und Kratz=
wunden zeigte der Körper da, wo ihn die Kleider beſchützt
hatten, unzählige blaue Flecken. Nach dieſem Unfall wur=
den die Affen ſtets vermittelſt eines ſogenannten Umſetz=
kaſtens, in den man ſie mit Früchten hineinlockte, ein=
gefangen.

An dieſe kleinen Abenteuer mögen ſich noch zwei Bären=
geſchichten anſchließen, womit ich allerdings der Zeit etwas
vorgreife, denn ſie fanden erſt einige Jahre ſpäter, 1863,
am Spielbudenplatz ſtatt. Ein gewiſſer Herr Klimek, Pro=
viantmeiſter der Hamburg=Amerika=Paketfahrt=Aktien=Ge=
ſellſchaft, brachte aus Neuyork fünf große dreſſierte Bären
mit. Es waren zwei Grislybären, zwei Zimmetbären und
ein ſchwarzer Baribal. Alle ſtammten aus dem Beſitze des
in Amerika damals überall populären „Grisly=Adams‟,
eines alten Trappers, der ſie jung gefangen und dreſſiert
hatte und dann mit ihnen jahrelang in den Vereinigten
Staaten umhergezogen war. Nach dem Tode des Trappers
kamen die Tiere zur Verſteigerung und auf dieſe Weiſe in
den Beſitz des Proviantmeiſters. Da andere Käufer ſich
nicht fanden, kauften wir die Tiere zu einem ziemlich niedri=
gen Preiſe. Die Tiere wurden auf unſerem Hofplatz in
Käfigen untergebracht. Eines Nachts brach einer der Grisly=
bären, zum Glück ein blinder, aus ſeinem Käfig aus und
machte ſich's auf deſſen Dach bequem. Das Unheil wurde
uns durch einen in der Nähe wohnenden Schuhmacher ver=
kündet, der von dem Getöſe aufgewacht war, mit entſetzten
Augen geſehen hatte, daß der Bär los ſei, und uns die
Mitteilung mit noch größerem Entſetzen, ganz außer Atem
vom ſchnellen Laufen, überbrachte. Natürlich machten wir
uns eilends auf den Weg. Es war noch nichts paſſiert, der
Bär lag gemächlich auf ſeinem Kaſten. Meinem Vater
kam nun der glückliche Einfall, ein halbes Schwarzbrot auf
eine Futtergabel zu ſtecken und mit dieſem Köder, dem der
Bär ſchnuppernd folgte, das Tier wieder in ſeinen Käfig
hineinzulocken.

Dieſer Ausbruch fand alſo ein gutes Ende. Wenige Tage
ſpäter aber kam ich ſelbſt an dem nämlichen Platz zu mei=
nem erſten Bärenabenteuer. Mir fiel die Aufgabe zu, einen

russischen Bären, übrigens ein 1—1½jähriges Tier, zur Reise zu „verpacken". Zuerst mühte ich mich stundenlang ab, das Tier vermittelst eines Umsetzkastens in seinen Reisekäfig zu locken, doch Meister Petz verspürte nicht die geringste Neigung zu einem Wohnungswechsel. Die Zeit drängte. Wollte ich das Tier noch rechtzeitig zur Bahn schaffen, so mußte gehandelt werden. Ich sperrte den Hof ab, öffnete das Gitter des Käfigs und warf dem Bären kleine Stücke Zucker vor. Das half. Mein Bär kam aus seinem Kasten heraus und fraß im Weiterschreiten ein Stück Zucker nach dem andern auf. Als er sich eben wieder nach einem Stück bückte, packte ich ihn mit der einen Hand im Genick, griff mit der anderen in den tiefen Pelz des Rückens und wollte den Bären auf diese Weise mit Gewalt in den Käfig drängen. Ich hatte aber die Rechnung ohne den Wirt gemacht, und es kam zu einem regelrechten Duell. Der Bär war weit stärker, als ich geglaubt hatte; er sträubte sich in der ersten Überraschung, drehte sich dann aber um und brachte es fertig, mich mit seinen Vordertatzen zu packen. Im nächsten Augenblick war der schönste Ringkampf im Gange. Mit seinen scharfen Krallen riß mir der Bär die Kleider buchstäblich in Fetzen vom Leibe herunter, wütend biß und kratzte das Tier um sich, im Nu waren nicht mehr meine Kleider, sondern meine eigene kostbare Haut mit im Spiel. Ich empfing die ersten ernstlichen Wunden. Der Wärter, den ich zur Unterstützung rief, warf nur einen Blick auf die kämpfende Gruppe und suchte mutig das Weite, anstatt mir zur Hilfe zu eilen. Ich ließ indes nicht locker. Mit Einsetzung aller meiner Kräfte warf ich mich auf das wütende Tier und zeigte ihm endlich den Meister. Es gelang mir, es in seinen Käfig hineinzuzwängen und noch rechtzeitig zur Bahn zu bringen. Der ungeschliffene braune Flegel hatte mich fast ausgezogen, mir einen starken Biß in die rechte Hand und eine ganze Anzahl weiterer Biß= und Kratzwunden an anderen Körperteilen beigebracht, doch erwiesen sich die Wunden glücklicherweise als ungefährlich. Für die Folge aber habe ich auf diese Weise nicht wieder Bären aus einem Käfig in den andern zu „locken" versucht.

Niemand kann ermessen, und es läßt sich auch gar nicht schildern, mit wie vielen kleinen und großen Schwierigkeiten das beginnende Tiergeschäft auf Jahre hinaus zu kämpfen hatte. Alles, was wir heute in bezug auf den Tiertransport und die Tierbehandlung wissen, mußte damals erst in der Praxis ausprobiert und mit Fehlschlägen und Opfern bezahlt werden. Auch Erfahrungen erhält man nicht umsonst; gerade diese muß man im Leben vielleicht am teuersten bezahlen. Der Mangel an Erfahrung hatte nun leider nicht nur solche kleine Abenteuer und Unfälle im Gefolge, sondern bildete auch für das Geschäft in seiner Gesamtheit einen schwer zu überwindenden Hemmschuh. So gewichtig war dieser, daß mein Vater im Jahre 1858, ein Jahr vor meiner Konfirmation, allen Ernstes auf den Gedanken kam, die Tierhandlung wieder an den Nagel zu hängen und sich auf das Fischgeschäft, das ja inzwischen seinen Fortgang genommen hatte, allein zu beschränken, obgleich das Tiergeschäft bereits größere Dimensionen angenommen hatte. Schon im vorhergehenden Jahre wurden einzelne, für die damalige Zeit wirklich bedeutende Tiergeschäfte unternommen. So reiste mein Vater auf die schriftliche Anzeige eines befreundeten Wiener Vogelhändlers, daß ein Afrikaforscher mit vielen Tieren aus dem ägyptischen Sudan eingetroffen sei, schleunigst nach Wien. Er fand fünf Löwen, zwei Leoparden, drei Jagdleoparden, einige Hyänen, Antilopen und Gazellen sowie eine Anzahl von Affen vor, die er zu einem verhältnismäßig billigen Preise kaufte, weil keine Konkurrenz vorhanden war. Nach einem sechstägigen, mit vielen Schwierigkeiten verbundenen Eisenbahntransport kamen die Tiere in Hamburg an und wechselten sehr bald den Besitzer. Die Raubtiere fanden ihre Liebhaber in verschiedenen Menageriebesitzern; die Antilopen, Gazellen und Affen dagegen sowie auch ein paar Jagdleoparden fanden Unterkunft im Zoologischen Garten zu Amsterdam.

Trotz derartiger Geschäfte mußte mein Vater bei einem allgemeinen Überschlag feststellen, daß er das Geld, das die Fischhandlung einbrachte, im Tiergeschäft größtenteils wieder zusetzte, denn infolge des Mangels an Erfahrung in der Behandlung der Tiere gingen viele zugrunde. Die Zukunft des ganzen Tiergeschäfts stand also auf der Wippe. Aus diesen Gedanken heraus fragte mich denn eines Tages mein Vater, ob ich das Tiergeschäft oder die Fischhandlung

zu meinem späteren Beruf wählen wolle. Dafür setzte er
mir in väterlicher Weise seine Erfahrungen auseinander und
gab mir den Rat, mich dem Fischgeschäft zuzuwenden. Ich
bin aber sicher, er tat dies mit schwerem Herzen und nur
deshalb, um mir Enttäuschungen zu ersparen. Wie er selbst,
war ich aber schon viel zu sehr mit dem Tiergeschäft verwachsen und liebte den Umgang mit unseren Tieren, der
mir zur Gewohnheit geworden war, schon viel zu sehr, um
auch nur dem leisesten Gedanken an eine Aufgabe des Tiergeschäfts Raum geben zu können. Ich entschied mich also
kurzerhand für die Fortführung des Tiergeschäfts und fand,
da ich der Liebling meines Vaters war, seine Zustimmung,
allerdings unter der Bedingung, daß er bei einem even-
tuellen späteren Verluste nicht mehr als 2000 Mark kurant
zuzuzahlen brauche. Ich müsse also jetzt selbst zusehen,
meinte er, wie ich weiterkäme und den Tierhandel in die
Höhe bringe. An Vertrauen zu mir, obgleich ich noch ein
Knabe war, fehlte es meinem Vater nicht, und mir nicht
an Feuereifer, selbständig zu arbeiten. Damit hatte ich
übrigens schon begonnen, und zwar mit Glück. Im Jahre
1857 machte ich ein etwas absonderliches, aber nicht schlechtes Geschäft. Die Absonderlichkeit mag man meiner 13jähri-
gen Jugendhaftigkeit zugute halten. Im Hamburger Hafen
kaufte ich von dem Schiffsjungen eines kleinen Schoners,
der von Zentralamerika zurückgekommen war, 280 große —
Käfer, die in drei Zigarettenkästen verpackt waren. Den
Jungen machte ich mit zweieinhalb Hamburger Schillingen
für das Stück, das sind zwanzig Pfennig nach unserem
Geld, überglücklich. Als ich aber meinem Vater diesen Ein-
lauf zeigte, war er durchaus nicht sehr erbaut davon und
sagte: „Nun, was du an diesen Kakerlaken verdienst, das
kannst du für dich behalten.“ In diesem Fall hatte sich mein
Vater aber doch getäuscht. Zunächst zeigte ich die Sammlung dem Bäckermeister Dörries, der ein großer Kenner
von Käfern und Schmetterlingen war, und dieser meinte,
ich müsse mindestens 1—2 Mark für jeden Käfer erzielen
können, wenn ich die Sammlung dem Naturalienhändler
Breitrück verkaufte. Dieser Breitrück besaß damals das
größte Muschel- und Naturaliengeschäft in Deutschland.
Kurz, ich verkaufte meine drei Kisten voll Käfer wirklich an

Breitrück und erhielt nicht weniger als 100 Taler. Breitrück fuhr übrigens bei diesem Geschäft nicht schlecht, denn er gab die Sammlung für einen weit höheren Preis an den Londoner Tierhändler Jamrach weiter.

Mit dem eigentlichen Tierhandel wußte ich ja übrigens schon als 14jähriger Junge gründlich Bescheid, da ich meinen Vater auf den meisten Reisen begleitet hatte. Nachdem ich also im März 1859, 15jährig, die Schule verlassen hatte, ward es Ernst. Ich widmete mich ganz dem Tierhandel, während mein Vater nur noch dem Fischgeschäft vorstand. Seine Neigung aber gehörte nach wie vor dem Tiergeschäft, und sein Rat blieb maßgebend. Niemals war ich froher, als wenn ich mir durch ein glücklich beendigtes Geschäft das Lob meines Vaters verdient hatte. Bis an sein Lebensende blieb er der gütigste Berater und rastlose Mitarbeiter. Und wie er den Grundstein zu dem Geschäft gelegt hat, so hat er auch den Grundstein zur Tätigkeit, zur Beharrlichkeit und zum Maßhalten gelegt und die Liebe zur Tierwelt in unsere Herzen gepflanzt, so daß alle Erfolge einer späteren Zeit dennoch auf ihn zurückgehen, der nun längst unter dem Rasen schlummert.

Entwicklung des Tierhandels

Eine schwere Zeit begann nun für mich, aber auch eine
tiefster Befriedigung. Neigung und Beruf flossen zusammen, und mit Begeisterung ging ich an meine neue Aufgabe. Tiere mußten gekauft und verkauft werden, die
Unterbringung und Behandlung der Tiere bildete eine stete
Sorge, dazu kam die wirtschaftliche Seite des Unternehmens, die viel Kopfzerbrechen machte. In der Buchführung
und in schriftlichen Arbeiten unterstützte mich meine Schwester Caroline, während die Schwestern Luise und Christiane
die Pflege der Vögel übernommen hatten. Mein Bruder
Wilhelm spielte den Kutscher und hatte das lebende Material ins Haus und aus dem Hause zu schaffen. Für mich
selbst gab es eine Überfülle an Arbeit, denn es war unser
Prinzip und ist es auch geblieben, daß die Arbeit den
Menschen adelt. In der Wartung der größeren Tiere stand
mir nur ein alter Wärter zur Seite. Die meiste Arbeit
machten uns damals die Seehunde, die in großen Kübeln
untergebracht waren. Jeden Morgen mußte frühzeitig in
diese Kübel frisches Wasser hineingepumpt werden, und zu
diesem Zwecke hatte ich zwei bis drei Stunden unentwegt
an der Pumpe zu stehen. War die Pumperei endlich fertig,
so kam ich mit meinem Fischkorb angeschleppt, um die Seehunde einzeln zu füttern.

Frisch angelangten Tieren, die noch scheu und wild waren,
warf man das Futter einfach zu, sie wurden jedoch nach
wenigen Tagen so zahm, daß sie das Futter aus der Hand
nahmen. Nur die älteren Exemplare machten eine Ausnahme und waren nur mit Mühe an das Futter heran-
zubringen. Alte Seehunde sind schwer an eine neue Umgebung zu gewöhnen, die Tiere grämen sich und hungern
zuweilen wochenlang, ehe sie sich entschließen, Nahrung zu
sich zu nehmen. Wie mein Vater, so hatte auch ich zu den

Seehunden eine besondere Zuneigung und besitze sie auch jetzt noch. Die Tiere kannten mich alle genau. Wenn ich morgens auf dem Hofplatz erschien und sie mit dem Ruf: „Paul, Paul" begrüßte (alle Seehunde wurden nämlich mit dem Namen Paul gerufen), reckten alle ihre langen Hälse über das Bassin hinaus. Es waren immer die gewöhnlichen Nordsee-Seehunde (Phoca vitulina), die uns unsere Fischer brachten. Einmal befand sich auch eine Kegelrobbe darunter, die sehr gewandt war und häufig aus ihrer Badewanne entwischte. Dieses Tier war es auch, das einst in der Nacht ausbrach und in der Stadt spazieren rutschte. Zu Hause war es so zahm geworden, daß es mir im Hofe wie ein Hund folgte; es lernte auch bald aufrecht sitzen, sich im Bassin auf Kommando herumdrehen und manche andere Stückchen, wofür es jedesmal mit einem Extrafisch belohnt wurde.

Mein erstes größeres Geschäft machte ich, als ich eben das 16. Lebensjahr überschritten hatte, und es ist interessant, zu sehen, wie der Zufall, der überall im Leben eine Hauptrolle spielt, mir dabei zu Hilfe kam. Damals gelangte der Menageriebesitzer August Scholz mit einem jungen, fünf Fuß hohen Elefanten nach Hamburg, den er für eine Nacht bei uns unterbrachte, um ihn am nächsten Tage mit anderen bei uns gekauften Tieren weiterzuexpedieren. Zunächst führten Scholz und ich den Elefanten durch die Straßen zum Bahnhof. Der Transport wurde aber durch ein kleines Zwischenspiel unterbrochen. Auf der Lombardsbrücke wurde der Dickhäuter scheu und lief uns davon. Das gab natürlich einen netten Volksauflauf. Nach einer mehr als halbstündigen Jagd durch die Anlagen wurde der Elefant endlich wieder eingefangen, an den Beinen gefesselt und hinter den Wagen gebunden, worauf er vernünftig genug war, sich zum Bahnhof führen zu lassen. Am Bahnhof bat mich Scholz, ihn auf seine Kosten bis Berlin zu begleiten. Das tat ich nun nicht mehr als gern, gab unserm Kutscher den Auftrag, mir rasch eine Schlafdecke zur Bahn zu bringen und dem Vater mitzuteilen, daß ich als Assistent Scholzens mit nach Berlin gefahren sei. Am nächsten Mittag war der Transport, wobei die Tiere mit einer Extralokomotive mitten durch die Stadt nach einem andern Bahnhof befördert

wurden, erledigt. Nichts war natürlicher, als daß ich nun
den freien Nachmittag dazu benutzte, den Zoologischen Garten zu besuchen.

Dieser Garten war mir nicht mehr fremd, und auch den
Inspektor kannte ich bereits. Als ich diesen aufsuchte und
ihm verschiedene von unsern Tieren anbot, teilte er mir zu
meinem größten Vergnügen mit, daß ich wahrscheinlich gerade zur rechten Zeit gekommen wäre, da im Raubtierhaus
verschiedene Lücken entstanden seien, die ausgefüllt werden
sollten. Am nächsten Tage verkaufte ich an den Direktor,
Herrn Professor Peters, kurzerhand für annähernd 1700 Taler Tiere. Ich konnte kaum schnell genug nach Hamburg
zurückkommen, um meinem Vater, ganz glücklich über meinen Erfolg, Bericht zu erstatten.

Im Jahre 1863 kaufte mein Vater das Haus am Spielbudenplatz Nr. 19, das dicht neben dem Museum lag, wo
wir bisher unser Geschäft gehabt hatten. Das Vorderhaus
hatte unten zwei Läden, wovon der eine an einen Schuhmacher vermietet war und der andere unsern Vögeln als
Unterkunft diente. Hinter dem Hause lag ein kleiner Hofplatz und hinter diesem ein großer, achtzig Fuß langer und
dreißig Fuß breiter Bau, den wir für unsere Zwecke ein-
richteten. Zur Rechten wurde eine Anzahl Käfige für Raubtiere aufgestellt. Die linke Seite wurde in Stallungen für
sonstige Tiere abgeteilt. Über dem Hofplatz befand sich
der Ausbau eines kleinen photographischen Ateliers. Auf
dem freien Raum des Hofes wurden Kästen für größere
Tiere untergebracht.

Die letzten Jahre hatten mir neue Verbindungen mit
England, Frankreich, Holland und Belgien gebracht, und
die Menagerie am Schaubudenplatz wies dauernd einen be-
trächtlichen Tierbestand auf. Im Winter 1864 machte ich
meine erste Reise nach England, der inzwischen unzählige
andere gefolgt sind, denn später kam ich jährlich etwa zwölf-
bis vierzehnmal nach London, um von den dortigen Händ-
lern Tiere einzukaufen. Meine Abhängigkeit von dem Londoner Markte hat erst später, nach der Gründung des Deutschen Reiches und dem Aufschwung der deutschen über-
seeischen Beziehungen, aufgehört. Aus jener Zeit sind viele
interessante Erlebnisse in meinem Gedächtnis geblieben.

Ganz abenteuerlich gestaltete sich der Transport eines Ameisenbären, den ich im März 1864 in London kaufte. Ich hatte überhaupt noch kein derartiges Tier gesehen, und als mich die Nachricht eines englischen Freundes in Hamburg erreichte, daß aus Argentinien ein ausgewachsener Ameisenbär in Southampton eingetroffen sei, reiste ich sofort nach England ab. Der Eigentümer des Tieres wohnte auf einem Landsitz vier Meilen von Southampton entfernt, wohin wir uns mit einem Wagen begaben. Der Bär lief frei im Garten herum, wo der Schnee zwei Zoll hoch lag, eine Beobachtung, die, mit andern ähnlichen zusammen, mich zu immer ausgedehnteren Versuchen in der Akklimatisation ermutigte. Sein Nachtlager hatte das Tier im Hühnerstall; hier hatte man einige Bündel Heu geschichtet, in das es sich verkroch. Nachdem ich das Tier gekauft hatte, meinte der frühere Besitzer, ich könne es ganz ruhig mit in die Droschke nehmen, nur müsse man die Fenster verschließen, damit es nicht hinausschlüpfe. Da ich von der Gefährlichkeit eines solchen Tieres noch keine Ahnung hatte, ließ ich mich zu dem Streich überreden, den Ameisenbär mit in die Droschke zu nehmen. Mein Freund setzte sich auf den Bock.

Da saß ich also nun mit meinem vierfüßigen Nachbar, der bald in beängstigender Weise unruhig wurde und mich plötzlich mit seinen beiden scharfen Vorderkrallen zu packen versuchte. Zunächst hatte er es auf meine Beine abgesehen, in die er sich so fest einkrallte, daß ich Mühe hatte, ihn wieder loszubringen. Während der ganzen Fahrt balgten wir uns hin und her; fortwährend mußte ich mich neuer Angriffe erwehren, und das war keine leichte Arbeit, denn das Tier maß von der Nasenspitze bis zum Schwanzende 7½ Fuß und besaß Riesenkräfte. Ich war vollständig zu Ende mit meiner Energie, als wir endlich in Southampton ankamen und ich meinen Freund zu Hilfe rufen konnte. Nach London wurde das Tier dann in einer Packkiste transportiert. Die Nahrung, die der Ameisenbär bisher täglich erhalten hatte, bestand aus acht rohen Eiern und einem Pfund gehacktem Fleisch, als Getränk erhielt er warme Milch. Auf der Überfahrt von London nach Hamburg hatten wir sehr stürmisches Wetter, und ich mußte mich seekrank

ins Bett legen. Obgleich ich mich kaum bewegen konnte,
rührte ich das Futter für den Ameisenbären an und be=
auftragte den mir bekannten Schiffszimmermann, meine
Tiere zu verpflegen. Es kam dabei zu einem ergötzlichen
Zwischenfall. Kaum hatte der Schiffszimmermann meine Ka=
bine verlassen, als er auch schon zurückkehrte und schreckens=
bleich erzählte, dem Ameisenbär sei, als er ihn füttern
wollte, eine lange, dünne Schlange aus dem Halse ge=
krochen. Trotz meiner Schwäche mußte ich also unter Deck,
um das Wunder zu sehen. Die Schlange war natürlich
nichts anderes als die lange Zunge des Ameisenbären, mit
der er den Eierbrei aufleckte, den der Zimmermann in seiner
Angst hatte fallen lassen. In Hamburg angekommen, ver=
kaufte ich das seltene Tier an den Zoologischen Garten,
aber unter ganz eigentümlichen Bedingungen. Einen Teil
des Ankaufspreises erhielt ich gleich in bar, weitere fest=
gesetzte Summen aber erst nach jedem Monat, den das Tier
am Leben bleiben würde. Man getraute sich nämlich nicht,
ein so teures und schwer zu behandelndes Tier kurzerhand
zu kaufen. Inzwischen hatte ich aber den Bären an ein be=
sonderes bekömmliches Futter gewöhnt, das aus Maismehl
und gekochter Milch bestand und ihm morgens und abends
gegeben wurde, während er mittags vier rohe Eier und
ein halbes Pfund Fleisch erhielt. Bei dieser Nahrung ge=
dieh das Tier vortrefflich und wurde jahrelang als große
Seltenheit im Hamburger Zoologischen Garten bewundert.

Eine außerordentlich wichtige Verbindung wurde in
demselben Jahre, 1864, angeknüpft. Es war eines Abends
spät, als wir aus Wien von einem Freunde ein Telegramm
des Inhalts erhielten, daß der Afrikareisende Lorenzo Cassa=
nova mit einem Transport von Tieren, die er in Afrika ge=
sammelt, angekommen und über Wien nach Dresden ge=
reist sei.

Schon zwei Jahre früher hatte dieser Cassanova einen
großen Tiertransport aus dem ägyptischen Sudan nach
Europa gebracht, bestehend aus sechs Giraffen, den ersten
afrikanischen Elefanten und vielen anderen seltenen Tieren.
Der Reisende hatte damals große Mühe, seine Tiere an den
Mann zu bringen. Auch wir wagten uns an einen so teue=
ren Transport noch nicht heran, so daß die Sammlung

schließlich an den bekannten Menageriebesitzer und Tier=
bändiger Gottlieb Kreutzberg überging. Heute lag die Sache
anders. Am Morgen nach Empfang des Telegramms reiste
ich nach Dresden und traf Cassanova im Zoologischen Gar=
ten, wo er seine Tiere untergebracht hatte. Diesmal handelte
es sich um einen nur kleinen Transport, bestehend aus zwei
jungen Löwen, drei gestreiften Hyänen, einer Kollektion sehr
schöner, großer Affen, sowie einigen Vögeln. Sehr schnell
waren wir miteinander einig. Das Hauptresultat dieser Zu=
sammenkunft war aber keineswegs der Ankauf dieser Tier=
gruppe, sondern der Abschluß eines Kontraktes, nach wel=
chem Cassanova uns in der Zukunft größere Tiere, wie
Elefanten, Giraffen, Rhinozerosse usw. zu liefern hatte. Da
der Reisende meine Unterschrift nicht für gültig anerkennen
wollte, reiste er mit mir nach Hamburg, wo mein Vater
den Kontrakt unterschrieb. Alle Tiere, die Cassanova von
einer neuen Afrikareise glücklich heimbrächte, sollten zu
einem im Kontrakte bestimmten Preise uns gehören, mit
alleiniger Ausnahme eines Elefanten, der für den Zoolo=
gischen Garten in Berlin bestimmt war.

Cassanova eröffnete also die Reihe der Weltreisenden,
die für uns in Busch, Wald und Steppe auf wilde und
seltene Tiere fahnden. Im nächsten Jahre, und zwar im
Juli 1865, brachte Cassanova seine ersten Transporte aus
Nubien nach Wien. In der Hauptsache waren es drei schöne
afrikanische Elefanten, verschiedene junge Löwen, eine An=
zahl Hyänen und Leoparden, junge Antilopen, Gazellen
und Strauße. Die Tiere wurden verladen und gelangten zu=
nächst glücklich bis Berlin, wo die Trennung von dem für
den dortigen Garten bestimmten Elefanten erfolgen mußte.
Dabei gab es wieder einmal eine kleine Gratisvorstellung.
Mit vieler Mühe brachten wir das Tier aus dem Wagen
heraus und lockten es mit Zucker und Brot einige hundert
Meter weit. Da fingen plötzlich die beiden zurückgebliebenen
Elefanten an, dem scheidenden Gefährten irgend etwas in
der Elefantensprache nachzurufen, vielleicht war es ein Lebe=
wohl. Kurz, in demselben Augenblick machte unser Elefant
kehrt und rannte zu seinen Kameraden zurück, uns wie
Federbälle hinter sich herziehend. Es blieb uns nichts an=
deres übrig, als auch die beiden anderen Elefanten aus

dem Wagen herauszunehmen und sie den Deserteur bis zum Zoologischen Garten begleiten zu lassen. Erst nachdem der Elefant in seiner neuen Behausung untergebracht worden war, konnte ich mit meinen beiden Elefanten nach dem Bahnhof zurückmarschieren und langte dann ohne weiteren Zwischenfall mit ihnen in Hamburg an.

Die Geschichte dieser Zeit ist auch zugleich eine Entwicklungsgeschichte des Tiertransportes in Europa, denn auf diesem Gebiete mußte alles erst durch Experimente erlernt werden. Der größte afrikanische Tiertransport, den ich je erhielt, traf im Jahre 1870 ein. Am Pfingstmontag dieses Jahres trafen gleichzeitig von dem schon bekannten Cassanova und von einem anderen Reisenden, namens Migoletti, Nachrichten ein, daß beide mit großen Tiertransporten aus dem Innern Afrikas unterwegs seien. Cassanova drängte, ich möge sofort nach Suez abreisen. Hier läge er schwer krank und fürchte, die Seinigen in Wien nicht mehr wiederzusehen. Migoletti berichtete, daß er Cassanova begegnet sei und wahrscheinlich mit demselben Dampfer in Suez ankommen würde, der die Tiere Cassanovas an Bord habe. Hier galt kein Säumen. Mit einem ägyptischen Kreditbrief wohlversehen, reiste ich schon am nächsten Tage in Begleitung meines jüngsten Bruders über Triest nach Suez, wo wir nach einer Fahrt von neun Tagen glücklich ankamen. Noch ehe wir Cassanova oder Migoletti gesehen hatten, gerieten wir gleichsam unter die für uns bestimmten Tiere. Bei der Einfahrt in den Bahnhof von Suez sahen wir in einem anderen Zuge Giraffen und Elefanten, die uns wie zum Gruße ihre Köpfe entgegenstreckten. Den armen Cassanova trafen wir schwer leidend im Suezhotel an. Er war ganz ohne Hoffnung; er bat mich, ihm für seine Tiere anzurechnen, was recht sei, und den Betrag an seine Frau in Wien gelangen zu lassen, da er fühle, daß es mit ihm zu Ende gehe. Die Ahnung des nahenden Todes trog den Ärmsten nicht, nur eine kurze Frist war ihm noch gegeben, er hat die Seinen nicht wiedergesehen. Für diesmal aber mußten wir den Leidenden auf seinem Schmerzenslager zurücklassen. Die Notwendigkeit zwang uns, alle Energie der Karawane zuzuwenden, die ohne das wache Auge des Herrn in große Verwahrlosung geraten war.

Nie werde ich das eigenartige Bild vergessen, welches sich mir bot, als wir den Hof des Hotels betraten. Hätte ein Maler dieses Bild zu Gesicht bekommen, so würde er es vielleicht unter dem Titel „Gefesselte Wildnis" verewigt haben. Elefanten und Giraffen, Antilopen und Büffel waren an Palmbäumen angebunden. Im Hintergrunde liefen frei sechzehn große Strauße umher, und in sechzig Kästen bewegten sich Löwen, Leoparden, Jagdpanther, dreißig gefleckte Hyänen, Schakale, Luchse, Zibetkatzen, Affen, Marabustörche, Nashörner, Vögel und eine ganze Anzahl von Raubvögeln.

Die meisten Leute Cassanovas waren krank und hatten sich wenig um die Tiere bekümmert, so daß ich, um den armen Tieren vor allen Dingen ihr Recht zu schaffen, zuvörderst eine Anzahl Araber zu Hilfeleistungen annehmen mußte. Wir hatten indes kaum begonnen, den Tieren ihr Futter zu verabreichen und das Lager zu bereiten, als plötzlich ein Haufe von nichts weniger als vertrauenerweckenden Griechen in den Hof eindrang und tumultuarisch Geld von mir verlangte. Der Anführer legitimierte sich als einer der Begleiter Cassanovas und behauptete, dieser schulde ihm Geld. Seine Forderung unterstützte er mit dem Bemerken, er würde, falls man ihn nicht befriedigte, „die ganze Geschichte in Brand stecken". Ohne mich durch die Drohungen einschüchtern zu lassen, war es mir doch sogleich klar, daß die empörten Wogen nur durch „Backschisch" (Trinkgeld) zu glätten seien. Für das, was Cassanova ihm schuldig sei, übernahm ich die Garantie und gab dem Mann gleichzeitig ein Trinkgeld von 50 Francs, worauf er sich auf der Stelle in ein Lamm verwandelte, das meiner Aufforderung, mir bei der Fütterung der Tiere behilflich zu sein, mit Freuden nachkam. Dasselbe Trinkgeld hatte ich auch den übrigen Leuten Cassanovas gegeben. Für die anderen Kerle, die der Grieche mitgebracht hatte, ließ ich 5 Francs springen, und das Gesindel konnte sich kaum schnell genug entfernen, um die Beute in Getränk umzusetzen. Mir wurde es indes klar, daß es das beste sei, so schnell als möglich von Suez fortzukommen, und dazu mußte der Weg abermals mit Backschisch geebnet werden.

Die nötigen Wagen für unsere Tiere am Bahnhof zu

erhalten, das ging nicht etwa so ohne weiteres. Der betreffende Beamte, ein Araber, behauptete hartnäckig, die
Zusammenstellung so vieler Wagen dauere mindestens 6 bis
8 Tage, eine schnellere Herbeischaffung wäre gewissermaßen Zauber, und ein Zauberer sei er nicht. Merkwürdig,
nachdem ich diesem Manne ebenfalls 50 Francs versprochen
hatte, verwandelte er sich tatsächlich in einen Zauberer und
versicherte mit der größten Verbindlichkeit, daß die sämtlichen Wagen am nächsten Abend bereitstehen sollten.

Im Hof der Tiere, wo wir abends noch einmal vor-
sprachen, gab es indes eine neue unangenehme Überraschung. Unter den Leuten Cassanovas ging das Gerücht
um, die Griechenbande, die mich schon am Morgen heim-
gesucht hatte, plane für die Nacht einen regelrechten Überfall auf das Lager. Zuerst war ich geneigt, das Gerücht
von der lächerlichen Seite zu nehmen, entschloß mich aber
doch, das Lager durch sechs Polizisten bewachen zu lassen.
Tatsächlich schlichen sich in der Nacht, um 1 Uhr etwa,
zwanzig Strolche heran, geführt von demselben Kerl, der
erst wenige Stunden vorher 50 Francs von mir in Empfang
genommen hatte. Als die Bande indes bemerkte, daß wir
uns im Verteidigungszustand befanden, zog sie sich in aller
Stille wieder zurück. Wie ich später hörte, galt der versuchte Überfall einigen Kästen voll Teppichen und anderen
wertvollen Sachen, die sich zwischen dem Gepäck Cassanovas
befanden. Der Häuptling der Bande hatte die Frechheit,
am nächsten Morgen zu mir ins Hotel zu kommen, um
100 Francs in Empfang zu nehmen, die ihm Cassanova
schuldete. Da die Sache stimmte, zahlte ich dem Banditen
natürlich ohne weiteres das Geld aus, um von ihm loszu-
kommen.

Der Transport der großen Karawane glich in mancher
Beziehung jenen Expeditionen, die in unerforschte Länder
ziehen. Das System Nansens und Pearys, die auf ihren
arktischen Expeditionen diejenigen Schlittenhunde, welche
zum Ziehen untauglich wurden, als Futter für die übrigen
Tiere verwandten, ist nicht unähnlich demjenigen, das auch
ich auf diesem und manchem anderen Transport anwendete,
wenn es sich dabei auch nicht um Hunde handelte. Die größte
Sorge bei einem Tiertransport ist immer die Ernährung.

Diesmal hatten wir neben vielem Preßheu, Brot und man-
nigfachem vegetabilischen Futter für die Elefanten und
übrigen Tiere auch noch 100 Milchziegen mitgenommen, um
unsere jungen Giraffen und sonstigen Babys mit Milch versorgen zu können. Ziegen, die keine Milch mehr zu geben
vermochten, wurden unterwegs nach und nach geschlachtet
und dienten als Futter für die jungen Raubtiere.

Der zaubernde Beamte hatte sein Wort gehalten (damit
auch wir Wort halten sollten), und zur gewünschten Zeit
standen die Eisenbahnwagen bereit. Am nächsten Morgen
sollte ein gemischter Zug zunächst bis Alexandrien gehen.
Eine der schwierigsten Arbeiten lag noch vor uns, nämlich
die Überführung zum Bahnhof. Es wäre ja ein ganz besonderes Glück gewesen, diesen Transport ohne Zwischenfälle auszuführen, und dies Glück wurde uns denn auch
nicht zuteil. Elefanten, Giraffen und Raubtiere waren bereits untergebracht, und ich atmete schon auf. Man soll aber
den Tag nicht vor dem Abend loben. Nur sechzehn große,
ausgewachsene Strauße waren noch übrig, die in der Weise
zum Bahnhof geführt werden sollten, daß immer ein Vogel
von zwei Personen an den Flügeln gepackt und zum Mitgehen gezwungen werden sollte. Zu dem ersten Strauß gesellten sich mein Bruder und ich, die übrigen Vögel sollten
von Cassanovas Leuten einstweilen zurückgehalten werden.
Die Leute folgten auch dieser Anordnung, nicht aber die
Strauße. Kaum hatten wir uns einige Schritte vom Hofe
entfernt, als die übrigen fünfzehn Strauße wie ein Wirbel-
wind durch den Hof jagten, die sämtlichen Wärter über den
Haufen warfen und in der Richtung nach der Wüste ent-
flohen. Als ich dies sah, tat ich etwas, was ich nicht hätte
tun sollen — man muß ja aber fortwährend im Leben Lehrgeld zahlen. Ich glaubte, unseren Strauß allein festhalten
zu können, und rief meinem Bruder deshalb schnell zu, er
möge den von ihm gehaltenen Flügel loslassen und den
Leuten zu Hilfe eilen. Kaum aber hatte der Strauß einen
Flügel freibekommen, als er mir mit seinen langen Beinen
einen solchen Tritt vor die Brust versetzte, daß ich hinten-
über stürzte. Schneller als ein Pferd folgte der Flüchtling
seinen Kameraden, während ich noch am Boden lag, nach
Atem rang und dem Entflohenen verdutzt nachsah.

Seltsamerweise ging das Wiedereinfangen der Straußen-
herde auf eine beinahe lächerlich einfache Weise vor sich.
Einer von Cassanovas kranken Leuten, namens Seppel, fand
instinktiv das richtige Mittel, indem er auf eine Eigentüm-
lichkeit spekulierte, welcher Tiere und Menschen in gleicher
Weise gehorchen, nämlich die Gewohnheit. Die Sache hatte
aber doch etwas Verblüffendes. Als ich mich eben erhob,
sah ich, wie Seppel die ganze Ziegenherde aus dem Hofe
heraustrieb. Auf meinen Anruf: „Seppel, was machen Sie
denn da?" antwortete er nur lakonisch: „Ich will die
Strauße wieder zurückholen." Auf seine Anordnung hatten
sich zwei Araber auf Dromedare gesetzt, und diese sowie die
Ziegenherde folgten nun den Straußen schnell nach. Als der
Zug den Flüchtlingen nahe kam, reckten diese ihre Hälse,
schlugen wie vor Freuden mit den Flügeln und tanzten in
weitem Bogen um die Ziegenherde und die Dromedare
herum. Ein ganz grotesker Anblick. Und als ob nun alles
wieder in Ordnung sei, setzte sich die ganze Karawane in
Marsch nach dem Bahnhof. Die Strauße gingen so ruhig
zwischen den Ziegen und Dromedaren, als ob sie von einer
unsichtbaren Macht festgehalten würden. Ohne viel Sträu-
ben ließen die Vögel sich ergreifen und in den für sie bestimmten Wagen führen. Des Rätsels Lösung ist sehr einfach. Auf der ganzen zweiundvierzigtägigen Reise von
Kassala bis Suakin hatte man die Strauße ungefesselt zwischen der Ziegenherde und den Dromedaren transportiert.
Seppel, der mit dabei gewesen war, wußte das, und hatte
ganz richtig kalkuliert, daß die Strauße in die gewohnte
Marschordnung sich ohne Widerstreben wieder fügen würden.

An die Reise von Suez nach Alexandrien werde ich mein
Leben lang denken. Selten sind meine Nerven auf eine so
harte Probe gestellt worden. Der Tag war heiß, einer der
heißesten, deren ich mich entsinne. Die Reise begann damit,
daß nach einigen Stunden Fahrt der vorderste Wagen des
Güterzuges in Brand geriet. Zum Glück war ein Kanal
in der Nähe, so daß man des Feuers Herr wurde. Beim
Anziehen der Lokomotive gab es derartige Stöße, daß
unsere beiden „Gulahs", irdene Wasserflaschen, die wir im
Wagen aufgehängt hatten, in Scherben gingen. Zur Hitze
kam also ein brennender Durst. Die einzige heitere Er-

innerung von dieser Reise bildete die Begegnung mit einer
Beduinentruppe, die an den Zug herankam, um unsere
Giraffen und Strauße zu betrachten. Durch einen jungen
Nubier, den ich bei mir hatte und der sowohl des Ara=
bischen wie des Französischen mächtig war, versuchte ich,
von den Beduinen einige ihrer langen Feuersteinschloß=
gewehre zu kaufen. Sie gaben aber keins heraus, da sie
ihnen für die Jagd unentbehrlich waren. Diese kleine Er=
innerung, das Bild der wilden, braunen Söhne der Wüste,
geht aber unter in dem Schwall der Unannehmlichkeiten,
die noch folgten. Mitten auf der Reise versuchte man, uns
in einer Station einfach liegen zu lassen. Da der Zugführer
behauptete, seine Lokomotive könnte den langen Zug nicht
weiter ziehen, wurden die Wagen einfach abgekoppelt, und
der Zug fuhr ohne uns nach Alexandrien davon. In schwär=
zester Gemütsverfassung umging ich meine Wagen. Wie
leicht konnte dies zu einer Katastrophe führen und mir einen
kaum wieder gutzumachenden Schlag zufügen. Die Tiere
waren in ihren Wagen so eng zusammengepfercht, daß wir
sie nicht einmal füttern konnten, da wir die einzelnen Tiere,
ohne die Wagen zu entleeren, gar nicht erreichen konnten.
Hier galt es, sich aufzuraffen. Ich erinnerte mich daran,
daß Cassanova mir ein Zertifikat des kaiserlichen Hofes in
Wien übergeben hatte, das ihm vom Inspektor der k. k. Me=
nagerie zu Schönbrunn bei Gelegenheit eines Auftrags mit
der Weisung zugestellt worden war, es bei etwaigem Be=
darf zwecks schnellerer Beförderung der Tiere vorzuzeigen.
An dem Schriftstück befand sich ein großes vergoldetes
Siegel, und auf dieses setzte ich meine Hoffnung. Als ich
es dem Stationschef, einem französisch sprechenden Araber,
vorzeigte, machte es auch sofort den gewünschten Eindruck.
Der Beamte telegraphierte nach Kairo um die Erlaubnis,
unseren Wagen eine Extralokomotive vorspannen zu dürfen,
und kaum war eine Stunde vergangen, da hatte unser Zug
sich in einen Extrazug verwandelt.

Alles hätte jetzt glatt gehen können. Aber das Unheil
näherte sich abermals in Gestalt eines betrunkenen Loko=
motivführers, der mit seinem Zuge in einem solchen Tempo
davonraste, daß sämtliche Tiere durcheinandergeworfen
wurden. Das Schlimmste aber war, daß der Zug sich in un=

ausgesetzter Feuersgefahr befand. Auf der Maschine wurde
derartig darauf losgeheizt, daß die Esse einen wahren
Vulkan von Feuerfunken und glühenden Kohlenstücken aus-
spie, die wie ein Regen zwischen unseren Giraffen in das
Stroh des Wagens fielen. Wir waren fortwährend damit beschäftigt, das entstehende Feuer auszutreten und die
Tiere zu beruhigen. Schließlich blieb mir nichts weiter
übrig, als das gesamte Stroh durch die Seitenklappen ins
Freie zu werfen. Endlich war aber auch diese furchtbare
Nacht vorbei, und wir erreichten um 6 Uhr früh Alexan-
drien. In welcher Verfassung, das kann man sich denken.

Vielleicht interessiert es den Leser, die Geschichte dieses
Transportes, der in mancher Beziehung typisch ist, bis zu
Ende zu hören. In Alexandrien ging es zunächst wieder
an ein Ausladen und Unterbringen der Tiere, um am nächsten Morgen wieder mit dem Verschiffen zu beginnen.
Nebenher lief immer die Sorge um die Ernährung und das
Wohlbefinden der Tiere. Auf dem Hofe des Fuhrwerks-
besitzers Migoletti, eines Bruders des Afrikareisenden, fanden wir Unterkunft. Hier stieß auch die Karawane Migo-
lettis zu uns, die ich nunmehr ebenfalls in meinen Besitz
brachte. Der Tag, dem keine Nachtruhe vorhergegangen
war, wurde ausgefüllt mit der Besorgung von Lebens-
mitteln für die in meiner Obhut befindlichen Geschöpfe und
mit Vorbereitungen für die Verschiffung, die am nächsten
Morgen stattfinden sollte.

Schon in aller Herrgottsfrühe mußten wir uns auf-
machen, um unsere Güter nach dem für Triest bestimmten
Dampfer „Urano" zu verschiffen. Die schwierigste und gefährlichste Arbeit blieb natürlich wieder die Übernahme
der Tiere. Giraffen, Elefanten, Büffel, Antilopen, Strauße
und Ziegen mußten, in Gurte geschlagen, mit einem Dampf-
kran übernommen werden. Man wird es mir ohne weiteres
glauben, daß es ein ängstliches Gefühl in mir auslöste,
wenn ich die großen, wertvollen Tiere in der Luft zwischen
Himmel und Wasser schweben sah. Viel schwieriger als das
Einschlagen in die Schlingen war das Auslösen. Die
Giraffen zum Beispiel mußten dabei auf die Seite gelegt
werden, anders ließen sich die Stricke nicht lösen, und so
schnell es auch geschah, es blieb doch nicht aus, daß man

von diesen langbeinigen Geschöpfen mit gefährlichen Tritten regaliert wurde. Mein Bruder Dietrich bekam einen solchen Schlag gegen die Brust, daß er ohnmächtig zusammenbrach. Zum Glück erholte er sich bald, und es zeigte sich, daß nichts gebrochen war. Glücklich kamen wir in Triest an, wo wir von meinem Vater und meinem Schwager Umlauff erwartet wurden, die bereits die nötigen Eisenbahnwagen im voraus bestellt hatten. Ganz ungeheuer war das Aufsehen, welches unser Transport in der Triester Bevölkerung erregte; es war der größte Tiertransport, welcher bis dahin nach Europa gebracht worden war. Er bestand unter anderem aus folgenden Tieren: einem Rhinozeros, fünf Elefanten, zwei Warzenschweinen, vier Erdferkeln, vierzehn Giraffen, zwölf Antilopen und Gazellen, vier wilden nubischen Büffeln, sechzig größeren und kleineren Raubtieren, darunter dreißig gefleckten und gestreiften Hyänen, sieben jungen Löwen, acht Leoparden und Geparden, sowie einigen Wildkatzen und so weiter. Außerdem kamen noch sechsundzwanzig afrikanische Strauße hinzu, worunter sich sechzehn ausgewachsene Vögel befanden. Der Matador unter diesen Tieren war ein weibliches Exemplar von einer so außerordentlichen Größe, wie ich seitdem keins wieder gesehen habe. Einen Kohlkopf, den ich in einer Erhöhung von elf Fuß angebracht hatte, konnte dieser Vogel bequem herunternehmen. Der Transport wurde vervollständigt durch zwanzig große Kästen mit Affen und Vögeln, sowie zweiundsiebzig nubische Milchziegen, eine wandelnde Molkerei, die uns Milch für unsere jungen Tiere lieferte. Als die Tiere ausgeladen wurden, standen Tausende von Menschen an den Ufern, um das seltene Schauspiel mit anzusehen, und jedesmal, wenn ein Elefant oder eine Giraffe hoch oben in den Schlingen zappelte, erhob sich ein Gebrause von Stimmen. Dieser Volksauflauf war aber noch nichts gegen das Gedränge der Zuschauer, als wir mit unseren Tieren im langen Zuge vom Schiff nach dem Bahnhof marschierten. Das Publikum in den Straßen stand so dicht zusammengedrängt, daß wir uns selbst mit Hilfe unserer Platzmacher, einer Polizeimannschaft von sechs Personen, kaum vorwärts bewegen konnten. Es ist mir heute noch ein Rätsel, daß keine Unglücksfälle vorgekommen sind.

Auf der Fahrt nach Wien, Dresden, Berlin und Hamburg bröckelte die große Karawane auseinander. In der
kaiserlichen Menagerie zu Wien blieben ein paar Giraffen,
ein Elefant und viele kleinere Tiere. In Dresden fanden
ebenfalls zwei Giraffen nebst einer Anzahl anderer Tiere
ihre neue Heimat. Den größten Teil der Tiere aber übernahm Herr Dr. Bodinus, dem ich mich bereits telegraphisch
angemeldet hatte, in Berlin für den dortigen Garten.

Seitdem ich im Anfang des Jahres 1866 das Tiergeschäft für eigene Rechnung übernommen hatte, war alle
Ruhe dahin. Bald weilte ich an den Ufern des Rheins und
bald an den Gestaden des Roten Meeres, und kam ich endlich nach Hause zurück, dann riefen mich inzwischen ange-
langte Telegramme schon wieder in die Ferne. Diese Reisen
wurden auch nicht seltener, nachdem ich am 11. März 1871
meinen eigenen Hausstand gegründet hatte. Doch alle
Mußestunden gehörten der Familie. Von den zehn Kindern, die meine Frau mir geschenkt, sind fünf, drei Mädchen
und zwei Knaben, am Leben. Die beiden letzteren, Heinrich
und Lorenz, jetzt auch meine Sozien im Geschäft, sind
gleichfalls schon glückliche Ehemänner geworden — ebenso
wie die drei Töchter inzwischen Hausfrauen. Als sehr leben-
diger Beweis dafür umgibt mich eine Schar von dreizehn
Enkelkindern.

Die Verkehrsmöglichkeiten haben sich in den letzten Jahren derartig entwickelt, daß man sich von den Schwierigkeiten des Transportes von Menschen und Tieren in jener
Zeit, die doch noch so nahe hinter uns liegt, kaum ein richtiges Bild machen kann. Eine große Tiersammlung mußte,
um ihren Bestimmungsort in Italien zu erreichen, erst eine
schwierige Gebirgstour über den St. Gotthard zurücklegen.
Die Tiere waren in sechs große Wagen geladen, und jeder
wurde von zwanzig Maultieren gezogen. Nicht weniger als
120 Maultiere waren also nötig, um diesen Transport zu
bewerkstelligen.

Kurz nach dem Ausbruch des Krieges 1866 befand ich
mich in Begleitung meines Vaters auf der Reise nach Wien,
wo einer unserer Reisenden mit sieben Elefanten und einer
großen Anzahl anderer Tiere angekommen war. Zu jener
Zeit konnte man infolge der Kriegswirren noch nicht über

Dresden nach Wien kommen, vielmehr mußte man einen
Umweg über Frankfurt und Linz machen, so daß wir erst
nach einer vierzigstündigen Fahrt in der Kaiserstadt an=
kamen. Der Transport dieser Tiersammlung ging, wie ge=
wöhnlich, nicht ohne seine kleinen Abenteuer vor sich. In
der Gegend von Nürnberg bemerkte ich, daß meine Ele=
fanten an Kolik litten. Ich ließ sogleich meine Wagen in
Nürnberg abhängen, um erst mit der nächsten Gelegenheit
weiterzufahren. Eins der Tiere hatte sich bereits vor
Schwäche hingelegt. Erst mit Hilfe eines Wärters, den ich
von Wien mitgenommen hatte, gelang es mir, das Tier
wieder hochzubringen. Das war keineswegs eine leichte
Sache, denn obgleich die Tiere nur etwa 1,50 Meter hoch
waren, so besaßen sie doch schon ein Gewicht von min=
destens 1000—1200 Pfund.

Es gibt nun ein sehr einfaches Mittel, Elefanten von der
Kolik zu befreien: da der Mangel an Bewegung die Krank=
heit häufig verursacht, so muß sie durch Bewegung beseitigt
werden. Ich führte also meine sieben Elefanten auf dem
Bahnhof spazieren, und nach zwei Stunden hatte die Pro=
menade, die für mich selbst kein Vergnügen war, ihre Wir=
kung so weit getan, daß ich die Tiere wieder in den Wagen
zurückbringen konnte. Das dicke Ende folgte indes noch nach.
Alsbald kam der Stationsvorsteher angerannt und machte
einen heillosen Spektakel, und nicht mit Unrecht, denn ich
muß gestehen, daß der Bahnhof nach dieser zweistündigen
Promenade nicht gerade einen sauberen Eindruck machte.
Mir blieb nichts anderes übrig, als zu erklären, der Sta=
tionsvorsteher möge den Platz nur durch seine Leute säu=
bern lassen, ich würde alles bezahlen, und damit beruhigten
sich denn auch die Gemüter. Es kam aber ein noch dickeres
Ende nach. Ehe der Zug weiterging, was noch einige Stun=
den dauerte, begab ich mich in die Stadt und kaufte dort
einige Flaschen guten Rum und einige Pfund Zucker. Da=
von braute ich einen kräftigen Grog, den ich meinen Ele=
fanten als bewährte Nachkur gegen die Kolik zu saufen gab.
Dieses Mittel tat den Tieren sehr gut, alle gerieten in eine
heitere Stimmung. Einer der Elefanten aber schien des
Guten etwas zuviel bekommen zu haben, denn er begann
allen möglichen Unsinn zu machen, boxte seine Gefährten

und traktierte sie mit Fußtritten. Für diesen Süffel braute
ich noch einen Extragrog, so daß er nunmehr total betrunken
wurde. Es dauerte auch gar nicht lange, da legte er sich hin
und brauchte sechs volle Stunden, bis er seinen Rausch aus-
geschlafen hatte.

In dem folgenden Jahre (1867) erhielt ich sogar zwei
größere afrikanische Transporte. Der Suban war ja überhaupt jahrelang für Europa die größte Tierquelle. Der
erste dieser Transporte bestand aus fünf Giraffen und
einem Elefanten, welchen ein deutscher Kaufmann, namens
Bernhard Kohn, aus Ägypten mitgebracht hatte. Mit der
Übernahme des Transportes erwuchs mir eine neue Schwierigkeit. Giraffen waren in unserm Geschäftslexikon ja neu.
Bezüglich der Behandlung und des Transports dieser Tiere
mußten erst Erfahrungen gesammelt werden; das zeigte sich
schon bei der Überführung der Giraffen zum Bahnhof.
Jedes einzelne Tier mußte geführt werden. Ich hatte zu
diesem Zwecke zehn Leute angenommen. Je zwei führten
eine Giraffe, ich selbst nahm den Elefanten. Kaum war
jedoch die Stalltür geöffnet — Herr Kohn hatte nämlich
den ganzen Transport in einem Pferdestall untergebracht —,
als alle Giraffen mitsamt ihren Führern in wildem Galopp
durchbrannten. Glücklicherweise waren die Straßen infolge
der frühen Morgenstunde leer, sonst wäre es wenigstens
ohne einen riesigen Volksauflauf nicht abgegangen. Kohn,
welcher mich begleitete, übernahm auf meine Bitte den
Elefanten, und ich selbst eilte, so schnell mich meine Beine
tragen wollten, den Leuten mit ihren Giraffen zu Hilfe.
Die größte hatte bereits ihre Führer zu Boden gerissen
und eilte nun in rasender Gangart davon. Die übrigen Tiere
konnte ich noch zum Stehen bringen, und damit hatte ich
auch die entlaufene Giraffe wieder in der Gewalt, denn als
sie endlich stillstand, sich umsah und bemerkte, daß ihre Gefährten ihr nicht folgten, kehrte sie ebenso schnell zurück, als
sie fortgelaufen war. Sofort ergriff ich das Tier und führte
es selbst, und nun kamen wir ohne weiteren Unfall zum
Bahnhof.

Die zweite große Tierkarawane desselben Jahres zeich-
nete sich durch eine Häufung von Unfällen aus. Ein altes
Wort sagt, daß ein Unheil nie allein kommt. Das mußte

ich auch hier erfahren. Als der Dampfer mit unseren Tieren
auf der Reede von Triest erschien, wohin ich mit meinem
Vater geeilt war, nahmen wir mit Schrecken wahr, daß
die Quarantäneflagge gehißt war. In Ägypten herrschte
die Cholera, aus diesem Grunde mußte das Schiff sich einer
achttägigen Quarantäne unterziehen, und während dieser
Zeit durfte natürlich niemand weder an noch von Bord
gehen. Zu allem Unglück erkrankte mein Vater an
Dysenterie, und vier Tage nach der Erkrankung stellte sich
eine beunruhigende Schwäche ein. Ich geriet in die größte
Bestürzung, als der Kranke mich zu sich rufen ließ und gewissermaßen von mir Abschied nahm. Mit dem Taschen-
buche vor sich, gab er mir Verfügungen, die sich auf Geschäfte in Hamburg bezogen, erteilte mir guten Rat in
vielen Dingen, die der Zukunft angehörten, und sprach es
schließlich selbst aus, daß er kaum glaube, die Heimat
wiederzusehen. Mit schwerem Herzen ging ich an diesem
Morgen aus dem Hause, um den vielen Geschöpfen, die
da draußen auf mich warteten, ihr Recht zuteil werden
zu lassen. Mein Vater war auf Anraten des Arztes der
Luftveränderung wegen nach Wien vorausgereist. Nicht
ohne die bekannten kleinen Zwischenfälle wurden die Tiere
endlich verladen. Daß unterwegs eine Antilope aus dem
Wagen sprang und mit gebrochenem Genick auf dem Bahn-
damm liegenblieb, daß einer der Strauße ein Bein brach
und getötet werden mußte, oder daß einer der kleineren
Elefanten durch den Stoß eines Kollegen zugrunde ging,
fiel nicht ins Gewicht gegenüber der großen Freude und
Überraschung, meinen Vater in Wien völlig genesen an-
zutreffen. Dieser Transport hatte noch eine Art von Epilog,
der sich bei der Umladung der Tiere in Wien ereignete.
Der Sicherheit halber führte man von den dreizehn Elefanten zuerst die sieben kleineren auf die Straße. Als man
aber bereits eine gute Strecke zurückgelegt hatte, um nach
dem Bahnhof zu gelangen, erhoben die sieben Dickhäuter
ein großes Geschrei, worauf die sechs großen, zurückgebliebenen Elefanten sich in ihrem Stalle wie wild ge-
bärdeten, Stricke, Taue und Haken zerrissen und zur Tür
hinausströmten. Der Aufruhr, der sofort auf der Straße
entstand, ist unbeschreiblich. Die Passanten stoben rechts

und links auseinander und suchten in den Häusern Rettung.
Die Elefanten kümmerten sich aber nicht im geringsten um
die auseinanderstiebenden zweibeinigen Zwerge, sie wünsch-
ten nur zu ihresgleichen zu gelangen, und als sie diese erreicht hatten, schritten sie so ruhig hinter dem Zuge her
wie ebenso viele Schafe.

Bis in die ersten siebziger Jahre reicht die Zeit des aus-
schließlichen Tierhandels, dem sich in der Folge weitere
Unternehmungen anschlossen. Den Schlußstein dieser Epoche
bildete die Übersiedlung in ein neues Heim. Bei der wach-
senden Ausdehnung des Geschäfts waren die Räume am
Spielbudenplatz längst viel zu eng geworden. Nach langem
Suchen glückte es mir im Frühling 1874, am Neuen Pferdemarkt in Hamburg ein geeignetes Grundstück mit Wohn-
haus und dahinterliegendem, 76 000 Quadratfuß großem
Garten aufzufinden. Dieses Grundstück erwarb ich, und die
nötigen Einrichtungen, wie Stallungen usw., wurden mit
einem solchen Eifer gebaut, daß wir bereits um die Mitte
des Aprils unsern Einzug in das neue Heim bewerkstelligen
konnten.

III.

Völkerschaustellungen

Im Bankettsaal des „Jardin d'Acclimatation" zu Paris fand sich an einem schönen Herbsttage des Jahres 1886 eine glänzende Gesellschaft von Vertretern der Wissenschaft, der Künste und der Presse zusammen. Es galt, einen Abschied zu feiern. Unter der Hagenbeckschen Flagge hatte die Schaustellung einer Singhalesentruppe stattgefunden, die sich nun nach zweieinhalbmonatigem Aufenthalte wieder auflöste. Diese Schaustellung war die Sensation von Paris gewesen; sie hatte dem Garten nicht nur bedeutende Einnahmen, sondern einem unabsehbaren Publikum Unterhaltung, Anregung und Belehrung gebracht.

Es war mir vergönnt, die Völkerausstellungen als erster in die zivilisierte Welt einzuführen. Gern gestehe ich dabei, daß der Gedanke nicht etwa fertig ins Leben hineingesprungen ist, sondern daß er sich, von Zufällen beeinflußt, regelrecht entwickelt hat.

Der erste Anstoß war die Tatsache, daß das Tiergeschäft um die Mitte der siebziger Jahre langsam zu gehen anfing und ich also daran zu denken gezwungen war, mein Unternehmen nach irgendeiner anderen Seite hin auszudehnen. In der Folge fand der alte Spruch: „Kleine Ursachen, große Wirkungen" wieder einmal seine Bestätigung. Es war im Jahre 1874, als ich meinem alten Freunde, dem Tiermaler Heinrich Leutemann — ich weiß nicht mehr, aus welchem Grunde — in einem Briefe mitteilte, daß ich eine Renntierherde von dreißig Exemplaren zu importieren hätte, um verschiedene zoologische Gärten mit diesen Tieren zu versorgen. Der Künstler schrieb mir darauf, es müsse doch großes Interesse erregen, wenn ich die Renntiere von einer Lappländerfamilie begleiten lassen würde, die dann natürlich auch ihre Zelte, ihre Waffen, Schlitten und ihren gesamten Hausrat mitbringen müßte. Was dem Künst-

ler in seinem Briefe vorschwebte, war sicherlich nur das
malerische nordische Bild, das er sich nur in abgeschlossener
Vollkommenheit mit Menschen und Tieren und womöglich
einem winterlichen Hintergrund vorzustellen vermochte. In
diesem Vorschlag aber war schon der glückliche Gedanke
der Völkerausstellungen, die sich in den nächsten Jahren
wie eine bunte Kette aneinanderreihten, verborgen. Lappländer und Nubier, Eskimos und Somali, Kalmücken und
Indier, Singhalesen und Hottentotten, die Bewohner der
verschiedensten Zonen reichten einander in den kommenden
Jahren gleichsam die Hände in ihren Zügen durch die europäischen Hauptstädte.

Der Zug begann mit den Lappländern.

Glücklicherweise traf es sich so, daß der Agent, der die
Renntiere zusammenbrachte, auch gleichzeitig eine Familie
von Lappen zur Fahrt nach Hamburg veranlaßte. Gegen
Mitte September des Jahres 1874 traf die kleine Expedition von Menschen und Tieren, geführt von dem deutsch
sprechenden Agenten, einem norwegischen Photographen,
in Hamburg ein. Mein Freund Leutemann und ich fuhren
dem Dampfer entgegen, erkletterten ihn während der Fahrt
und begaben uns sofort ins Zwischendeck, wo die Gäste
untergebracht waren. Schon der erste Anblick war ent-
scheidend für meine Überzeugung, daß das Unternehmen
gelingen werde. Die Karawane bestand aus sechs Personen
und machte einen höchst frappierenden Eindruck. Auf Deck
stolzierten die drei männlichen Mitglieder der Truppe,
kleine, gelbbraune, in Felle gekleidete Leute, neben ihren
Renntieren einher. Im Zwischendeck bot sich uns aber ein
köstlicher Anblick! Eine Mutter mit ihrem Säugling, den sie
zärtlich ans Herz drückte, und ein vierjähriges niedliches
Mädchen. Das Ausbooten ging glücklich vonstatten, auch
der Transport, dem natürlich einige der dem Leser schon
bekannten Zwischenfälle nicht fehlten. Dieses Mal wurden
sie aber zu einer glücklichen Vorbedeutung, weil sie dem
Unternehmen eine unfreiwillige Propaganda von großer
Werbungskraft lieferten. Die Renntiere waren auf der
Straße ungebärdig und wollten sich nicht führen lassen; in
der Nähe des Dammtors entsprangen zwei dieser Tiere,
jagten, Gitter und Mauern leicht überspringend, über die

Wildgefangene Zebras im Kral (Deutsch-Ostafrika)

Elenantilopen als Zugtiere

Seelöwen auf der Insel Chao (Peru) Aufnahme W. v. Ohlendorff

Im Elefantendepot von John Hagenbeck auf Ceylon

Kirchhöfe und gelangten endlich in den Zoologischen Garten, wo sie ganz gut aufgehoben waren, bis wir sie wieder abholten. Dieser Zwischenfall und der Anblick der Lappländer hatte indes Tausende von Menschen angelockt und war also zu einer recht guten Reklame geworden.

Die Lappen oder, wie sie sich selbst nennen, Same, die bekanntlich die nordischen Teile von Rußland, Finnland und Schweden bewohnen, das sogenannte Lappland, werden ihrer Beschäftigung nach in drei getrennte Völkerschaften geteilt, und zwar in die Berglappen, Waldlappen und Fischerlappen. Die unsrigen gehörten zu den Berglappen, die als Renntiernomaden im Lande umherziehen. Diese Leute sind fast ganz auf das Renntier angewiesen.

Es war sehr interessant, die kleinen Leute, die nur eine Größe von 1,30—1,60 Meter erreichen, bei der Arbeit zu sehen. Wie daheim, brachen sie ihre Zelte ab und errichteten sie wieder, wozu keine große Arbeit nötig war. Diese Zelte waren aus Stangen gebaut und im Sommer mit Leinwand, im Winter mit gegerbten Häuten überzogen. Oben in der Mitte bleibt ein Loch zum Durchzug des Rauches frei.

Schön konnte man unsere Gäste gerade nicht nennen. Ihre Hautfarbe ist ein schmutziges Gelb, der runde Schädel ist mit straffem, schwarzem Haar bewachsen, die Augen stehen ein wenig schief, die Nase ist klein und platt. Dagegen ist das Knochengerüst sehr fein und zart, und kleinere Hände und Füße als bei den Lappländern kann man nur noch an den Eskimo-Schönen bewundern. Unsere Lappländer verfertigen ihre Kleidungsstücke und Geräte selbst. Die gegerbten Häute des Renntiers nähen sie mit Sehnen sehr fein zusammen, Schneeschuhe und auch Bestandteile ihrer Schlitten werden aus Holz geschnitzt und die Verbindungen mit Lederriemen hergestellt. Frauen und Männer gehen ziemlich gleich gekleidet, beide Geschlechter tragen einen langen Pelzrock, eine spitzige Pelzmütze und an den Füßen genähte Lederschuhe. Ein Vergnügen war es, zuzusehen, wie die Renntiere mit Hilfe der Wurfschlinge eingefangen wurden, wie gewandt man die Schlitten bewegte und wie sachgemäß der Aufbau und das Abreißen der Zelte vor sich ging. Großes Interesse erweckte jedesmal das Melken der Renntiere, und Aufsehen erregte geradezu die kleine Lappländerfrau, wenn sie ihrem Säugling die Brust reichte.

Dieser erste Versuch einer anthropologisch-zoologischen Ausstellung hatte mich vieles gelehrt. In Gedanken hielt ich Umschau nach weiteren vorzuführenden Völkerschaften, und der Zufall brachte es mit sich, daß ich vom eisigen Norden direkt in den sonnigen Süden hinübersprang. Einem meiner damaligen Agenten, welcher in Nubien Tiere für mich sammelte, gab ich den Auftrag, für den nächsten Transport eine Anzahl von recht interessanten Eingeborenen für mich anzuwerben und sie samt ihren Tieren, Zelten, Haus- und Jagdgeräten nach Deutschland zu überführen. Dieses Mal galt es also ein Bild aus dem ägyptischen Sudan vorzuführen. Im Juni 1876 traf der Menschen- und Tiertransport in Triest ein. Die schönen Leute gehörten verschiedenen Stämmen an, sie kamen aus unserm damaligen Tierparadies, dem Sudan, der einige Jahre später durch den Mahdistenaufstand geschlossen werden sollte. In der Truppe befand sich auch eine Frau, Hadjidje, die erste Nubierin, welche nach Europa gelangte. Im Schmucke ihrer eigenen wilden Persönlichkeiten, mit ihren Tieren, Zelten, Haus- und Jagdgeräten boten die Gäste ein hochinteressantes anthropologisch-zoologisches Bild aus dem Sudan. Jedesmal begann die Ausstellung in Hamburg und bereiste von hier aus verschiedene Städte, überall das gleiche Aufsehen erregend. Hier und da wurde freilich, wie ich gestehen will, etwas vorgearbeitet. In Breslau zum Beispiel kam ich auf die Idee, meine Nubier, alle im pompösen Schmuck ihrer Waffen, Federn und Felle, in den vornehmsten Equipagen, die man in Breslau haben konnte, durch die Stadt spazierenfahren zu lassen. Im ersten Wagen saßen Dr. Schlegel, der Direktor des „Zoo", ich selbst und die schöne Hadjidje. Neben jedem Kutscher thronte in finsterer Majestät ein sudanesischer Krieger mit ragender Lanze. Zehn Wagen fuhren hintereinander. Unterwegs kehrte man im ersten Café der Stadt ein, das sich sofort bis in die entferntesten Winkel mit neugierigen Besuchern füllte.

Der großartige Erfolg, den die Afrika-Ausstellung ergeben hatte, legte es mir nahe, auch den Winter mit einer passenden Schaustellung auszufüllen. Das konnte nur vom Nor-

den aus geschehen, und ein glücklicher Gedanke gab es mir
ein, die aus unseren Nordpolexpeditionen bekannten und
noch nie in Mitteleuropa gesehenen Eskimos vorzuführen.
Im Frühling des Jahres 1877 hatte ich bereits einen jungen Norweger engagiert, den ich nun nach Grönland entsandte, um dort eine Eskimofamilie zu einer Kunstreise
durch die europäischen Hauptstädte einzuladen. Die König-
liche Dänische Regierung hatte nicht nur hierzu ihre Erlaubnis gegeben, sondern beförderte meinen Reisenden
außerdem mit einem Regierungsschiff nach Grönland. Die
Fahrt ging an die Westküste, nach Jacobshavn. Die Aufgabe gelang über alle Erwartung. Jacobsen engagierte zunächst eine Familie, bestehend aus Ukubak, seiner Frau und
zwei kleinen Mädeln, sowie zwei ledigen Männern; nebenher brachte er eine hochinteressante ethnographische Sammlung heim — die Eskimohunde zum Schlittenziehen, der
Hausrat, die Zelte und Waffen durften ja selbstverständlich nicht fehlen, außerdem aber enthielt die Sammlung zwei
Kajaks, jene bekannten Jagdboote der Eskimos, ein großes
Weiberboot „Umiak", eine Menge von interessanten Klei-
dungsstücken, viele interessante Geräte, wie Schneemesser,
Seehundsfangapparate und primitive Waffen. Nicht nur
mit der Überführung dieser neuen Karawane hatten wir
Glück gehabt, sondern auch in der Auswahl der Typen.

Ukubak, ein Mann von etwa dreißig Jahren, entpuppte
sich als ein überaus geschickter Kajakfahrer und im ganzen
als ein hochstehendes, charakteristisches Exemplar seines
Volkes. Die grönländischen Eskimos, durch Nansen in seiner
Monographie aufs beste beschrieben, stehen der Zivilisation
schon näher als die nördlicher wohnenden, wildlebenden
Eskimos, denen auch der Kajak noch unbekannt ist. Die
letzten Nachrichten, die wir von diesen Völkerschaften erhalten haben, entstammen ja bekanntlich der Feder des
kühnen Norwegers Roald Amundsen, der drei Jahre lang
unter den Eskimos gelebt hat. Allzuviel unterscheiden sich
die Eskimos, die in Grönland unter dänischem Schutz woh-
nen, nicht von ihren Stammesgenossen. Obgleich sie das
Christentum angenommen haben, sind ihre Sitten und Ge-
bräuche der alten heidnischen Überlieferung ziemlich treu geblieben. Vor allem haben sie das Jagdhandwerk zu üben,

4*

wenn sie sich auf der Höhe erhalten wollen. Das Wild in Grönland ist bekanntlich der Seehund und die anderen verschiedenen Robbenarten. Ukubak gehörte zu den guten Fängern, das konnte man schon daran erkennen, daß er in seinem Kajak und auf dem Wasser durchaus zu Hause war. Der Kajak ist ein schmales Fellboot, in das der Jäger seine Beine hineinstecken muß. Die Öffnung wird rund um den Körper verschlossen, und zwar so, daß die Kleider des Jägers ringsherum an der Bootöffnung befestigt werden. Nicht selten passiert es, daß diese Boote, vom Sturm überrascht, im heftigen Wellengang umschlagen, so daß der Jäger mit dem Oberkörper nach unten ins Wasser hängt. Es gehört eine außerordentliche Geschicklichkeit dazu, um mit Hilfe des Doppelruders, das der Jäger in der Hand hält, wieder an die Oberfläche zu gelangen. Schon mancher Eskimo hat auf diese Weise, wenn keine Hilfe rechtzeitig in der Nähe war, seinen Tod in den Wellen gefunden. Für Ukubak war diese Kraftleistung eine Kleinigkeit, er übte das Umschlagen des Kajaks und das Wiederemportauchen als ein Kunststück, das ihm stets glückte, und das er nie müde wurde zu wiederholen.

Ukubak war ein mittelgroßer Mann mit einnehmenden Gesichtszügen; seine in zierliche Fellkleider gehüllte Frau konnte als eine Schönheit gelten. Sie war eher groß als klein, von schlanker Figur, trug das Haar zu einem Schopf zusammengebunden mitten auf dem Kopf und hatte zwei entzückende Babies bei sich. Die Eskimoschönen tragen keine Kleider wie die unsrigen, sondern Fellhosen und zierlich genähte Schuhe, sogenannte Kamicker. Diese anziehende Familie, in Begleitung zweier weiterer Eskimojünglinge, zog also bei uns ein und machte es sich auf demselben Raume bequem, den einst die Lappländer eingenommen hatten — die aber durchaus keine Verwandten der Eskimos sind. Ganz nach Eskimoart wurde den Leuten eine Wohnung hergerichtet, nämlich halb unter der Erde.

Aus den Elefantenimporten des Jahres 1880 entwickelte sich auf Umwegen eine neue Völkerausstellung. Unter meinen amerikanischen Kunden entstand ein Wettbewerb um die Erlangung indischer Elefanten, und ich war genötigt, Plätze aufzusuchen, wo man diese Tiere preiswert erwerben konnte. Zu diesem Zwecke entsandte ich meinen Mitarbeiter, den bekannten Weltreisenden Herrn Joseph Menges, der bisher im Sudan für mich tätig gewesen war, nach Ceylon, zunächst als Pionier, um zu erforschen, was dort an Elefanten zu haben sei. Menges nahm eine gründliche Revision von Ceylon vor, bereiste es bis an die entferntesten Winkel und knüpfte Geschäftsverbindungen an. Seinen Spuren folgten dann zwei andere Reisende, um sich mit dem Ankauf und dem Transport von Elefanten zu beschäftigen.

Inzwischen machte Menges einen kleinen Abstecher nach Somaliland, um diese Gegend auf ihre Ergiebigkeit für uns zu untersuchen. Von den Erlebnissen dieses Weltreisenden wird noch an anderer Stelle die Rede sein. Im Sommer 1881 kehrte Menges mit einem Tiertransport zurück, wurde aber unterwegs vom Unglück überrascht. Menges hatte sich mit 45 Straußen, einem Dutzend der schönen Beisa-Antilopen, verschiedenen Gazellen und anderen Tieren auf einem kleinen Dampfer eingeschifft, um nach Aden überzusetzen, geriet aber auf dieser kurzen Strecke in einen orkanartigen Sturm, wobei die meisten Strauße und Antilopen über Bord gewaschen wurden oder mit gebrochenen Gliedmaßen an Deck liegen blieben. Von dem ganzen Transport gelangten nur sechs Strauße und drei Antilopen lebend nach Hamburg. Von solchen Zufällen darf man sich in unserm Geschäft nicht entmutigen lassen. Der Kampf muß stets nach verschiedenen Fronten geführt werden. Unwegsamkeit, Klima und Naturereignisse spielen stets eine große Rolle.

Menges kehrte sofort nach Somaliland zurück, nahm aber diesmal zerlegbare Käfige und einen großen Posten Holz zum Bau von Kästen mit sich, um den Tieren auf der Reise mehr Schutz gewähren zu können. Der zweite Transport glückte besser. Eine Straußenfarm in Algerien hatte mir einen Auftrag auf vierzig Strauße erteilt, und Menges hatte das Glück, nicht nur diese Vögel, sondern noch viele andere Tiere zusammenzubringen und unbeschädigt nach Europa zu überführen. Von Marseille aus wurden die Strauße nach ihrem Bestimmungsort verladen, die übrigen Tiere nach Hamburg, und alles ging glücklich vonstatten, so daß der Verlust des ersten Transports durch diesen zweiten reichlich gedeckt wurde. In dieser Sammlung befand sich eine neue Art Wildesel aus dem Somaliland, mit schönem, blaugrau gezeichnetem Fell und mit schwarzen, bis zum Oberkörper reichenden Streifen an den Beinen. Die Zoologen wollten indes merkwürdigerweise von der Neuheit dieser Spezies nicht viel wissen.

Meinen Somaliesel verkaufte ich schließlich an den Zoologischen Garten in London. Inzwischen war nun auch der Elefantenimport aus Ceylon zur Entwicklung gelangt und gestaltete sich recht günstig. Im Jahre 1883 führte ich nicht weniger als siebenundsechzig dieser Tiere von der Insel aus. Wie etwas Selbstverständliches griff nun das neue Gebiet auch in die Völkerausstellungen ein, die ununterbrochen ihren Fortgang nahmen. Das Jahr 1883 vereinigte wieder einmal äußerste Gegensätze, Indier und — Kalmücken.

Die Elefantentransporte legten mir den Gedanken nahe, einmal eine Anzahl „Kornaks", wie bekanntlich die Elefantentreiber genannt werden, aus Ceylon mit nach Europa kommen zu lassen, um zu zeigen, wie die Elefanten auf Ceylon und überhaupt in Indien zur Arbeit benutzt werden. Die Vorführung erregte, wie ich vorausgesehen hatte, das allergrößte Interesse. Die eingeführten Lastelefanten, die ebenso willig und gefügig sind wie Pferde, verrichteten unter ihren Reitern eine ganze Reihe schwieriger Arbeiten, zu denen man allerdings in jedem einzelnen Falle viele Pferde nötig gehabt hätte.

Durch den guten Erfolg dieser kleinen Truppe ermutigt, traf ich sofort Anstalten, für das nächste Jahr eine große, umfassende Ceylon-Ausstellung ins Werk zu setzen. Diesmal sollte es sich nicht nur um Elefanten und ihre Kornaks handeln, sondern um eine Völkerausstellung im großen Stile, mit dem nötigen ethnographischen und zoologischen Drum und Dran. Mit dieser Ausstellung wollte ich dann die Hauptstädte Europas bereisen. Um alles richtig in die Wege zu leiten, entsandte ich zwei bewährte Reisende nach Ceylon, die, nach meinen Plänen und Instruktionen, im Frühjahr 1884 mit der ganzen Karawane in Europa eintreffen sollten.

Inzwischen reiste ich mit einer großen Kalmückenausstellung umher, die ich aus dem Wolgagebiet Rußlands

eingeführt hatte. Die Kalmücken sind ein interessantes Volk
mit reicher geschichtlicher Vergangenheit. Sie selbst nennen
sich Mongol-Oirat, der Name Kalmücken kommt von der
tatarischen Benennung Khalemak. Der größte Teil dieser
ausgedehnten Völkerschaften steht noch unter chinesischer
Oberhoheit, und ihre Stammsitze befinden sich in der Gegend
von Kuku-nor; seit Jahrhunderten aber leben große Scharen im russischen Reich und sind hier über weite Gebiete
zerstreut. Es ist ein Nomadenvolk, das in besonderen, leicht
aufgerichteten Zelten wohnt, Kibitken genannt, und der
Viehzucht obliegt. Unsere Kalmücken stammten also von
den Ufern der Wolga und hatten neben ihren Zelten und
Gerätschaften auch ihr sämtliches Viehzeug mitgebracht, vor
allem Pferde, eine große Herde von Kamelen und als eine
der seltensten Sehenswürdigkeiten eine immense Herde rie-
siger Fettschwanzschafe. Die Tiere bekommen zuweilen einen
durch die Fettbildung so schwer gewordenen Steiß, daß man
ihn dauernd auf einem kleinen zweiräderigen Karren unterbringt, in den das Tier eingespannt wird. Neben diesen seltsamen Schafen erregten die kirgisischen Stuten viel Interesse, die täglich gemolken wurden. Aus der Pferdemilch bereiten die Kalmücken ihr Lieblingsgetränk, den inzwischen
als Heilmittel gegen Brustkrankheiten weltbekannt gewordenen Kumys. Der Kumys ist ein gegorenes Getränk, hat
einen säuerlichen Geschmack und schäumt, wenn er das nötige
Alter erreicht hat, beim Eingießen, wird aber meist un-
mitelbar nach der Gärung getrunken. Mit dem Viehzeug
hatte es aber noch lange nicht sein Bewenden. Auch zwei
buddhistische Priester hatte ich mitkommen lassen, die in
ihrem Ornat keinen üblen Eindruck machten.

In unserer Ausstellung konnte man das Leben und Treiben der mongolischen Gäste bis in die kleinsten Details
beobachten. Sie schlugen ihre Zelte ab und bauten sie wieder auf. Diese bienenkorbartigen Kibitken sind Holzgestelle,
die mit großen Filzdecken bekleidet sind; nur oben bleibt
ein Luftloch, durch welches das Licht hereinfällt und der
Rauch des Herdes abzieht. Denn just unter der Dachöffnung
werden über einem Gestell an großen eisernen Haken die
Kochtöpfe aufgehängt; selbst im eisigen Winter verbreitet
sich in diesen transportablen Hütten behagliche Wärme.

Die Gestelle sind durch Einschaltung von Gelenken so ein-
gerichtet, daß man sie zusammenlegen kann. Der Abzug einer
Horde wurde aufs genaueste dargestellt: man brach die
Kibitken ab, befestigte ihre einzelnen Teile auf Pferden und
Kamelen und begab sich auf die Wanderschaft. Das heißt,
man zog ein paarmal im Kreise herum und war wieder an
Ort und Stelle. Die Zelte wurden aufgebaut und das La-
gerleben begann. Die Stuten wurden gemolken und das
Mahl hergerichtet. Es wurde gebetet, gefochten, gesungen
und getanzt.

Die große Ceylonkarawane, die von langer Hand sorgfältig vorbereitet war, wurde im April des Jahres 1884
glücklich in Europa gelandet. Mit diesem Transport befand
sich wohl die interessanteste Ausstellung in meinen Händen,
die ich bis dahin gehabt hatte. Sie bestand aus 67 Menschen, 25 Elefanten, von ganz jungen Exemplaren bis zu den
größten Arbeitselefanten, und einer ganzen Anzahl von
Rindern verschiedener Art. Die ethnographische Ausstellung
umfaßte allein Hunderte verschiedener Nummern, auch die
vegetabilische Welt war durch zahlreiche Proben vertreten.
Eine Beschreibung der dunkelhäutigen Indier, durch den
halbrunden, im schwarzen Haar getragenen Kamm von so
charakteristischem Aussehen, braucht man heute im Zeitalter
der Photographie nicht mehr zu geben.

Aber meiner Singhalesentruppe lag es wie ein Hauch aus
dem alten Wunderland Indien; nicht nur seine bunte malerische Außenseite hatten wir eingefangen, sondern auch einen
Schimmer seiner Mystik. Das bunte fesselnde Bild des Lagers, die majestätischen Elefanten, teils mit goldstrotzenden
Schabracken behangen, teils im Arbeitsgeschirr gigantische
Lasten schleppend, die indischen Magier und Gaukler, die
Teufelstänzer mit ihren grotesken Masken, die schönen,
schlanken, rehäugigen Bajaderen mit ihren Tänzen und
schließlich der große religiöse Perra-Harra-Festzug — alles
das übte einen geradezu bestrickenden Zauber aus, dem die
Zuschauer überall erlagen.

Die Völkerausstellungen bilden in meiner Erinnerung
eine in sich abgeschlossene Geschichte, die reich an Gestalten
und Anekdoten ist. Wie mancher dunkle Kopf taucht lachend
in meiner Erinnerung auf, wie manches verblüffte schwarze

ober braune Gesicht, das mit erstaunten Augen die unfaß-
baren Wunder der Kulturwelt betrachtet. Wo seid ihr alle
geblieben, ihr Afrikaner, Indier, ihr roten Söhne der Wildnis, ihr Eskimos und Lappländer, die ihr euch meiner Führung in das Land jener merkwürdigen Weißen anvertrautet,
die euch in Scharen anstaunten, als wäret ihr Wundertiere?
Alle seid ihr längst heimgekehrt in die Länder eurer Vor-
fahren, und die Reise in das Land des weißen Mannes,
der euch mit reichen Schätzen heimsandte, ist zum großen
und unvergeßlichen Abenteuer eures Lebens geworden.
Vielen von euch, wenn ihr noch lebt, flattern nun schon
graue Haare ums Haupt. Wo bist du, mein guter El Amin,
du, dessen herrliche Gestalt einst die Herzen der weißen
Frauen entzündete, obgleich deine Haut so braun war wie
die schönste Schokolade? Und du, mein lieber Takruri, stol-
zierst du in deinen Wäldern noch mit dem alten Säbel herum, um den du mich einst batest, und in dessen Besitz du
dich wichtiger dünktest als alle Herrscher der Welt zu-
sammengenommen? Ob auch du, mein alter Ukubak, immer
noch deine berühmten Taucherkünste mit dem Kajak aus-
führst, denen einst selbst unser alter Kaiser seinen Beifall
spendete? ... In langer Reihe ziehen die Gestalten vor-
über, freundliche und gleichgültige, angenehme und fatale,
aber alle besitzen ihren Platz in der Erinnerung.

Daß eine dankbare Erinnerung auch in euren Reihen
lebendig ist, und daß die Völkerschaustellungen außer zu
ihren Lehrzwecken auch noch zu ganz merkwürdigen und
abenteuerlichen Schicksalsfügungen berufen waren, zeigt das
folgende, buchstäblich wahre Geschichtchen.

Den jungen Offizier eines deutschen Kriegsschiffes, welches in Punta Arenas in der Maghellanstraße vor Anker
gegangen war, kam eines Morgens die Lust an, einen Aus-
flug in die Pampa zu unternehmen, um mit Fauna und
Flora dieses öden Gebietes nähere Bekanntschaft zu machen.
An die Begegnung mit Menschen dachte er nicht. Auf dem
Rücken eines in Punta Arenas gemieteten Pferdes zog der
Offizier wohlgemut in die Steppe. Nachdem er stundenlang
umhergestreift war und an den Heimweg zu denken begann,
bemerkte er erst, daß er seinen Kompaß verloren hatte.
Auf der Pampa, die dem Fremden keinerlei Richtmarken

bietet, geriet er bald gänzlich in die Irre. Als die Nacht
hereinbrach, befand der Deutsche sich mitten auf der Pampa,
ohne eine Ahnung, wie weit er sich vom Schiffe entfernt
habe. Schon erwog er den Gedanken, sein Nachtlager unter
irgendeinem Strauche aufzuschlagen, so wenig verlockend
diese Aussicht auch war. Der Puma hat auf der Pampa
sein Quartier, und mancher Alleinreisende ist von ihm angefallen worden. Zudem sind unter diesem Himmelsstrich
nicht nur die Nächte, sondern auch die Tage kalt. Während
er noch mit solchen Gedanken beschäftigt war, schlug plötzlich aus der Ferne der dumpfe Laut von Pferdegetrappel
an sein Ohr. Im nächsten Augenblick tauchte aus der Däm-
merung eine Horde wilder Indianer auf und sprengte mit
Rufen der Überraschung und des Staunens auf den Verirrten ein. Genug hatte er über diese unzivilisierten Horden
gelesen, um zu wissen, daß die Begegnung leicht den Tod
im Gefolge haben könne. Das Pferd, die Büchse, die er
trug, und die blanken Knöpfe an seiner Schiffsuniform genügten, um die Begehrlichkeit der Indianer zu reizen. Was
bedeutet ein Totschlag mitten in der Pampa? Danach kräht
kein Hahn. Dezimieren die Indianer sich doch selbst untereinander auf die unbarmherzigste Weise. Schon glaubte der
Deutsche, sein letztes Stündlein sei gekommen; er packte die
Büchse und beschloß, sein Leben so teuer als möglich zu
verkaufen, als sich etwas ganz Seltsames und schier Unglaubliches ereignete. Auf einen Schrei des heranspringen-
den Häuptlings hielt die ganze Horde an, der Häuptling
ritt allein auf den Fremden zu, starrte ihn an und rief mit
freudig bewegter Stimme: „Du Capitano Vapore Hagenbeck?" Dem Deutschen tönte dies Wort wie eine Erlösung,
war er doch ein geborener Altonaer, und blitzschnell kam
ihm der Gedanke, daß der Indianer wohl zu einer der
Völkerausstellungen gehört haben mochte, die er so häufig
in meinem Tierpark am Neuen Pferdemarkt gesehen hatte.
Schnell faßte er sich und rief hocherfreut: „Ja Hagenbeck
Amburgo Capitano!"

Gegenseitiges Staunen. Der Häuptling hält unter vielfachen Gestikulationen seiner Truppe einen großen Vortrag.
Allgemeiner Jubel. Alle sitzen ab, ein Feuer wird ange-
zündet und der Fremde mit großer Höflichkeit eingeladen,

sich in dem Kreis der Rothäute niederzulassen. Das ließ
er sich nicht zweimal sagen. Die Nachtkühle hatte ihm schon
empfindlich zugesetzt. Aber es gab noch andere Genüsse.
Die Horde kam von einem Jagdausflug und führte viele
Strauße und junge Guanakos mit sich. Ein Strauß wurde
gerupft und gebraten und zum Schmaus aufgetischt, wobei
man den Offizier mit den besten Bissen bewirtete. Nachdem die Gesellschaft sich also gestärkt hatte, machte' der
Offizier dem Häuptling begreiflich, daß er nach Punta
Arenas und zu seinem „Vapore" zurück möchte. Der Häuptling und sechs seiner Leute sattelten nun ihre Pferde und
nahmen den Offizier in die Mitte. In kurzem Galopp ging
es direkt zur Küste, wo die Gesellschaft nach einem Ritt
von einigen Stunden wohlbehalten ankam. Hier verabschie-
dete man sich unter lebhaftem Händeschütteln von dem
Offizier, und das Abenteuer hatte ein Ende. — —
Das hast du gut gemacht, mein alter Pitzotsche, und ich
nehme deine Höflichkeit gegen meinen verirrten Landsmann
mit so viel Dank an, als habest du sie mir persönlich erwiesen. Du hast die kurze Zeit, die du unter meiner Obhut
zubrachtest, nicht vergessen, und in deinem Herzen wohnt
Dankbarkeit. Zwar bist du nur ein brauner, in rohe Felle
gekleideter Indianer, und doch erhebt es mich, daß du mir
drüben, auf deiner wilden Pampa, als ein Freund lebst.

Das Geheimnis, welches dieser kleinen Episode zugrunde
lag, hat auch der Leser schon erraten. Der patagonische
Häuptling befand sich einst wirklich in einer meiner Aus-
stellungen. Kapitän Schwers hatte ihn nebst Frau und
einem zwölfjährigen Sohn auf einem Kosmos-Dampfer
nach Hamburg gebracht. Ich habe diese kleine Familie aber
nur wenige Wochen in meinem Tierpark gehabt, wo sie ihre
Spiele mit Lasso und Bolas dem Publikum vorführten. In
Dresden, wohin ich die Indianer auf einige Wochen ge-
sandt hatte, bekam Pitzotsche Heimweh und flehte mich
an, ihn nach seiner Pampa zurückzusenden. Ich habe seiner
Bitte denn auch willfahren und ihn mit dem nächsten Kosmos-Dampfer nach Punta Arenas zurückexpediert. An Bord
beschäftigten sich die Offiziere sehr viel mit dem klugen und
gutmütigen Häuptling, und zu allen faßte er Vertrauen.

Und nun kommt der Clou. Die Uniform der Kosmos-Offi-
ziere war ähnlich derjenigen der Offiziere von der Reichs-
marine. Als nun der Häuptling den jungen Mann in der
Pampa fand, hielt er ihn für einen Kapitän der Kosmos-
Dampfer, die er sich wiederum nur in Verbindung mit mir
vorstellen konnte.

Dieses artige Abenteuer würde in jedem Indianerbuch
Effekt machen und hat noch den Vorzug, wahr zu sein.

Ich werde Zirkusdirektor und Dompteur

Auf etwas merkwürdige und doch ganz folgerichtige
Weise kam ich dazu, vorübergehend auch in die große
Armee des fahrenden Volkes einzutreten — ich ward Zir-
kusdirektor.

Als die großen Ceylonausstellungen zu Ende waren, saß
ich mit einer ganzen Elefantenherde da, ohne zu wissen,
was mit ihr anzufangen sei. Jeden Tag wollten die Tiere
ihr gemessen Teil Nahrung — und nicht zu knapp —, es
war nicht mehr als billig, daß sie es sich selbst erarbeiteten.
Dies war um so mehr nötig, da im Tierhandel flaue Zeiten herrschten. Ich mußte also auf etwas Neues sinnen,
das fressende Kapital irgendwie nutzbringend anzulegen.
Schließlich kam ich auf die Idee, einen Zeltzirkus auf
amerikanische Art zusammenzustellen und auf die Reise zu
schicken. Entschluß und Ausführung gingen Hand in Hand,
und ich stürzte mich sofort auf das neue Unternehmen, aber
mehr der Not gehorchend als dem eigenen Triebe, denn ein
tieferes Interesse hatte ich, wie ich gestehen muß, an dieser
Sache nicht. Es blieb mir eben nichts weiter übrig, als in
den sauren Apfel zu beißen, um wenigstens die Unter-
haltungskosten für meine Tiere herauszuschlagen. Die Mühe,
das Ungemach und die Schwierigkeiten, die mit der Zusammenstellung dieses Unternehmens verbunden waren, will
ich mir nicht wieder ins Gedächtnis rufen. Endlich war
aber eine gute Gesellschaft von Artisten beisammen, meine
schöne Elefantenherde und verschiedene Gruppen dressierter
Tiere konnten sich überall sehen lassen, und als die Geschichte im Jahre 1887 auf dem Heiligengeistfeld in Hamburg eröffnet werden sollte, konnte ich wohl darauf rechnen,
einen Erfolg zu erzielen.

Es kommt vor, daß Unternehmungen, auf die viel Mühe

verwendet worden ist, mit einem Krach enden. Mit meinem
Zirkus war es umgekehrt. Er begann mit einem Krach.
Kaum war alles aufgebaut und fertiggestellt, als ein fürch-
terlicher Orkan losbrach, der innerhalb einer Stunde den
ganzen Zeltbau in Grund und Boden zerstörte. Nur um
Haaresbreite entging ich selbst der Katastrophe. Als der
Sturm hereinbrach, befand ich mich oben im Zelt, um das
Dach herunterzunehmen. Plötzlich riß der Orkan den ganzen
Bau zusammen, und einer der großen Zeltmaste sauste,
nur drei Fuß von mir entfernt, mit Wucht zu Boden.

Nach dem Sturm war der Platz, auf dem mein Zirkus
gestanden hatte, nur noch eine Trümmerstätte. Total ver-
zagt, mit Tränen in den Augen, standen meine Artisten
umher; alle waren der Meinung, dies sei das Ende des
Unternehmens. Obgleich ich selbst das Gefühl hatte, als
seien mir plötzlich alle Felle weggeschwommen, so war ich
mir doch wohl bewußt, daß hier nur größte Schnelligkeit
und Energie helfen könnten. Mit Donnerstimme forderte
ich die Leute auf, Hand ans Werk zu legen und jetzt zu
zeigen, daß sie allen Hindernissen gewachsen seien. Mit
gutem Beispiel ging ich selbst voran. Mit solchem Feuereifer wurde das Werk in Angriff genommen, daß die Auf-
räumungsarbeiten binnen zwei Stunden beendigt waren.
Bei einem Erholungstrunk feuerte ich meine Leute nochmals
an, mich nach Kräften zu unterstützen, um den Schaden
wieder wettzumachen, aber es dauerte noch einige Tage,
bis alle zerstörten Teile ersetzt, das ganze wieder aufgebaut und zur Eröffnung fertig war.

Die Geschichte konnte losgehen und klappte auch ganz
famos, obgleich meine Zirkusausstattung, wie man sich denken kann, sehr primitiv war. Dagegen konnten meine Artisten, wie schon erwähnt, sich sehr gut sehen lassen. Auch
ein paar dressierte Tiergruppen, sowie eine kleine Ceylon-
gruppe von zwanzig Personen waren vorhanden. Der Erfolg blieb denn auch nicht aus, ja, er blieb uns auch treu,
nachdem wir auf die Reise gegangen waren und häufig
mit schlechtem Wetter zu kämpfen hatten. Auf Hamburg
folgte Schleswig-Holstein, dann Hannover usw. Ich hatte
noch den Vorteil, während der drei Jahre des Zirkuslebens mein Tiermaterial nach und nach gut abzusetzen.

Am Ende des letzten Jahres verkaufte ich die wertvolleren
Tiere an den Zirkus von Barnum und Bailey, welcher sich
gerade in London befand, der Rest ging an meinen bisherigen Direktor, Herrn Drexler, über.

Das Ziel, welches ich mir mit diesem Zirkusunternehmen
gesteckt hatte, war erreicht: ich hatte mich während der
Jahre 1887, 1888 und 1889 gut durchgeschlagen und die
Tiere nebenbei verkauft. Die Erfahrungen und neuen Kenntnisse, die ich als Zirkusdirektor sammelte, bekam ich noch in
den Kauf. Nur — das mag man mir glauben — ging es ohne
fortwährende Aufregung und Verärgerung nicht ab. Zwar
hatte ich meinen Schwager Heinrich Mehrmann, den später
bekannt gewordenen Dompteur, als Manager des Unternehmens eingesetzt, auch löste der umsichtige und fleißige
Mann seine Aufgabe außerordentlich glücklich, zuweilen
aber war er nicht imstande, ausgebrochene Streitigkeiten
und Unannehmlichkeiten allein zu schlichten, so daß ich oft
erscheinen mußte, um Ordnung in die Geschichte zu bringen.

Unter dem Artistenvölkchen, das die Welt durchzieht,
sind ganz gewiß sehr viele ehrliche und achtbare Leute, das
Leben auf der Landstraße hat aber auch einen Haufen von
Gesindel im Gefolge. Mit diesen Leuten ist schwer auszu-
kommen, Treu und Glauben wohnt nicht in ihrer Brust. Ich
erinnere mich da eines „August", der ein ganz guter Arbeiter, aber ein furchtbarer Nörgler und Hetzer war. Häufig
stachelte er die sämtlichen Mitglieder gegeneinander auf und
zwang mich, schleunigst auf der Bildfläche zu erscheinen,
nur um sein böses Werk zu zerstören. Bei der Auflösung
des Unternehmens kam der Kerl zu mir und flehte mich
mit Tränen in den Augen an, ihm doch den Pony zu
schenken, auf dem sein Sohn zu voltigieren gewohnt war.
Im Besitze dieses Tieres würde er bald wieder Engagement
bekommen. Der Mensch quälte und bettelte so lange und
wußte alles so beweglich darzustellen, daß ich ihm den
Pony schenkte. Nun schien er ganz außer sich vor Freude
und bedankte sich tausendmal, weil ich — wie er sagte —
ihm den Weg in die Zukunft geebnet hätte. Mit einem Bon
bewaffnet, gegen dessen Vorzeigung ihm das Tier ausge-
liefert werden sollte, entfernte er sich... Der gute Mann
reiste stehenden Fußes nach Bremen, wo der Zirkus sich

zur Zeit noch aufhielt, nahm den Pony in Empfang und
verkaufte ihn sofort an einen Grünhöker...

In die Zeit meines Zirkuslebens fällt ein Ereignis von
weittragender Bedeutung. Ich begann einen Plan auszuführen, der mir schon seit vielen Jahren vorgeschwebt hatte.
Im stillen hatte ich schon lange den Gedanken erwogen, ob
es nicht möglich sei, mit der alten, grausamen Tierdressur
zu brechen und an ihre Stelle eine humane einzuführen. Die
Tiere sind Wesen wie wir selbst, und ihre Intelligenz ist
nicht der Art, sondern nur dem Grade und der Stärke nach
von der unsrigen verschieden. Sie reagieren auf Bosheit
mit Bosheit und auf Freundschaft mit Freundschaft. Längst
hatte ich gefunden, daß durch Liebe, Güte und Beharrlichkeit, gepaart mit Strenge, auch von einem Tiere mehr zu
erreichen ist als durch rohe Gewalt. Auch war mir durch
den jahrelangen intimsten Umgang mit den Tieren bekannt,
daß auch bei ihnen die Begabungen, die Charaktere und
das Temperament verschieden sind. Nichts also verkehrter,
als alle über einen Kamm zu scheren. Wie Menschen, wollen
auch sie individuell behandelt werden, denn nur so kann
man ihr Zutrauen erwerben und ihre Fähigkeiten wecken.

Wer zu dieser Überzeugung gelangt war, den mußte es
schmerzen, seine Lieblinge mit Peitsche, Knüppel und Eisen-
stange mißhandelt zu sehen, denn im wesentlichen beschränkte
sich die Tierdressur auf diese Hilfsmittel, wie ich später auszuführen in einem eigenen Kapitel noch Gelegenheit haben
werde. Während ich mit meinem Zirkus reiste, erachtete ich
die Zeit für gekommen, um im Ernste an die Einführung
der „zahmen“ Tierdressur zu gehen. Durch scharfe Auswahl
der Intelligentesten sollte geeignetes Material geschaffen
werden, die dann aufgenommenen Exemplare aber sollten
durch Rücksichtnahme auf die Eigenart jedes Tieres zu
Freunden, nicht zu Feinden gemacht werden. Zufällig lernte
ich den Tierdresseur Deyerling in England kennen, und da
er gerade stellenlos war, engagierte ich ihn unter der Bedingung, daß er die Schulung der Tiere nur nach meiner
Angabe ausführen dürfe. Deyerling ging willig auf meinen
Vorschlag ein. Ich konnte ihm meine Absicht schon im allgemeinen mit einem Hinweis auf die Dressur von Katzen
und Hunden klarmachen, bei denen ja auch keine Gewalt-

mittel angewendet wurden. Was hier geschah, mußte ja
auch bei großen Raubtieren möglich sein.

Die erste Probe wurde an keinem Geringeren gemacht als
an Seiner Majestät dem Löwen. In den Jahren 1887—1889
schaffte ich zu diesem Zwecke nicht weniger als einund=
zwanzig Löwen an, und aus dieser großen Zahl erwiesen
sich nur vier als brauchbar. Das ist gewiß ein schlagender
Beweis von der ungeheuren individuellen Verschiedenheit
gleichartiger Tiere, aber ein Beweis, der zu gleicher Zeit,
wie man zugeben wird, ungeheuer kostspielig ist. Auf die
Charaktere dieser ersten vier auf die neue Art dressierten
Löwen will ich ebenfalls an dieser Stelle nicht weiter ein=
gehen und nur sagen, daß der Erfolg außerordentlich war.
Die Löwen, nur mit der Peitsche aufgemuntert, gescholten,
wenn sie nachlässig, gelobt und mit Fleischstückchen belohnt,
wenn sie gut arbeiteten, bequemten sich zu allen möglichen
Tricks: sie nahmen verschiedene Stellungen auf Pyramiden,
Stühlen und Böcken ein und begaben sich wieder auf ihren
Platz. Zum Schluß fuhr der Dresseur sogar in einem zwei=
räderigen, mit drei Löwen bespannten Karren, in der Form
einem altrömischen Rennwagen ähnlich, viermal in voller
Karriere durch den 40 Fuß im Durchmesser spannenden
Käfig — eine Sensationsnummer.

Die Lehre, die in diesem Erfolg lag, blieb nicht unge=
nutzt. Schon sann ich auf die Zusammenstellung weiterer
zahmer Tiergruppen, und diesmal galt es einem bedeuten=
den Zweck. Die große Weltausstellung, welche 1893 in
Chikago stattfinden sollte, war in Sicht. Mein Plan ging
nun dahin, in Chikago einen Zoologischen Zirkus zu er=
richten und sofort die Dressur geeigneter Tiergruppen in
Angriff zu nehmen. Die erste Forderung, wichtiger noch als
die Auswahl der Tiere, sind tüchtige Leute, welche zugleich
Tierfreunde und mutige Menschen sein müssen.

Ich warf meine Augen auf Heinrich Mehrmann, meinen
Schwager, den ich schon einmal als Leiter meines Zirkus
erwähnt habe; er schien mir die erforderlichen Qualitäten
zum Tierdresseur zu besitzen. Nachdem ich Mehrmann mei=
nen Vorschlag auseinandergesetzt hatte, machte er zuerst
ein sehr verblüfftes Gesicht: „Willst du mich uzen?" —
„Ich habe dir meine aufrichtige Meinung gesagt," ant=

wortete ich, „vorausgesetzt, daß du Lust zur Sache und Mut
haft. Und da du ein großer Tierliebhaber bist, so denke ich,
die Sache wird sich sehr gut machen lassen." Mehrmann
besann sich nicht lange. „Wenn du Vertrauen zu diesem
Unternehmen hast," sagte er, „dann können wir's ja pro-
bieren."

Binnen kurzem war alles für den Versuch hergerichtet.
Ich hatte eine Anzahl verschiedener junger Tiere zusammengebracht und in meinem Garten provisorisch einen größeren Käfig hergerichtet. Dieser sah Mehrmann zum erften-
mal in der Rolle eines Dompteurs. Während der ersten drei
Wochen half ich meinem Schwager, um ihm die nötigen Direktiven bezüglich der Behandlung der Tiere zu geben;
allerdings meinte er schon nach zehn Tagen, wenn ich ihm
einen guten Wärter an die Hand gäbe, würde er schon
allein fertig werden. Die Gruppe, die ich zusammengestellt
hatte, war keine kleine und besaß wegen der Verschieden-
artigkeit der Tiere sogar einen sensationellen Zug. Sie bestand aus zwölf Löwen, zwei Tigern, einigen Jagdleoparden, zwei Kragenbären und einem Eisbär. Alle diese un-
ruhigen Elemente mußten wir erst miteinander aussöhnen,
wir mußten sie lehren, sich miteinander zu vertragen — eine
schwierige Aufgabe, die wir aber derartig praktisch durch-
führten, daß die Tiere schon nach vierzehn Tagen friedlich
nebeneinander spielten und anfingen, sich zu befreunden.
Ein amüsantes und interessantes Bild gewährte es, die
Tiere während ihrer Spielstunden in dem großen Käfig
herumtoben zu sehen. Mitten in dem Getümmel hielt sich
dann der neue Dresseur mit seinem Wärter auf, um hier
und da die Grobiane, die aus Scherz Ernst machen wollten,
mit einer langen dünnen Peitsche zur Räson zu bringen. Im
übrigen wurde die Peitsche nie gebraucht, sondern alles
Wünschenswerte ausschließlich durch Güte und Belohnung
erreicht. Die katzenartigen Raubtiere erhielten kleine Stücke
Fleisch, welche sie bald aus der Hand zu nehmen lernten,
für die Bären gab es als Aufmunterung, wenn sie ihre
Sache gut gemacht hatten, Zucker.

Schneller als erwartet werden konnte, schon im Winter
1890, war die Gruppe so weit dressiert, daß ich daran
denken konnte, Engagements einzugehen. Im Frühling 1891

hielten wir unseren Einzug in den Crystal-Palace in London
und begannen, in einem großen, vierzig Fuß im Durchmesser haltenden eisernen Käfig unsere Vorstellungen zu
geben, die sich recht erfolgreich anließen.

Als der Sommer zu Ende ging, ereilte mich und die mit
so vielen Hoffnungen dressierte Tiergruppe ein großes Unglück. Mein Schwager schrieb mir eines Tages, einige seiner
Tiere seien erkrankt, er wisse aber nicht recht, was ihnen
eigentlich fehle. Da der September bereits vorgeschritten
war und die Gruppe im Oktober wieder in Hamburg eintreffen sollte, reiste ich nicht erst nach London, sondern
wartete, allerdings mit einiger Unruhe, die Ankunft der
Tiere ab. Mein Schreck, als ich die Tiere endlich zu Gesicht
bekam, war fürchterlich. Alle Tiere waren an Rotz erkrankt,
auch der sofort hinzugezogene Tierarzt, mein Freund Köllisch, vermochte leider keine andere Diagnose zu stellen. Das
Unglück war da, und wenig half es mir, festzustellen, daß
ein gewissenloser Lieferant in London den Schaden durch
schlechtes Fleisch angerichtet hatte. Jede Hilfe erwies sich
als vergeblich. Meine armen Tiere starben unter den
schrecklichsten Qualen hin. Schließlich vermochte ich den Anblick ihrer Leiden nicht länger zu ertragen und erwies den
unrettbar Verlorenen die Wohltat eines schnellen Todes
durch Gift.

Dieser herbe Verlust bezeichnete den Anbruch einer schweren Zeit. Wie sollte ich eine ähnliche glänzende Gruppe für
Chikago zusammenbringen? Zwar war ich noch im Besitz
einer kleinen Reservegruppe von zwei jungen Königstigern,
einigen Bären und einem halben Dutzend Löwen, wie aber
diese Gruppe so schnell vervollständigen, daß sie noch für
die Weltausstellung in Betracht kommen konnte? Sofort
sandte ich Telegramme nach Indien, um junge Tiger zu
erhalten; im Frühling 1892 kamen denn auch wirklich vier
junge Tiger an, aber sie brachten kein Glück. Einer hatte
den grauen Star, der andere war während der Reise von
den Matrosen so viel gereizt worden, daß mit ihm nichts
aufzustellen war, die übrigen beiden waren zwar fehlerlos,
aber noch ganz junge Tiere im Alter von höchstens sechs
bis sieben Monaten.

Der Tod schien in meinem Tiergarten sein Standquartier

aufschlagen zu wollen. Höchstens zwei Monate blieben die
Tiere gesund, da bekamen sie plötzlich Erbrechen und Durch-
fall, schließlich Krämpfe und gingen nach einer Krankheit
von wenigen Tagen ein. Eine Gruppe von vier jungen
Löwen, die ich in England gekauft und im Frühling 1892
nach Hamburg übergeführt hatte, endete in derselben Weise.
Drei junge Königstiger aus dem Zoologischen Garten in
Frankfurt a. M., lebhafte, muntere Tierchen, in deren Pflege
nichts versehen wurde, überdauerten nur einen Monat, dann
gingen sie an derselben geheimnisvollen Krankheit zugrunde.
Ich stand vor einem Rätsel, so etwas war mir noch nie
vorgekommen, im Gegenteil, im Aufziehen von jungen
Tieren hatte ich stets ein ganz besonderes Geschick und Glück.
Wie sehr wir auch hin und her sannen und experimentierten,
es war keine Erklärung dafür zu finden, woher diese Krankheit stammen möge. Das Sterben nahm einen großen Umfang an. Sämtliche junge Löwen, Tiger und auch Panther,
die ich aufs neue heranschaffte, gingen ein. Hauptsächlich
verlor ich solche Tiere, die das erste Lebensjahr noch nicht
überschritten hatten; ältere Tiere wurden zwar auch krank,
doch kamen sie mit dem Leben davon.

Viel später erst wurde der wahre Grund dieses großen
Sterbens entdeckt. Er ist so bemerkenswert, daß ich das
Nötige gleich sagen will. Während des ganzen Frühjahrs
und Sommers starben meine Tiere hin und — im August
brach in Hamburg die Cholera aus. Mehr brauche ich kaum
zu bemerken. Die Sense, die im Hochsommer in der Menschenwelt Tausende und aber Tausende wie reife Ähren
hinmähte, hatte schon mehrere Monate früher meine jungen
Tiere gestreift. Alle waren an choleraartigen Erscheinungen
gestorben. Vielleicht hätte viel Unheil verhütet werden
können, hätte uns nur ein leiser Argwohn auf die richtige
Fährte gebracht. Was unsere Tiere hinraffte, waren sicherlich bereits die Vorboten der Cholera; und wie wahr es ist,
daß die Keime dieser schrecklichen Seuche durch das Wasser
verbreitet werden, zeigte sich an der Tatsache, daß das
Sterben unter meinen Tieren sofort aufhörte, als der Tierarzt Köllisch auf den Gedanken kam, ihnen nur noch ge-
kochtes Wasser zum Saufen zu verabreichen. Die Cholera,
die erst gegen Ende August in Hamburg festgestellt wurde,

hatte also schon vom März ab unter den tropischen Tieren
in meinem Garten gewütet, hatte die alten siech gemacht
und die jungen, deren zarter Organismus weniger Widerstand bot, getötet.

Eine schlimme Zeit. Die großen Verluste drückten mich
sehr nieder. Nach und nach hatte ich durch alle diese Todesfälle 70 000 Mark verloren und war am Ende meines flüssi-
gen Kapitals angelangt. Ich klagte meine Not eines Tages
einem mir wohlwollenden Bankier, der sich sogleich erbot,
mit Kapitalien einzuspringen, und da ich ohne solche Hilfe
das Chikagoer Unternehmen nicht hätte durchsetzen können,
machte ich von dem angebotenen Kredit Gebrauch. Die Zeit
war aber inzwischen schon viel zu weit vorgeschritten, um
noch die nötigen Dressurgruppen ausbilden zu können, und
so kaufte ich denn von meinem Bruder Wilhelm drei schöne
Gruppen, die gerade fertiggestellt worden waren. Auch die
kleine Reservegruppe, welche mir selbst übriggeblieben war,
hatte inzwischen unter Mehrmanns Händen den nötigen
Schliff erhalten — und so schiffte ich mich denn am 16. August
1892 mit dem Dampfer „Augusta Victoria" nach Amerika
ein, um einige mir empfohlene Herren als Teilhaber für das
amerikanische Geschäft zu gewinnen.

Unmittelbar nach meiner Ankunft in Neuyork hörte ich zu
meinem größten Schrecken, daß in Hamburg die Cholera
ausgebrochen sei. Die amerikanischen Zeitungen entwarfen
schon die entsetzlichsten Bilder von dem massenhaften Sterben und den trostlosen Zuständen in Hamburg. Zuerst kam
mir der Gedanke, mit dem nächsten Dampfer zu meiner
Familie zurückzukehren, bei ruhiger Überlegung verwarf ich
aber den Gedanken, da ich ja doch nicht helfen konnte. Am
nächsten Tage reiste ich nach Chikago, kehrte innerhalb
zweier Tage schleunigst nach Neuyork zurück und verließ
Amerika bereits am 7. September mit der „Lahn", einem
Dampfer des Norddeutschen Lloyd in Bremen. Ich dachte
an meine Familie, an Freunde, Verwandte und Bekannte
in der Cholerastadt, und alles in mir drängte vorwärts, der
Heimat entgegen. Wen würde ich wiedersehen, und wen
würde ich schmerzlich vermissen? Der Tod hatte ja in allen
Kreisen reiche Ernte gehalten.

Als ich nach einer raschen, bei prachtvollem Wetter ver-

laufenen Überfahrt am 16. September in Hamburg am Han-
noverschen Bahnhof eintraf, wurde ich von meiner Frau in
Empfang genommen und vernahm zu meiner großen Freude
und Beruhigung, daß in der Familie alles wohl und munter sei.

Welch ein Anblick aber, als ich durch die Stadt fuhr.
Die Straßen menschenleer und tot. Viele Fenster ver-
hängt und die Läden geschlossen, an manchen Türen die
dunklen Zeichen der Trauer. So hatte ich meine Vaterstadt
nie gesehen. Der Eindruck war erschütternd, und ich schäme
mich nicht, es zu gestehen, daß mir während der ganzen
Fahrt die Tränen aus den Augen rannen.

Unter den großen Weltausstellungen nimmt diejenige
von Chikago in vielen Beziehungen den ersten Platz ein.
In der großen, brausenden Metropole des Westens herrschte
ein richtiges Ausstellungsfieber. Das amerikanische Speku-
lantentum ist wohl nie so üppig in Blüte geschossen als
hier. Rund um den großen Hyde-Park, wo sonst der feuer-
rote Sumach im Sonnenbrand träumte, nun aber die viel-
gestaltige Ausstellung emporwuchs, regten sich tausend
Hände, und die Hotels aus Fachwerk, die da emporgehastet
wurden, nahmen der Zahl nach riesige Dimensionen an. In
und außerhalb der Ausstellung herrschte eine unbezähmbare
Bauwut. Geld schien gar keine Rolle zu spielen. Vielleicht
noch nie vorher war es den Architekten und Künstlern in
solchem Maße in die Hand gegeben, ihre Träume zu verwirklichen. Von den blauen Fluten des Michigansees aus
gesehen, glich das Ganze einer wunderbaren Feerie. Nicht
weniger als 500 große Gebäude bedeckten den unermeß-
lichen Platz. Drüben, in der sogenannten Midway Plaisance,
der Vergnügungsstraße dieser Weltausstellung, reckten sich
schon die Eisenteile des Ferrisrades in die Luft, das
Deutsche Dorf und das Irländische Kastell, die Inter-
nationale Schönheitsschau und das Türkische Café waren
schon im Bau; die sensationellste Sehenswürdigkeit war aber
von Anfang an und ward es später in größtem Maßstabe:
Hagenbecks Zoologische Arena. Die gewaltige Ausstellung
litt aber an ihrer eigenen Größe, ehe sie in allen Teilen
fertig war. Zahlreich waren die Gebäude, groß, beinahe
fieberhaft die Bautätigkeit, aber ganz ungeheuerlich auch

die Unfertigkeit. Es liegt in der Natur der Sache, daß eine
Weltausstellung nicht mit einem Schlage, nicht zu einem bestimmten Termin fertig sein kann, das hat sich noch überall
bestätigt; was ich aber zu sehen bekam, als ich nicht viel
über einen Monat vor Eröffnung der Ausstellung in Chikago eintraf, das verursachte mir einen gewaltigen Schreck.
Das für meine Arena bestimmte Gebäude war kaum zur
Hälfte fertig, man hatte noch nicht mit der Dachkonstruktion
begonnen. Mit aller Macht drang ich darauf, daß die
Arbeit durch Anstellung weiterer Leute beschleunigt wurde,
damit die Tiere, die schon am 24. März von England abgegangen waren, ein Obdach finden konnten. Mitte April,
als die Tiere in Chikago eintrafen, war denn auch wenigstens alles so weit fertiggestellt, daß man sie unter Dach
zu bringen vermochte. Leider war das Frühjahr 1893 in
jener Gegend außerordentlich kalt, im Innern der halb-
fertigen Gebäude herrschte eine wahrhaft frostige Temperatur, unter der hauptsächlich meine aus 150 Exemplaren be-
stehende Affensammlung sowie auch die Papageiensamm-
lung litt, die allein etwa 80 verschiedene Arten enthielt.
Ehe die Ausstellung noch eröffnet war, hatte ich durch den
Eingang von Tieren schon annähernd 2000 Dollar verloren,
und ich durfte es als ein Glück betrachten, daß wenigstens
meine Dressurtiere gesund geblieben waren.

Wenig ahnte ich, daß die Eröffnung der Weltausstellung
für mich noch ein eigenartiges Probestückchen in petto hatte.
Als uns noch eine Woche von der Eröffnung trennte, waren
wir mit der inneren Einrichtung der Arena so weit fertig,
daß wir in dem großen eisernen Manegekäfig Probevor-
stellungen geben konnten. Alles verlief dabei so glatt, daß
wir es uns nicht besser wünschen konnten. Als wir jedoch
nur noch vier Tage von der Eröffnung entfernt waren,
begann der Dresseur der großen Hauptgruppe, auf welcher
alle unsere Hoffnungen ruhten, mein Schwager Mehrmann,
über Schwäche, Müdigkeit und furchtbare Kopfschmerzen
zu klagen. Mir ahnte gleich nichts Gutes, als aber der Arzt
am nächsten Morgen einen Anfall von Typhus konstatierte
und Mehrmann sofort ins Lazarett sandte, fiel mir das Herz
doch ein wenig in die Schuhe. In zwei Tagen sollte eine
große Probe- und Reklamevorstellung für die Ausstellungs-

kommission und für die Chikagoer Presse stattfinden — und
der Hauptdresseur krank im Lazarett! Hier war nichts zu
machen, ich mußte selbst in den Käfig. Als die Probevor-
stellung herannahte, besann ich mich nicht lange und führte
die Gruppe meines Schwagers vor, wobei nur der mit den
Tieren bekannte Wärter assistierte. Ich hatte den Eindruck,
daß alles gut gehen mußte, und sah der großen Er-
öffnungsvorstellung mit Ruhe entgegen. Und es ging über
Erwarten gut.

Schwarz gekleidet, nur mit einem spanischen Rohr versehen, betrat ich den großen Zentralkäfig und hielt zunächst
eine Ansprache, in welcher ich die Sachlage erklärte und
darauf aufmerksam machte, daß ich schon seit fünf Monaten
mit den Tieren nicht mehr in Berührung gekommen sei.
Zwar wolle ich mein Möglichstes tun, daß alles gut gehe;
sollte jedoch die Vorstellung nicht ganz den gehegten Er-
wartungen entsprechen, so möge man das in Anbetracht der
Umstände verzeihen. Nun öffnete ich die Tür, und die Tiere
strömten in den Käfig. Die Löwen, Tiger, Bären nahmen
ihre gewohnten Plätze ein, der Wärter trug die nötigen
Requisiten heran, und die Vorstellung nahm ihren Anfang.
Man kann sich denken, daß ich völlig in meiner Aufgabe
aufging und alle Energie und Umsicht in die Ausführung
der Dressurproben legte. Zu meiner größten Freude wickelte
sich eine Nummer immer noch schöner als die andere ab,
unter endlosem Applaus nahm die Vorstellung ihren Fortgang und ward schließlich zu einem großen Erfolg. Nachdem
die Vorstellung zu Ende geführt war, brach der Beifalls-
sturm erst recht los, unter nicht endenwollendem Jubel
wurde ich dreimal in die Manege zurückgerufen. Mit der
Aufnahme meines Unternehmens konnte ich also zufrieden
sein.

Die große Tiergruppe führte ich nur kurze Zeit vor, alsbald übernahm der Hauptwärter, den ich inzwischen an-
gelernt hatte, die Tiere, und in der fünften Woche war ihr
eigentlicher Meister, Heinrich Mehrmann, glücklicherweise
wieder so weit, seine Gruppe vorführen zu können. Mein
Chikagoer Aufenthalt war mit so viel Strapazen und Auf-
regungen verknüpft, daß ich bald ziemlich heruntergekommen
war. Es ward Zeit, sich wenigstens auf einige Wochen bei

Muttern auszuruhen. Zu diesem Zweck reiste ich nach Hamburg, wo ich den Monat Juni verlebte, und kehrte dann
noch einmal nach Chikago zurück.

Nach Schluß der Ausstellung ließ ich mich verleiten,
den Zoologischen Zirkus unter meinem Namen eine Tour-
nee durch die Vereinigten Staaten machen zu lassen. Im
Sommer 1895 kamen alle meine Tiere von ihrer großen
Reise zurück, aber nicht, um lange zu bleiben. Mit den dressierten, bereits in Amerika vorgeführten Tiergruppen ließ
ich meinen Schwager Mehrmann eine Rundfahrt unternehmen, die ihn u. a. nach Basel, Straßburg, Kopenhagen
und Nizza führte. Hier überwinterte die Expedition und
nahm im nächsten Jahre ihren Weg wieder durch deutsche
Gaue, bis sie auf der Berliner Gewerbeausstellung 1896
in meinem Tierpark unter anderen Dressurgruppen ihren
Platz fand. Auch in Berlin hatten die Dressuren einen großen Erfolg, dessen sich mancher Leser entsinnen wird.

Manche ähnliche Expedition kleineren und größeren
Maßstabes ist in die Welt hinausgegangen, unter unzähligen fremden Flaggen arbeiteten und arbeiten die einstigen
Insassen und Zöglinge des Hagenbeckschen Tierparks. Als
eine der größten Dressurunternehmungen aus der jüngsten
Zeit sei noch die Beschickung der Weltausstellung St. Louis
1904 erwähnt.

Erschaffung des Tierparadieses

Unaufhaltsam rollen die Jahre dahin, und Gutes wie Böses bergen sie in ihrem Schoße. Trotz manchen Rückschlages bedeuten sie für mich Entwicklung. Meine Tierhandlung hatte immer größeren Umfang angenommen und zog ihre Kreise schon über den ganzen Erdball. Sie war wie ein großer Baum mit vielen Asten und Verzweigungen. Aus dem ursprünglichen Stamm waren die Völkerausstellungen, die Dressuren, mannigfache Züchtungsversuche hervorgewachsen, und manches werdende Projekt rang noch nach Gestaltung und Blüte.

Der Raum, in dem ich mein Geschäft eingepflanzt hatte, genügte nicht mehr und bot keine Möglichkeit für die notwendige Ausdehnung. Ich mußte mich nach einem viel größeren Gelände umsehen, welches der Ausdehnung keine Schranken setzte. Allein schon, um einen neuen Zweig meines Unternehmens zur vollen Entfaltung bringen zu können, war die Schaffung eines umfassenden Geländes unumgängliche Notwendigkeit. Die Einführung jagdbaren Wildes aus fernen Länderstrichen, die Einfuhr und Ausfuhr von Haus- und Nutztieren hatte begonnen, und Hand in Hand damit ging die Akklimatisierung, Züchtung und Kreuzung einheimischer mit fremden Tierrassen. Große Lieferungen für neugegründete Zoologische Gärten in Marokko, Japan, China, Argentinien usw. erforderten ebenfalls ungeheure Räume für den Tierbestand. Der Umzug ward zur Notwendigkeit.

Wo aber war in Hamburg ein Gebiet zu finden, das nach Größe und Lage für meine Zwecke in Betracht kommen konnte? Zwar besaß ich in der hamburgischen Vorstadt Horn ein Grundstück von 142000 Quadratfuß, aber alles angrenzende Land gehörte dem Hamburger Staat und schloß für mich also die Möglichkeit aus, mich zu ver-

größern. Schon lange vorher, im Jahre 1888, als ich dieses
Grundstück erwarb, hatte ich durch meinen Makler bei den
zuständigen Behörden anfragen lassen, ob ich ein größeres
Gelände vom Staate erwerben könne, doch ward mir darauf
die entschiedene Antwort, daß nichts verkäuflich sei. Jahrelang war ich bemüht, auf hamburgischem Gebiete ein Grundstück von geeigneter Größe zu erwerben, entweder aber war
die Lage ungünstig oder der geforderte Preis zu hoch, so
daß aus dem Ankauf nichts ward.

Da die Suche also in Hamburg aussichtslos war, setzte
ich sie auf preußischem Gebiete fort, obgleich ich es schmerzlich empfand, daß in meiner Vaterstadt kein Raum für mich
sein sollte.

An einem schönen Sonntagmorgen besuchte ich meinen
lieben alten, jetzt leider verstorbenen Freund Wegner in
Stellingen und besprach auch mit ihm das Thema, das mir
unablässig im Sinn lag. Mir ging es in jenen Minuten wie
dem Manne, der seine Brille sucht, während er sie auf der
Nase hat. Mitten im Gespräch nahm mich Wegner plötzlich
beim Arm und sagte: „Komm mal eben mit, ich will dir
ein schönes Stück Land mit einer kleinen Villa zeigen, das
momentan billig zu haben ist." Wir traten vor die Tür.
Wegner führte mich, seinem Hause gegenüber, an einer
Hecke entlang, hinter der in einem arg verwilderten Garten
eine kleine Villa lag. Das Gelände, das einen Umfang von
200 000 Quadratfuß hatte, sollte für 35 000 Mark zu haben
sein. Die Sache stimmte. Zwei Tage später war das Grundstück mein Eigentum. Am dritten Tage erfuhr ich von meinem alten Freund, daß zwei an meinen neuen Besitz gren-
zende Grundstücke auch noch preiswert zu haben seien, und
24 Stunden später waren auch diese beiden Parzellen mein
Eigentum.

Wonach ich jahrelang gesucht, war mir nun durch einen
Zufall innerhalb weniger Tage in den Schoß gefallen. Nun
hatte ich endlich ein prächtiges, hochgelegenes Gelände,
welches sich vorzüglich zur Anlage eines Wildparkes eignete.
In meinem Kopfe gruppierte sich sofort der ganze Ausbau
des Geländes und fand in einer Zeichnung mit Angaben der
Einteilung seine erste praktische Gestalt. Auch packte ich die
Erschließung und Nutzbarmachung gleich mit beiden Händen

an, so daß bereits fünf Monate später zwölf große Gehege
und fünf schöne Tierhäuser fertiggestellt waren.

Das Werk wuchs indes in der Arbeit, es wuchsen die Gedanken und Pläne, und viel geistige und praktische Arbeit
sollte sich noch häufen, bis Stellingen zu dem gemacht war,
was es jetzt ist. Gelände und Baulichkeiten eigneten sich
ganz vorzüglich für meine Zwecke, nur war die Anlage zu
weit von meinem Hauptgeschäft in der Stadt entfernt. Auch
die Verbindung zwischen Hamburg und Stellingen war
schlecht. Da kam ich auf den Gedanken, daß es vielleicht
möglich sei, die von meinem Grundstück nach der Hamburger
Grenze zu belegenen großen Gelände preiswürdig zu erwerben und vielleicht an eine Gesellschaft weiterzuverkaufen,
um mir auf diese Weise die ganze Gegend aufzuschließen
und eine direkte Verbindung zwischen dem preußischen
Stellingen und dem hamburgischen Eimsbüttel herzustellen.
So leicht, als ich es mir vorgestellt hatte, ging die Sache
jedoch nicht. Nicht alle Leute sahen mit meinen Augen.

Es waren schon fünf volle Monate ins Land gegangen,
als mir endlich wieder mein bester Freund, der Zufall, zur
Hilfe kam. Eines Tages erhielt ich den Besuch eines mir
wohlgesinnten Hamburger Herrn, der in England lebt und
in Begleitung seines Bruders in meinem Etablissement auf
dem Neuen Pferdemarkt eine Anzahl ungarischer Hirsche
besichtigt und angekauft hatte. Nichts war natürlicher, als
daß ich den Gästen von meinem neueingerichteten Wildpark
in Stellingen erzählte und sie einlud, sich die Anlage anzusehen. Draußen in Stellingen während der Besichtigung
einiger frisch importierter Hirsche und Rehe erwähnte ich
gesprächsweise meinen Plan. Ein Wort gab das andere,
und ich führte schließlich aus, daß ich die ganzen Ländereien,
die zwischen meinem Besitz und Hamburg lägen, zu einem
sehr billigen Preise an der Hand hätte. Jetzt sei ich auf der
Suche nach einigen Herren, die sich entschließen könnten, das
Unternehmen mit mir gemeinsam in die Hand zu nehmen,
um meinen Lieblingsplan, einen Zoologischen Garten nach
meinen eigenen Ideen aufzubauen, verwirklichen zu können.
Damit würden zugleich die ganzen Ländereien am schnellsten
aufgeschlossen.

Nachdem ich mit meinem kleinen Vortrag zu Ende war,

sah der eine der Gäste mich nachdenklich an und sprach die einfachen Worte: „Das scheint mir eine gesunde Sache zu sein. Für mein Teil habe ich 100 000 Mark dafür übrig." Auf eine Anfrage von seiten seines Bruders erklärte auch der andere Herr, das Unternehmen mit der gleichen Summe betrauen zu wollen, auch sprach er gleich seine Ansicht dahin aus, daß es nicht schwer halten könne, eine kleine Gesellschaft für das Unternehmen zusammenzubringen. Nach weiteren acht Wochen war die ganze Angelegenheit perfekt geworden; ich selbst hatte mich verpflichtet, mein ganzes Unternehmen nach Stellingen zu verlegen und in die Spekulation selbst mit mindestens 150 000 Mark einzutreten.

Nun begannen sich meine eigenen umfassenden Pläne zur Anlegung eines ganz neuartigen Zoologischen Gartens zu verwirklichen. Um mich an dieser Stelle kurz zu fassen, will ich nur sagen, daß der leitende Gedanke der war, die Tiere in größtmöglicher Freiheit vorzuführen und damit gleichzeitig zu zeigen, was die Akklimatisation zu tun vermag. Ich wollte den Tierliebhabern an einem großen, praktischen und dauernden Beispiel zeigen, daß es gar nicht nötig ist, kostspielige Gebäude mit großen Heizanlagen einzurichten, um die Tiere am Leben und gesund zu erhalten, sondern daß der Aufenthalt in freier Luft und die Gewöhnung an das Klima eine weit bessere Gewähr für die Erhaltung der Tiere bietet. Die Hauptanziehungskraft des geplanten Tierparks sollte in der neuartigen Unterbringung der Tiere zu suchen sein. Ein modernes Tierparadies sollte sich da aufbauen, wo jetzt noch nichts zu sehen war als Kartoffeläcker. Von einem gegebenen Punkte des Gartens sollte man die Tiere aller Zonen, in großen Abstufungen, und jede Art in einer ihrer Heimat angemessenen Umgebung, gleichsam frei sich bewegen sehen. Die Gemsen, Wildschafe und Steinböcke auf künstlichen Gebirgen, die Tiere der Steppen auf weiten freien Triften, die Raubtiere in unvergitterten Schluchten, nur durch einen Graben von den Besuchern getrennt. In der Mitte mußte sich ein Zentralgebäude mit großer Arena für Dressurzwecke erheben, und daneben weite Räume für das, was man den Transitverkehr nennen könnte. Für einen Tierbestand, dessen Umfang sich für die nächsten Jahre kaum abschätzen ließ, mußte Unterkunft geschaffen werden. Während ich zehn Jahre vorher kaum 20 Stück jagdbares Wild in einem Jahre verkaufte, war die Zahl jetzt auf viele Hunderte angewachsen. Verkaufte ich in früherer Zeit jährlich 6—8 Kamele, so nannte man das einen großen Umsatz; jetzt war ich schon dazu gekommen, in 100 Stück einen kleinen Umsatz zu sehen. Wenige Jahre später bewältigte ich einen Auftrag auf 2000 Dromedare, die allerdings nicht erst den Weg über Stellingen zu nehmen brauchten. Der Verkehr mit Zebras war von 3—4 Stück auf 50 Stück im Jahre 1905 angewachsen. In anderen Tierarten dieselbe Erscheinung. Elefanten hatte ich allerdings schon in meinem alten Etablissement am Neuen Pferdemarkt in großer Zahl beherbergt, die höchste belief sich auf 20 Stück zu gleicher Zeit. Diesen Rekord brach Stellingen aber schon 1904, denn in diesem Jahre waren einmal 43 dieser Dickhäuter bei mir zu Gast.

Eine ungeheure Arbeit lag vor uns. Es galt, eine Wildnis in einen Park umzuschaffen, in einen Luftpark mit Wasserläufen und Gebirgsformationen, mit praktischen Tierhäusern und reinen Luxusgebäuden. Zunächst war es meine Aufgabe, die hart an meine Grundstücke grenzenden Ländereien nach und nach so billig als nur möglich zu erwerben. Mit etwas Geduld und kaufmännischem Geschick hatte ich es denn auch in den nächsten drei Jahren dahin gebracht, 14 Hektar Grund mein eigen nennen zu können. Mein Grundstück in der Stadt wurde nach vielen Schwierigkeiten und allerlei Hindernissen teils an den Staat Hamburg, teils an die Hamburger Vereinsbank verkauft. Nun waren wir in Stellingen festgewurzelt.

Endlich, im Oktober des Jahres 1902, waren die Pläne so weit gediehen, daß mit der Arbeit begonnen werden konnte. Bis zum Eröffnungstage mußten mindestens 40 000 Kubikmeter Erde bewegt werden, nur um eine landschaftliche Veränderung zu bewerkstelligen. Als die Arbeit begann, fiel der Blick auf einen weiten Acker, auf dem weiter nichts als sechs Bäume standen. Ein kleiner Stab von Künstlern, Ingenieuren, Architekten, Landschaftsgärtnern und Arbeitern ging ans Werk, und der Platz glich alsbald einer Szene aus Aladins Wundergeschichten. Ich sah das Werk wachsen und werden, sah einen Plan nach dem andern reifen und Ge-

stalt annehmen. Sichtbar traten nach und nach die Ideen in
die Erscheinung, die ich lange in meinem Innern gehegt
hatte. Im Stellinger Tierpark konnte man zuerst das nie ge-
sehene Schauspiel beobachten, wie afrikanische Strauße zur
Winterszeit ein Schneebad nahmen oder sich bei strenger
Kälte lustig umhertummelten. Steinböcke, Gemsen und Antilopen brauchten das Leben der Gefangenschaft nicht mehr
in den Niederungen zu vertrauern, sondern durften auf felsi-
gem Grat lustig zur Höhe streben. Der König der Tiere
bewegte sich frei, in stolzer Majestät, in seiner weiten Grotte.
Endlich, am 7. Mai 1907, nahte der Tag der feierlichen Eröffnung des Tierparks als Krönung vieler arbeitsreicher
Jahre.

Und nun sitze ich hier und lasse meinen Blick über die
weiten Gründe schweifen, auf denen es hin und her wogt
von wißbegierigen Besuchern; weit drüben spannt sich eine
zierlich geschwungene Brücke über die Landstraße zu jung-
fräulichem Grund, der sich dem Tierpark angegliedert hat.
Und auch über diesen greifen die Gedanken schon hinaus
mit neuen Gedanken und neuen Plänen.

I.

Vom Einfangen wilder Tiere

Kein Handelshaus ist gezwungen, in einem so umfang-reichem Maße praktische Geographie zu treiben wie eine Tierhandlung. Das Gebiet, auf welchem die Tierhand-lung ihre Objekte aufsuchen muß, ist die ganze Erde. In den afrikanischen Urwald, in die Dschungel Indiens und Ceylons, in die weiten Steppen Sibiriens und der Mongo-lei müssen Kundschafter entsandt werden; ihnen folgen die Weltreisenden und Jäger mit ihrem Stabe eingeborener Hilfskräfte. Anders als der Jäger, den nur die Lust am Sport treibt, muß der Vertreter der Tierhandlung zu Werke gehen — es gilt, das Wild lebend zu erjagen und den Tier-bestand zu schonen, nicht ihn zu zerstören. Die Zentrale daheim gibt dem Jäger eine ungebundene Marschroute mit, an ihm ist es, auf unbetretenen Pfaden neue dankbare Jagdgebiete aufzusuchen. Der schwierigste Teil der prakti-schen Geographie, die getrieben werden muß, besteht in der Ermittlung von Verkehrswegen, auf denen die Beute lebend und gesund zivilisierten Gegenden zugeführt werden kann. Tief aus dem Innern unkultivierter Länder bewegt sich manche Tierkarawane wochen-, ja monatelang durch Steppe und Wildnis, und jeder Fußbreit eroberten Weges muß mit Verlusten bezahlt werden.

Bücher und Karten sind bei der Ermittelung unserer Ar-beitsplätze nur in ganz beschränktem Maße zu verwenden, denn naturgemäß liegen die Fangplätze wilder Tiere weitab von allem Verkehr der kultivierten Welt. Unzivilisierte Völ-kerschaften, nicht weniger wild als die Tiere, die gefangen werden sollen, bilden häufig ein Hindernis. Unwirtliche Gegenden setzen mancher Expedition eine Grenze. Jeder Reisende, der aus fernen Ländern mit seiner Tierkarawane heimkehrt, wird zu einem lebenden Lexikon, das neue Auf-schlüsse bringt. Abends beim Lampenschein, im Kreise der

Afrikanischer und indischer Elefant

Elefantenmütter mit Babys in Stellingen

Teilpartie des Wasservögel- und Heufresserfelsens

Raubtierfelsen in Stellingen

Freunde, die ihn hinausgesandt hatten, erzählt der heim-
gekehrte Weltreisende von seinen Erlebnissen und Abenteuern, von Kriegszügen und Sagen der Eingeborenen, von
seltenen Tieren, die da und dort zu finden sein sollen, aber
noch nicht gefunden sind, und manche kleine, zuerst unwesent-
lich scheinende Mitteilung gibt die Anregung zur Ausrüstung einer neuen Expedition in unerforschte Gebiete.

Als das eigentliche Tierparadies, als eine der reichsten
und unversieglichsten Tierquellen ist der ägyptische Sudan
zu bezeichnen. Das in Frage kommende Gebiet ist räumlich
sehr ausgedehnt. Aus der reichen Tierwelt, welche dieses
Gebiet belebt, seien nur erwähnt, von Säugetieren: der
afrikanische Elefant, das schwarze Nashorn, das Nilpferd,
die Giraffe, der Löwe, Leoparden und Geparden, die gefleckte und die gestreifte Hyäne, Hyänenhund, Erdwolf,
Honigdachs und der Sattelschakal, der Wildesel, der Kaf-
fernbüffel, zahlreiche Antilopenarten, wie Pferde-, Kuh-,
Kudu-, Beisaantilope, Wasserbock, Buschbock, Sömmering,
Dorcas und arabische Gazelle, Klippspringer und Zwerg-
antilope; ferner das Warzenschwein, das Erdferkel, das
Stachelschwein, der Hunds- und Mantelpavian, der Dsche-
lada und Guerez-Affe. Reich ist die Vogelwelt vertreten
mit dem schnellfüßigen Strauß, dem Marabu, dem Sekre-
tär, dem Gaukleradler und verschiedenen Geiern, dem Nas-
hornvogel, Perl-, Frankolin- und Wüstenhühnern. Krokodile, Schlangen usw. vervollständigen den Bestand an Tieren, die zur Jagd geeignet sind.

Daß dieser Reichtum an schönen jagdbaren Tieren, darunter die Riesen der Tierwelt, von jeher die Aufmerksamkeit
der Europäer auf sich gezogen hat, ist begreiflich, und so
gehören diese Gebiete sozusagen zum klassischen Boden des
Tierfanges.

Viele Jahre war dieses Tierparadies geschlossen, und der
Engel mit dem flammenden Schwert, der die Pforte dieses
Paradieses bewachte, war Abdullahi Kalifat el Mahdi, der
falsche Nachfolger des ebenso falschen Propheten. Das Tierparadies erhielt seine Schonzeit. Das Betreten Mahdias
bedeutete für den Europäer wie für Ägypter fast gewissen
Tod, sicher lange Gefangenschaft. Dennoch würde man fehl-
gehen, in jenen Gegenden eine unduldsame Bevölkerung zu

vermuten. Nur die Machthaber übten einen blutigen Zwang
aus. Und diese an Wild so überreichen Gebiete sind nicht
etwa von Jägervölkern bewohnt, vielmehr sind die Eingeborenen durchweg entweder seßhafte Ackerbauer, die in
den wenigen Städten des Landes nebenbei noch Handel und
etwas Industrie betreiben, oder Nomaden, die mit ihren
Herden von Weideplatz zu Weideplatz ziehen und ihre aus
Strohmatten und Stäben gebauten, einfachen Zelte und den
wenigen Hausrat auf dem Rücken der Kamele mit sich
führen. Eine gewisse Übereinstimmung in der Lebensweise
herrscht unter den Völkern des Sudan, trotzdem sie in verschiedene streng getrennte Stämme zerfallen. Man unter-
scheidet unter den mächtigern die Djalin, Schukurieh, Da-
baina, Hamram, Beni-Amer, Marea, Habab, Halenga,
Habendoa, die durch ihre Kamelzucht berühmten Ababdeh
Bischarin und die Takruri. Diese letzteren sind aus Darfur
eingewanderte mohammedanische Neger. Alle diese nubischen Stämme, die ausnahmslos Anhänger des Propheten
sind, zeigen auch in der äußeren Erscheinung eine auf-
fallende Übereinstimmung, nur die Djalin und die Takruri
bilden eine Ausnahme. Im Sudan lebt ein schöner Men-
schenschlag, die Glieder sind von seltenem Ebenmaß, und
stolz und aufrecht ist die Haltung des Körpers, aber die
Leute sind nicht nur schön, sondern auch intelligent und gewöhnlich auch gutmütig. Ihr heißes Blut verleiht ihnen
allerdings ein aufbrausendes Temperament. Mutig und
kriegerisch sind alle, doch kommen blutige Fehden unter den
einzelnen Stämmen jetzt nur selten vor, da die ägyptische
Regierung Ordnung hält. In der Verteidigung ihrer Herden
gegen wilde Bestien und auf der Jagd finden die Nubier
Gelegenheit genug, Mut und Temperament zu bewähren.

Die Lebensweise unserer Nubier ist sehr einfach und
regelmäßig. Während der Regenzeit werden einige dieser
nomadischen Stämme an den Ufern des Setit, Atbara und
des Basarlam seßhaft; friedlich weiden die Herden von
Ziegen, Schafen, Buckelrindern und Kamelen, und in dem
durchtränkten Boden wird Durrha oder Negerhirse und
Baumwolle gesät, die man an Nachbarstämme verkauft.
Besser noch als auf Reisen läßt sich jetzt das Leben dieser
freien Kinder der Natur beobachten, und um so leichter, da

eine ihrer vornehmsten Tugenden die Gastfreundschaft ist.
Ein Stück altbiblischen Lebens spielt sich ab. Die einfachen
Hausgeräte, wie Wasser= und Milchgefäße, Wasserschläuche
aus Tierhäuten, Sandalen usw. werden „im Hause" an=
gefertigt. Die Frauen, denen überhaupt der größte Teil der
Arbeit zufällt, flechten Strohmatten, sowohl grobe zum
Hüttenbau als zierliche zum Belag der Betten. Auch feinere
Arbeiten entstehen unter ihren Fingern, zarte Baumwoll=
gewebe, die als Umschlagetücher Verwendung finden In
den wenigen Städten und Marktplätzen des Landes, wie
Kassala, Kedarif, Doga, Galabat, findet man außerordent=
lich geschickte eingeborene Handwerker, die mit primitiven
Werkzeugen Schilder aus Elefanten= und Büffelhaut, Lan=
zen, Schwerter, Messer, Sättel für Kamele und Pferde an=
fertigen. Unter diesen Schabracken findet man wahre Pracht=
stücke; daneben werden feine Gold= und Silberarbeiten, wie
Kaffeebecher, Arm= und Beinringe, in Filigran hergestellt.
Zweimal täglich nimmt der Nubier seine „Luchme" zu sich,
das Nationalgericht, das er entweder mit Milch oder mit
„Mellach" genießt. Luchme ist eine Art von Polenta aus
Durrhakorn. Die Sklavin, die in jeder „besseren" Familie
zu finden ist, zerreibt das Korn auf der Murhaka oder dem
Reibstein zu Mehl und läßt es in kochendem Wasser zu
einem Brei gerinnen. Verkehrte Welt: die Fleischspeise,
das Mellach, wird als Soße serviert; man bereitet dieses
Gericht aus Fleisch, das an der Sonne getrocknet und zu
Pulver zerrieben, dann mit Butter und einer gedörrten
Pflanze, deren arabischer Name Weka ist, vermischt wird;
das Ganze wird dann gekocht und mit Salz und rotem
Pfeffer gewürzt. Diese Soße wird über die Luchme gegossen
und das Ganze in einer großen hölzernen Schüssel auf dem
Boden angerichtet. Familienmitglieder und Gäste kauern
sich rings um die Schüssel, und alle greifen mit einem from=
men „Bismillah", d. h. „in Gottes Namen", zu. Wie in
uralten Zeiten, so taucht auch heute noch jeder mit seiner
reingewaschenen Hand in die Schüssel, formt sich ein Klöß=
chen, kehrt es in der Soße um und führt es zum Munde.
Dies wiederholt sich so lange, bis die Schüssel leer oder
alle gesättigt sind. Alsdann beginnt der für uns Abend=
länder so unglaublich lächerliche Ohrenschmaus. Die gute

Sitte im Orient will es, daß jeder Gesättigte, um den
Hausvater zu ehren, kräftig aufstößt, und jedem Aufstoßen
folgt ein lautes, ehrenfestes „El Hamdulillah", d. h. „Gott
sei Dank".

Bei außergewöhnlichen Gelegenheiten, wie Hochzeiten
und anderen Familienfesten, wird ein Ochse geschlachtet und
auf dem Flecke verzehrt. Der Talg wird an Ort und Stelle
zum Einfetten der Frisur verwendet. Es ist ganz unglaublich, mit welcher Schnelligkeit das Tier geschlachtet, mit
den krummen Messern abgehäutet, das Fleisch zerteilt, auf
Kohlen geröstet und verzehrt wird; noch unglaublicher sind
die Mengen, die von einzelnen Menschen genossen werden.
Mit einem Büffel oder einer Giraffe wird auf der Jagd
nicht viel Federlesens gemacht, der Schmaus wird auf der
Stelle aufgetischt, und nur Haut und Knochen bleiben
übrig. Ich entsinne mich einer Flußpferdjagd in Altbara,
bei der die Menge der hungrigen Eingeborenen aus benach-
barten Ortschaften, es mögen wohl einige hundert Mäuler
gewesen sein, das geschossene, 4000 bis 5000 Pfund schwere
Tier innerhalb zweier Stunden bewältigte. Die Scharen
von Geiern, die sich auf dem Schauplatz der großen Schläch-
terei sammelten, erhielten nur noch die Knochen.

Trotz des friedlichen Charakters der Nubier muß es ganz
natürlich erscheinen, daß sich ein großer Teil von ihnen zu
kühnen Jägern heranbildet. Der eingeborene Jäger kennt
die Lieblingsplätze seines Wildes, dessen Fährte er mit dem
Spürsinn des Naturmenschen auffindet. Der Scheu des Wildes setzt er seine List entgegen. Ganze Familien und Dörfer
widmen sich der zwar gefahrvollen, aber anreizenden und
einträglichen Jagd, und auf diese Weise haben sich förmliche Jägerkasten gebildet.

Die vornehmste unter diesen Kasten bilden die Schwertjäger oder „Agaghir" (Plural von Agahr, Schwertjäger),
welche sich selbst, und nicht mit Unrecht, für die Aristo-
kratie ihres Standes halten, denn die von ihnen betriebene
und fast nur in Taka übliche Jagd mit dem Schwerte erfordert Kühnheit, Gewandtheit und Geschicklichkeit. Die von
den Schwertjägern angewandte Jagdmethode ist ganz
eigentümlich und besteht im wesentlichen darin, daß die gut
berittenen Jäger ihrem Wild durch einen Hieb mit dem

scharfgeschliffenen Schwert die Knie- oder Achillessehne
des Hinterbeines durchschlagen. Die Jagd wird gefährlich,
wenn es sich um wehrhafte Tiere handelt, wie den Kaf-
fernbüffel, das Nashorn, den Löwen oder gar den Elefanten. Obgleich sich stets zwei bis vier Schwertjäger zu-
sammentun, werden die Jäger dann leicht zu Gejagten.

Zur Jagd auf Elefanten ziehen nur die geübtesten Jäger
aus, und zwar in kleinen Trupps von vier bis sechs Leuten,
die vorzüglich beritten und so eng miteinander befreundet
sind, daß sich in der Gefahr einer unbedingt auf den anderen verlassen kann. Die Suche nach Elefanten beginnt damit, daß man die Wasserläufe und Tränkplätze, wohin das
Wild des Nachts zur Tränke geht, genau untersucht. Finden
sich die Spuren von Elefanten, dann wird die nicht zu ver-
kennende Fährte sofort aufgenommen, und eine lange, oft
sehr ermüdende Suche beginnt. Die Regel ist, daß Elefanten
bis gegen Mittag äsend durch den Steppenwald ziehen und
während der heißen Stunden des Mittags rasten. Fast aussichtslos wird die Jagd, wenn die Elefantenherde sich in die
dichten, die Steppen des Sudan durchsetzenden Dornen-
wälder oder „Kitter" zurückzieht. Für die Schwertjäger hört
dann jede Möglichkeit einer erfolgreichen Jagd auf. Zuweilen folgen die mit Büchsen bewaffneten Jäger, die mit
den Schwertjägern gemeinschaftliche Sache machen, den Elefanten in diese afrikanischen Dschungel. Oft aber ist der Dorn
so dicht und verschlungen, daß die Jäger schon selbst eine
Elefantenhaut besitzen müßten, um in das Labyrinth ein-
dringen zu können.

Wird die Herde auf günstigem Terrain angetroffen, so
geschieht der Angriff derart, daß die Jäger die Herde an-
reiten und den mit den besten Zähnen bewaffneten Bullen
von seinen Gefährten zu trennen suchen. Der Elefant ist,
durch eine vieltausendjährige Verfolgung gewitzigt, nicht nur
vorsichtig, sondern auch furchtsam geworden und flieht, wenn
sich nur ein Ausweg findet. Wird er jedoch gestellt, so verwandelt er sich in den entschlossensten Gegner, der sofort
zum Angriff übergeht. Unter wütendem Trompeten, das die
Pferde vor Angst ganz unbändig macht, stürzt er sich auf
die Jäger, die nun ihrerseits fliehen. Mit Vorliebe greift
der Elefant hellfarbige Pferde an, Schimmel, die ihm bei

seinem nicht sonderlich guten Gesicht zuerst auffallen. Einer
der Jäger reitet demgemäß einen Schimmel, und die Aufgabe dieses Reiters ist es, sich von dem Elefanten verfolgen
zu lassen, er muß es jedoch so einrichten, daß er dicht vor
dem wütenden Tier bleibt und seine ganze Aufmerksamkeit
absorbiert, damit er nicht auf das achtet, was hinter ihm
vorgeht. Die Kameraden des führenden Jägers jagen hinter dem verfolgenden und verfolgten Tiere her, bis der erste
dem Elefanten auf zehn Schritte nahegekommen ist. Jetzt
springt er hurtig vom Pferde, eilt, das Schwert in den Händen, in langen Sätzen hinter dem Elefanten her, bis er dicht
an dem linken Hinterbein des Tieres angelangt ist. In dem
Augenblick, da der Elefant das Bein auf den Boden setzt,
saust die scharfe, mit zwei Händen geführte Klinge nieder
und zerhaut die Achillessehne, so daß das Tier durch Aus-
setzen des Fußknochens einseitig gelähmt wird. Natürlich
dreht der verwundete Bulle sich nach dem Angreifer um,
der sich jedoch nach vollführtem Hiebe zur Flucht gewandt
hat, und nun ist die Reihe an dem ersten Jäger, der von
seinem Schimmel springt, sich dem bereits halb gelähmten
Tiere vorsichtig nähert und mit wuchtigem Hieb auch die
Sehne des rechten Hinterbeines durchhaut. Das mächtige
Tier ist nun völlig hilflos und der Gnade seiner Angreifer
überlassen. Wurden die Hiebe kräftig genug geführt, so sind
auch die großen Schlagadern durchschnitten, und das Tier
stirbt an Verblutung, oft freilich erst nach längerer Zeit,
doch ohne besondere Schmerzen. Falls Gewehre zur Hand
sind, gibt man dem besiegten Riesen den Gnadenschuß, und
für die Jäger beginnen nun Stunden emsiger Arbeit. Die
Stoßzähne werden ausgebrochen und die Haut in einzelnen
Stücken abgezogen; sie ist sehr geschätzt für die Anfertigung
von Schilden, Schwertscheiden und zum Binden der primitiven Pflüge. Das Fleisch bleibt gewöhnlich eine Beute der
Geier und Raubtiere; sind aber die Lager der Nomaden in
der Nähe, dann zieht die gesamte Bevölkerung zum Kampf-
platze, um das Fleisch zu bergen, das, in Streifen ge-
schnitten und an der Sonne getrocknet, ähnlich dem südamerikanischen Charqui, einen geschätzten Vorrat für die
Regenzeit bildet.

In ähnlicher Weise wie der Elefant werden auch das

Rhinozeros und der Büffel gejagt. Die Giraffe, die Antilope und der Strauß werden so lange gehetzt, bis sie ermatten, bei der Schnelligkeit dieser Tiere eine schwere Aufgabe für Mann und Pferd. Selbst dem Löwen, dem Erzfeinde seiner Viehherden, geht der Jäger kühn mit dem Schwert zu Leibe.

Die Reihe der Jäger könnte noch viel weiter verfolgt werden, hinab bis zu den Beduinen, den geschickten Straußenjägern, die im Sudan Gastrollen geben, oder bis zu den großen europäischen Sportsleuten, die das Jagdgeschäft im Großen betreiben, doch soll hier in der Hauptsache ja nicht von der Jagd allein die Rede sein, noch weniger von Massenabschlächtereien, sondern vom Fang, der die Tiere lebend in die Hand des Jägers liefert.

Morgenerwachen am Atbara. Ein leichter Wind kräuselt die Grassteppe, im hellen Licht der höhersteigenden afrikanischen Sonne stehen die Bäume glanzübergossen. Im Uferdickicht lärmen unzählbare Schwärme von Vögeln, vom riesenhaften Marabu bis zum Schwälbchen, das über die Wasserfläche schießt. Ganz in der Ferne erhebt sich aus dem Wasserspiegel der ungeschlachte Kopf eines Sauriers — oder ist es eine Sandbank? Schon steigt die Hitze, und Myriaden summender Insekten erfüllen die Luft. Auch in unserer Station, die nicht weit vom Flußufer entfernt liegt, wird es lebendig. In der weiten Seriba, die von einem aus Baumstämmen geschichteten Verhau umgeben und deren einziger Ausgang durch ein Dornengeflecht verschlossen ist, erheben sich die aus Stroh gebauten Hütten der Europäer und ihrer schwarzen Diener, die Ställe für gefangene Tiere und einige Verschläge für Vorrat.

Längst sind die Feuer, die über Nacht an verschiedenen Stellen der Seriba unterhalten wurden, um Raubtiere abzuschrecken, ausgelöscht, und der Tag tritt in seine Rechte — der Arbeitstag. Gestern bei der Ankunft von Hagenbecks Jägern war alles eitel Lust und Freude. Alte Freunde wurden von den mit der Landessprache vertrauten Weißen begrüßt und in der landesüblichen Weise Geschenke gespendet und entgegengenommen. Reiche Gastgeschenke in Form von fetten Schafen, Hühnern, Eiern, Honig, Durrhamehl,

großen Töpfen voll Merissa und Assaliee — das ist Durrha-
bier und Honigwein — strömten in das Lager der weißen
Männer, die sich ihrerseits auch nicht lumpen ließen und
ihren dunklen Freunden eine Menge hochgeschätzter europä-
ischer Artikel zum Geschenk übersandten. Darauf großes
Freuden- und Willkommenfest auf der Station. Zuerst ein
Schmaus, währenddessen die eßbaren Gastgeschenke zum
größten Teile von den Schenkern selbst verzehrt werden.
Dann Kriegstänze der Männer, die unter Trommelbeglei-
tung und Geschrei mit Lanze, Schwert und Schild Schein-
gefechte ausführen, Gruppentänze anmutiger Frauen und
Mädchen unter Händeklatschen, eintönigem Trommelklang
und Beifallsgeheul. Ein Wettrennen auf flinken Reitdrome-
daren und Jagdpferden bildet den Schluß. Aber bis in die
tiefe Nacht hinein wird beim Schein der Lagerfeuer getanzt
und gejauchzt.

Die Empfangsfeierlichkeiten sind vorbei. Heute tritt das
„Geschäft" in seine Rechte. Sklavinnen bereiten unter freiem
Himmel das Morgenmahl, und auch die Tiere werden nicht
vergessen. Ein reges Leben entfaltet sich. Bekannte, Ein-
geborene, strömen ab und zu, manche aus bloßer Neu-
gierde, andere, um ihre Dienste als Jäger anzubieten und
um Jagdpferde zu bitten. Jagdzüge werden besprochen, die
Jäger mit Direktiven versehen, ausgerüstet und entlassen.
Die Jäger ergreift das Jagdfieber, sie säumen keinen
Augenblick, eilig kehren sie noch einmal ins heimatliche Dorf
zurück und legen die letzte Hand an ihre Ausrüstung. Die
Sattelkissen werden frisch gepolstert und die gewichtigen
Schwerter scharf geschliffen, während Sklavinnen die Pro-
viantschläuche mit Durrhamehl füllen. Wenn die Jagd-
gesellschaft hinauszieht, folgen ihr einige mit Wasser und
Proviant beladene Kamele sowie eine Herde Ziegen, die
für die einzufangenden Tiere die Milch liefern sollen.

Der Fang der jüngeren Tiere durch die Schwertjäger geschieht hauptsächlich in der Weise, daß die Herden so lange
gehetzt werden, bis die schwächeren Jungen vor Mattig-
keit zurückbleiben und sich von der Herde abtrennen. Leicht
könnten sie jetzt ergriffen und gefesselt werden. Bei Giraffen
und Antilopen ist die Jagdart ohne Gefahr, meistens auch
bei Büffeln, da diese ihre Kälber schmählich im Stiche lassen.

Das begehrteste Wild, junge Elefanten und Rhinozerosse, ist auch am schwierigsten zu erjagen. Diese Dickhäuter verteidigen ihre Jungen hartnäckig, und häufig kann man ihrer nur dadurch habhaft werden, daß man die Alten tötet. Wenn die Mutter auf das Geschrei des Kleinen zurückkehrt und sich zu einem Kampf auf Leben und Tod rüstet, wird ihr Tod zu einer traurigen Notwendigkeit. Die gefangenen Tiere werden mit aller Sorgfalt gepflegt, trotzdem geht ein großer Teil infolge der ausgestandenen Aufregung und Angst zugrunde, ehe die Station wieder erreicht wird. Auf der Weiterreise geht wiederum eine Zahl der gefangenen Tiere ein, und in der Regel gelangt kaum die Hälfte nach Europa.

Sehr geschickte Fallensteller und Fänger sind die Takruris. Ihre Hauptmasse lebt in Abessinien und betreibt die Jagd zu Pferde und mit Feuerwaffen. Die im Sudan lebenden sind jedoch besonders Fallensteller, und ihr Gebiet ist die niedere Jagd. Sie verstehen es vortrefflich, in Kasten und in aus Steinen gebauten Fallen Leoparden, Hyänen und die großen Pabiane zu fangen, Stachelschweine und Erdferkel auszugraben oder des Nachts zu überlisten und namentlich in sinnreich gearbeiteten Schlingen und Netzen Vögel aller Art, Sekretäre, Nashornvögel, Raubvögel bis herab zum Perl- und Frankolinhuhn, zu fangen. Infolge dieser Vielseitigkeit gehören sie zu unseren geschätztesten Mitarbeitern.

Eine ganz besondere Stellung unter den Fängern nehmen die Hawati oder Wasserjäger ein, deren Wild das Nilpferd und das Krokodil ist. Alles sind ohne Ausnahme vortreffliche und kühne Schwimmer, die den Ungeheuern des Wassers sogar in ihrem eigenen Elemente zu Leibe gehen. Die Waffe dieser Jäger besteht aus der Harpune, die auf einem langen Bambus befestigt und vermittels eines langen, festen Seiles mit einem Schwimmer aus leichtem Holze verbunden ist. Die Jäger harpunieren ihr Wild zumeist vom Lande aus, namentlich um die Mittagsstunde, wenn die Krokodile auf den Sandbänken schlafen und die Nilpferde in stupidem Dämmern auf dem Wasser schwimmen. Das harpunierte Tier wird vermittels des Schwimmers an das Ufer gezogen und durch Lanzenstiche getötet

— wo die Feuerwaffe noch nicht vorhanden ist. Auch die
jungen Flußpferde werden harpuniert und an das Land
gezogen, doch bedienen sich die Jäger einer besonders gebauten Harpune, die nicht tief eindringt; man trägt Sorge,
daß die Verwundung nur leicht ist und bald heilt.

Was von der Erlangung des großen Wildes gesagt
wurde, gilt im allgemeinen auch für die gefährlicheren
Raubtiere. Wohl kommt es vor, daß den Hirten auf ihren
Streifereien ein junger Löwe oder ein kleiner Leopard, der
sich verirrte, in die Hände fällt. Allein dies sind Zufälle.
In der Regel müssen die Alten daran glauben und das
bittere Blei aus der Büchse des Jägers kosten, wenn man
die Jungen einfangen will.

In den Uferlandschaften des Mareb oder Gasch ist der
große braune Pavian, der Atbarapavian (Cinocephalus Do-
guera), Herr und Meister. Doch die eigentlichen Herren und
Meister sind wir selbst, die den Pavian aus seiner Herde
herauslocken und gefangennehmen, und nicht etwa, wie bei
anderm Wild, die jungen Tierchen, sondern die Führer der
Herde. Die schroffen, kahlen Granitfelsen, die in malerischen
Partien durch das nubische Tiefland zerstreut sind, hallen
wider vom Geschrei und Gegrunze dieser Paviane, die in
Herden von hundert und mehr Individuen auf diesen Felsen leben. Der Nahrung halber steigen sie hinab in den die
Ufer säumenden dichten Dompalmenwald oder statten auch
den Durrhapflanzungen der Eingeborenen höchst unwill-
kommene Besuche ab.

Eine unserer Stationen befand sich am Gasch, am Fuße
der Berge von Sahanei und in unmittelbarer Nähe einer
Felspartie, die man als eine Affenstadt bezeichnen konnte.
Unterhalb des Felsens glitzerte wie Silber das trockene Bett
des Gasch, denn der Gasch ist ein Regenstrom, der nur
während einiger Monate im Jahr, in der Regenzeit, Wasser führt, aber den übrigen Teil des Jahres lediglich eine
gewaltige Fläche blendenden Sandes bildet. In der Nähe
unseres Lagers verengte sich das Flußbett durch eine vor-
geschobene Felsenleiste auf fünf Meter Breite, und hier
fanden sich in kurzem Abstand mehrere Wassertümpel, die
von den Affen als Tränkplätze benutzt wurden. Den ganzen
Tag hörten wir das Streiten und Schnattern der Affen,

wenn fie zur Tränke zogen, auch des Nachts wurden unfere
Ohren von diefem Konzert verfolgt. Leife grunzt und quiekt
es, Mütter lullen ihre Babies in Schlummer, und alte
Herren brummen über die Störung. Plötzlich ein Kreifchen,
und die ganze Herde bricht in ein wahnfinniges Gefchrei
aus. Sicherlich hat der ärgfte Feind der Paviane, der
fchleichende Leopard, einen Einbruch verfucht. Bei Tage
konnte man aus nächfter Nähe riefige alte Männchen bewundern, wahre Prachtexemplare voll Kühnheit und Selbft-
bewußtfein, und der Wunfch ward rege, diefe Herren etwas
näher kennenzulernen.

Eines Tages erfcheint auf der Bildfläche ein Straußen-
jäger vom Stamme der halbwilden Bafas. Er kam mit
feiner Familie aus dem etwa dreißig Kilometer von uns
entfernten Gebirgszuge von Bitama und war in unferer
Seriba fehr willkommen, da er den Vorfchlag machte, zu-
nächft für uns einen Poften der großen „Hobeï" (Paviane)
zu fangen, bis fich ein edleres Wild für ihn fände. Alles,
was der Jäger zu diefem Zweck gebrauchte, beftand in
einigen Axten, einer Anzahl von Stricken und Hilfe. Daß
dem Gafte ein anftändiges „Backfchifch" für den Fang eines
jeden großen Männchens verfprochen wurde, verfteht fich
von felbft.

Der Jäger ging fogleich ans Werk und verftopfte die
fämtlichen Wafferlöcher des Gafch mit Dornbüfchen — bis
auf eins. Auf diefe Weife waren die Paviane gezwungen,
alle diefelbe Tränke zu benutzen, und zwar diejenige, an die
auch unfere Tiere geführt wurden. Mit der größten Unge-
niertheit nahmen die Affen unferen Vorfchlag an, eine
Folge unferer Gefchäftspolitik; die es uns zur Pflicht gemacht hatte, die Tiere vorher nie zu ftören oder zu beunruhigen. Sie hatten fich längft an unfere Anwefenheit gewöhnt. Nun hatten fie ihre Scheu fo weit verloren, daß fie
mit unferen Tieren zugleich an die Tränke gingen und, nur
50 Schritt von unferen Leuten entfernt, ihren Durft löfchten.
Um die Affen noch ficherer und vertraulicher zu machen,
wurde in der Nähe des Wafferloches regelmäßig Durrha
geftreut, welches die großen Männchen mit Gier annahmen;
fie ließen überhaupt keins der kleineren oder fchwächeren
Tiere an den koftbaren Fund heran.

Während dieser heuchlerischen Freundlichkeit von unserer Seite wurde die Falle hergerichtet, die unsere Gäste zu Gefangenen machen sollte. Man darf sich unter dieser Falle keinen komplizierten Apparat vorstellen. Die Falle besteht ganz einfach aus einer aus Baumzweigen geflochtenen Rotunde, die durchsichtig ist wie ein Käfig und in ihrem Äußeren dem kegelförmigen Dach einer Eingeborenenhütte gleicht. Zuerst wird aus zähen Ruten ein Kranz von etwa zwei Meter Durchmesser geflochten, das Fundament. In diesen Kranz werden starke Stangen in Abständen von dreißig Zentimetern gesteckt, die an der Spitze zusammenlaufen und fest verbunden werden. Der ganze Kegel wird mit dünnen Zweigen und Stricken, die man aus der Rinde des Boabab dreht, verbunden und bildet dann einen ganz soliden Käfig von ziemlichem Gewicht. Auch das Aufstellen der Falle ist mehr als primitiv. Man stellt sie eben hin, hebt aber die eine Seite empor und stützt sie durch einen starken, in den Sand getriebenen Knüppel. Zunächst geht es aber noch nicht an den eigentlichen Fang, sondern es wird noch weitergeheuchelt. Man verstreut die täglichen Durrhaportionen nicht mehr auf dem Sande, sondern legt sie in die Falle. Erst als die Tiere auch in die Rotunde gingen und sich hier seelenruhig ihr Futter holten, machten wir Ernst.

Im Dunkel der Nacht wird ein langer Strick an dem Knüppel befestigt, der die Falle offenhält; der Strick wird im Sande verborgen und führt nach einem versteckten Platz, der die Aussicht auf den Fangapparat gestattet. Und nun kommt die Tragödie. Heiß brennt die Mittagssonne hernieder, und ein Trupp durstiger Paviane eilt schnatternd zur gewohnten Tränke. Einige der stärksten Männchen, die sich das Monopol bereits erkämpft haben, eilen in die Rotunde und machen sich über den Schmaus her. Der Jäger sieht alles, wartet den günstigen Moment ab — ein Ruck an dem Strick, die Falle schlägt zu Boden, und drei große Affen sind gefangen. Die Szene, die nun folgt, ist urkomisch, fast dramatisch, und spottet jeder Schilderung. Einen Augenblick sitzen die Überrumpelten wie erstarrt, in ihren Augen glüht das Entsetzen, dann suchen sie auf allen Seiten nach einem Auswege und drehen sich dabei wie Kreisel. Die

Herde draußen, nicht minder überrascht, ist im ersten
Schrecken geflohen, nun kehrt sie zurück, sammelt sich in der
Nähe und feuert die Gefangenen durch ohrenbetäubendes
Grunzen und Schreien an, das Äußerste zu versuchen. Die
Kühnsten springen dicht an die Falle heran und führen ein
erregtes Zwiegespräch mit den Gefangenen. Wahrscheinlich
beraten sie sich über die Möglichkeiten der Rettung. Die
Jäger lassen es aber natürlich nicht einmal bis zu einem
Versuch einer Selbstbefreiung kommen; sobald die Falle
geschlossen ist, eilen sie aus ihrem Versteck herbei, um zu
verhindern, daß die Gefangenen, die über große Körper-
kräfte verfügen, das Geflecht durchbrechen. Die Tiere versuchen dies sofort, nachdem sie zur Besinnung gekommen
sind. Beim Anrücken der Jäger steigert sich die Angst der
Gefangenen, die sich an den Holzstäben in die Höhe schwin-
gen und buchstäblich mit dem Kopf durch die Wand zu
gehen suchen.

Wie man sich denken kann, beginnt nun erst der schwierigste und gefährlichste Teil des Geschäfts: das Herausnehmen der Gefangenen aus der Falle. Die Jäger haben
sich jeder mit einer langen, gegabelten Stange, der „Scheba“,
versehen. Diese Gabelstangen spielen die Rolle von Lassos.
Man stößt sie durch das Flechtwerk und sucht mit der Gabel
den Hals eines Tieres zu fassen. Ist dies geglückt und jeder
Affe mit einer Scheba zu Boden gedrückt, dann wird der
Käfig aufgehoben und die Gefangenen werden gefesselt.
Dies geschieht in sehr gründlicher Weise. Mit starken, aus
Dompalmenfasern geflochtenen Stricken wird das Maul gut
verbunden, dann Hände und Füße gefesselt und der ganze
Körper zur Sicherheit noch einmal fest in ein Tuch ge-
wickelt, so daß der Gefangene schließlich aussieht wie eine
zum Räuchern präparierte Wurst. Das Paket wird an eine
Stange gehängt und von zwei Leuten im Triumph zur
Station getragen.

Nach einer kurzen, freilich totalen Erschöpfung erholen
sich die Tiere nach einigen Ruhetagen so völlig, daß ihre
angeborene Frechheit wieder die Oberhand gewinnt. Wütend springen sie jeden an, der nur von ferne dem Käfig
naht. Die großen Männchen müssen in Einzelhaft gehalten
werden, denn sie sind herrisch und unverträglich, und gibt

man ihnen Gesellschaft, so endet die Kameradschaft nach einem erbitterten Kampfe mit dem Tode des Schwächeren. Selbst Weibchen, die man ihnen zur Gesellschaft gibt, gehen ein, und zwar an Hunger, da der ungalante Gesellschafter das ganze Futter allein frißt.

Wenn der Fang der großen Paviane auch seine komischen Seiten hat, für die Fänger ist er keineswegs lustig und auch nicht ohne Gefahr. Ohne in die Enge getrieben zu sein, greift auch das stärkste Pavianmännchen zwar kaum einen Menschen an, der Umgang mit den frischgefangenen Tieren ist aber voller Gefahr. Ihre mächtigen Zähne messen sich mit denen des Leoparden, und ihre Körperkraft ist ganz gewaltig. Ernste Verwundungen der Fänger sind an der Tagesordnung. Gelingt es einem Affen, sich von seinen Fesseln zu befreien, dann geht es ohne Bisse nicht ab.

Der Schauplatz des Affenfanges verwandelt sich aber auch zuweilen in ein Schlachtfeld, besonders, wenn es sich um eine Expedition gegen die großen silbergrauen Hamadrias handelt. Diese Art ist sehr angriffslustig und, da sie in ungeheuren Schwärmen auftritt, auch sehr gefährlich. Einmal geschah es, daß sich eine Armee von 3000 Hamadrias auf die wenigen Jäger stürzte, die sich mit Schießwaffen und Knüppeln verteidigten, aber trotz aller Bravour zurückgeschlagen wurden und der Übermacht weichen mußten. Die siegenden Affen behaupteten das Feld, öffneten die Falle und ließen die sämtlichen Gefangenen frei. Im Getümmel des Kampfes konnte man wahrhaft rührende Szenen beobachten. Ein kleiner Affe, der durch einen Knüppelschlag betäubt am Boden lag, wurde von einem großen Männchen gerettet und kühn mitten durch die Feinde hinweg in dem Busch getragen. Eine Mutter, die bereits ein Junges auf dem Rücken trug, nahm noch ein zweites Baby auf, dessen Mutter erschossen worden war. Groß wie die Liebe, die im Affenvölkchen herrscht, ist aber auch die Strenge. Die Leitaffen als Erzieher der Herde schalten mit grausamer Rücksichtslosigkeit und mißhandeln ihre Untergebenen mit ungeheurer Wut.

Eine Niederlage der Jäger gehört indes zu den Seltenheiten. Wenn die Falle geschlossen ist, ist das Schicksal der Gefangenen besiegelt. Die alten großen Männchen werden

totgeſchoſſen, die übrigen mit Mühe und unter Schwierigkeiten herausgeholt. Es nützt ihnen nichts, daß ſie ſich an
den Wänden feſtklammern, ſie werden herausgeholt und
müſſen ſich bequemen, in einen zweiten, zuſammenlegbaren
Käfig zu kriechen, den man vor die Falle ſtellt, nachdem
man in dieſe ein Loch geſchnitten hat. Die Eingeborenen
ſuchen die Affen durch Hetzjagden in ihre Gewalt zu bekommen. Man verfolgt die Herden, nachdem ſie in die Ebene
hinabgekommen ſind, um die in der Nähe der Dörfer befindlichen Durrhafelder zu berauben. Bei dieſer Verfolgung
werden die jüngeren Tiere und die Mütter, die ihre Babys
auf dem Rücken tragen, leicht müde und bleiben hinter der
Herde zurück, ſo daß ſie den Jägern zur Beute fallen.

Zurück zur Seriba am Atbara. Der Tag des Abſchieds
für dieſes Jahr rückt heran. Ställe und Hof ſind gefüllt
mit gefangenen Tieren. Wären nicht viele der Gefangenen
in Kiſten und Kaſten eingeſchloſſen, ſo gliche der Ort einem
kleinen Paradieſe. An Bäume angekettet ſieht man junge
Elefanten und Nilpferde, Giraffen und junge Büffel. Lö-
wenkätzchen ſpielen im Graſe, und über ſie hinweg ſpringt
in zierlicher Bewegung eine rote Meerkatze. In primitiven
Holzkäfigen grunzen Schweine, fauchen Leoparden, ſchnat-
tern Affen und laſſen Vögel ihre Stimmen ertönen. Gra-
vitätiſch ſtolzieren Strauße durch den Hof. Was nicht von
den Strapazen des Gejagtſeins ermüdet iſt, gewöhnt ſich
bald an die Gefangenſchaft, und nur unſere ſchwarzen
Freunde ſind bedrückt, weil die Hagenbeckleute für diesmal
Abſchied nehmen.

Endlich iſt alles zur Reiſe bereit, und ein noch ſchwie-
rigerer Teil als die Jagd beginnt, nämlich der Transport
von der Station im Innern nach dem Einſchiffungshafen
am Roten Meere. Der Transport gefangener Tiere durch
die Wildnis erfordert ungeheure Mühe und Umſicht, wenn
die Reiſe gut verlaufen und mit der Ablieferung geſunder
Tiere in Europa enden ſoll. Es iſt ein förmlicher Feldzug,
um den Troß von 150 Viechern und mehr als 100 beladenen
Dromedaren, ganz abgeſehen von den gefangenen Tieren,
ſicher durch die waſſerarmen Steppen und öden Wüſten-
gebiete zu geleiten.

Der Mond iſt aufgegangen und gießt ſein Licht auf das

erstarrte Sandmeer der Wüste hinab. Auf den Kämmen der
Dünen liegt ein silbernes Flimmern, zu ihren Füßen klaffen
dunkle Schatten. Ringsumher Einsamkeit. Aus weiter Ferne
klingt das heisere, unheimliche Lachen einer Hyäne. Gleich
einer Schlange windet sich unsere Karawane über die weiten
Sanddünen abwärts und aufwärts, mit wiegendem Schritt
schreiten die Dromedare eins hinter dem andern her, da-
zwischen marschieren — ein phantastischer Anblick — Strauße,
Giraffen, Elefanten und Büffel — und seltsame Schatten
ziehen zur Seite mit der Karawane über den hellen, glitzern-
den Sand. In diesen Gegenden ist die Nacht des Menschen
Freund. Die Umgebung des Roten Meeres ist von alters
her wegen ihrer Hitze verrufen, im Sommer hält sich das
Thermometer fast beständig auf 45 Grad Celsius im Schatten, auch nachts tritt kaum eine merkliche Kühlung ein, aber
die Sonne steht wenigstens nicht am Himmel, die bei Tage
mit unbarmherziger Glut auf das ausgedörrte Land und die
kahlen, felsigen Berge niederbrennt. Die ärgsten Feinde,
die sich dem Marsche entgegenstellen, sind deshalb auch die
hohe Temperatur und der Wassermangel. Der ersten Gefahr sucht man durch Nachtmärsche zu begegnen, der zweiten durch die sorgfältigste Fürsorge.

Kurz vor Sonnenuntergang bricht die Karawane auf, und
jeder begibt sich an den ihm zugewiesenen Platz. Die großen
Tiere werden von Dienern geführt, eine Giraffe von drei
Leuten, ein Elefant von zwei bis vier, eine Antilope von
zwei und ein großer Strauß ebenfalls von zwei Mann.
Kleinere Tiere, junge Löwen, Leoparden, Affen, Schweine,
Vögel, befinden sich in einfachen, schon am Fangplatze selbst
hergestellten Käfigen, deren zwei bis drei von je einem
Dromedar getragen werden. In der Mitte des Zuges bewegt sich schwerfällig eine Gruppe von Dromedaren, von
denen immer ein Paar zusammengekoppelt ist. Zwischen
den beiden Tieren hängt eine mächtige, aus Stäben ge-
zimmerte und mit Riemen von roher Haut verknotete Kiste
— ein Käfig, in welchem sich ein junges Nilpferd befindet.
Über die Packsättel der beiden Dromedare sind zwei starke
Stangen gelegt, und an diesen hängt der Käfig, der mit
seinem Insassen mindestens 300 Kilo wiegt. Für jeden einzelnen dieser vornehmen Reisenden sind 6—8 weitere Dro-

medare nötig, sie bilden seine besondere Dienerschaft und tragen das Wasser, welches so ein Nilpferd auf der Reise ununterbrochen nötig hat. Auch für das Bad, welches dem Tiere in einer Wanne aus zusammengebundenen gegerbten Ochsenhäuten an jedem Tag während der Rast bereitet wird. Im Troß der Karawane wandern ganze Herden von Ziegen und Schafen, ihre Zahl geht in die Hunderte. Die Mutterziegen liefern frische Milch für alle die Tierbabies, die sich beim Transport befinden, die übrigen sind Schlacht- tiere zur Nahrung für unsere Fleischfresser. Das Ganze gleicht einem gigantischen wandernden Haushalt. Auch die vielen Menschen des Zuges müssen ja befriedigt werden, sie erhalten täglich eine bestimmte Ration Durrhamehl, das lange vor Aufbruch der Karawane von den Sklavinnen auf Vorrat gemahlen wurde, auch erhalten sie frisches Fleisch in Form von Schafen und jungen Ochsen, die man von begegnenden Nomaden erhandelt. An den Ruhetagen wird auch die Jagd eifrig betrieben, um den Lagerproviant zu ergänzen. Die Hauptsache aber bleibt das Wasser, von dessen Vorhandensein das Leben aller abhängt.

Die Karawane zieht so schnell, wie es die verschiedenen Gangarten der Tiere gestatten wollen, dahin. Einige Stun- den wird marschiert, dann gerastet, die Tiere werden ge- füttert und getränkt, dann geht's weiter bis zum Morgen. Eine Stunde nach Sonnenaufgang sucht die ganze Karawane nach Ruhe im dürftigen Schatten von Mimosen oder Aka- zien, oder auch unter dem künstlichen Schutze aufgespannter Matten, die freilich gegen das sengende Sonnenlicht wenig ausrichten können. Die Tränkplätze in der Wüste sind nur spärlich vorhanden, und werden sie erreicht, was immer mit der Gewährung eines besonderen Ruhetages verbunden ist, so kann man sie häufig durchaus nicht ohne weiteres in Besitz nehmen. Nomadenstämme haben den Platz mit ihren Herden schon besetzt, ein Streit entspinnt sich, und schon greifen die wilden Söhne der Wüste zu den Waffen, als der Führer der Karawane die Sache durch ein „Backschisch" beilegt. Zwischen einzelnen dieser Tränkplätze liegen Ent- fernungen von 100 Kilometern, und da solche Strecken beim Marsche mit gefangenen Tieren 3—4 Tage beanspruchen,

so müssen große Quantitäten Wasser in Schläuchen aus
Ziegen- und Ochsenhaut mitgeführt werden. Das kostbare
Naß, welches diesen Wasserlöchern entnommen wird, besitzt kaum das Ansehen wirklichen Wassers, es ist eine
fürchterliche Brühe, und doch hängt an ihr unser aller
Leben. Nicht weniger als 30—40 Dromedare sind damit beschäftigt, der Karawane das Wasser nachzuführen oder mit
ihm voranzuziehen.

Trotz der sorgfältigsten Pflege gehen viele Tiere auf dem
Transport zugrunde. Die furchtbare Hitze, die im Hochsommer im südlichen Teile des Roten Meeres herrscht,
bringt selbst solche Tiere um, die in jenen Gegenden zu
Hause sind und sozusagen ohne Bedachung leben. Starke
Pavianmännchen werden vom Hitzschlag betroffen und
gehen nach einer halben Stunde unrettbar ein. Sicherlich
nehmen aber die Tiere schon eine Disposition zu allerhand
Schwächen mit auf die Reise. Die während der Jagd und
des Einfangens ausgestandene Angst mag ihnen noch in
den Gliedern stecken, vielleicht ruft auch der Aufenthalt im
Käfig und das Ungewohnte des Transports zuerst einen
permanenten Erregungszustand hervor. Die Tiere, mehr
noch als die Menschen, bilden die stete Sorge des Kara-
wanenleiters, der es trotz aller Sorgfalt nicht verhindern
kann, daß ein Teil der Tiere am Wege zurückbleibt. Selten
wird die Sorge um das Wohlergehen des Ganzen durch
heitere Zwischenfälle unterbrochen.

Endlich, nach einer anstrengenden Reise von 35—40 Tagen, erreicht die Karawane oder das, was von ihr übriggeblieben ist, den Hafenplatz am Roten Meer. An den
Brunnen außerhalb der Stadt schlägt die bunte Gesellschaft
ihr Lager auf und wartet, bis einer der den Platz anlaufen-
den Dampfer erscheint und die ganze Gesellschaft nach Suez
mitnimmt. In Suez erfolgt die Umladung auf einen der
von Indien oder Ostasien kommenden Dampfer, möglicherweise wird auch die ganze umfangreiche Sammlung der
Tiere mit der Eisenbahn nach Alexandrien geschafft und
von dort nach einem Mittelmeerhafen, Triest, Genua oder
Marseille, verladen. Erst nach weiteren Eisenbahnfahrten
von unbestimmter Dauer, bis nach Hamburg etwa neun
Tage, kommen die Tiere und ihre Führer endlich zur Ruhe.

Seit dem Aufbruch vom Lager am Atbara oder am Gasch sind beinahe drei Monate verflossen.

In unserem Tierparadies im Sudan hat sich in der langen Abschließung durch den Mahdi gar manches verändert, und nur langsam sind unter ägyptisch-englischem Regime geordnete Verhältnisse zurückgekehrt. In den Gebieten indes, die für uns in Betracht kommen, hat sich vieles, und zwar auf traurige Weise, verändert. Der reiche Wildbestand, den ich schilderte, ist kläglich zusammengeschrumpft, man findet dort heute nicht mehr den zehnten Teil des Wildes, den das Land vor dreißig Jahren barg. Der Elefant findet sich nur noch in kleinen Trupps, das Rhinozeros ist fast vollständig ausgerottet, die Giraffe ist nördlich von Takassieh ein seltenes Tier geworden, die früher so zahlreichen Antilopen sind aus vielen Gegenden ganz verschwunden, und der Büffel ist zu Tausenden der Rinderpest zum Opfer gefallen.

Die Schuld an dieser traurigen Verwüstung des Tierbestandes tragen mittelbar und unmittelbar die Mahdistenkriege. Die eingeborenen Stämme sind in den Besitz von Tausenden moderner Hinterlader gekommen, die, soweit die immerwährenden Kriege und Fehden dazu Zeit ließen, auch auf der Jagd Verwendung fanden. Dies allein hätte einen so starken Rückgang des Wildbestandes aber noch nicht verursachen können. Als die Truppen des Mahdi in dem total ausgesogenen Sudan nichts mehr zum Plündern fanden und selbst zum Verhungern verurteilt schienen, wandten sie sich gegen das Wild, und ein erbitterter Kampf um Fleisch begann. Ganze Heeresmassen, besonders der Baggaraaraber vom Weißen Nil, die ebenso berühmte Jäger sind wie die Schwertjäger des Ostsudans, errichteten Lager in unseren Jagdgebieten und knallten das Wild in Massen nieder. Auch die Grenznachbarn der Sudanesen, die Abessinier, haben auf dieselbe Art gehaust und besonders dem Elefanten nachgestellt, der neben seinem Fleisch ja auch noch das wertvolle Elfenbein hergab. Der Fürst der Grenzprovinz Ermetscho erlegte mit seinen Truppen, die ein wahres Kesseltreiben veranstalteten, an einem einzigen Tage 56 Elefanten.

In Abessinien, wo es auf Menschenmaterial nicht anzu-

7*

kommen scheint und wo alle in der Wildnis lebenden Tiere
als kaiserliches Gut angesehen werden, pflegt man die Jagd
überhaupt in großem Stil zu betreiben. Davon gibt ein
typisches Bild die Zebrajagd, die in meinem Auftrage von
einem meiner Reisenden mitgemacht wurde; waren doch die
einzufangenden Tiere für uns bestimmt. Mit ihren An-
führern waren nicht weniger als etwa 2000 Soldaten zur
Stelle, die als Treiber fungierten. Ein ungeheures Gebiet,
dessen Basis ein ausgetrocknetes Flußbett bildete, wurde
zuerst umstellt und immer enger eingeschlossen, so daß die
Tiere gezwungen waren, sich dem Flußbett zu nähern. Von
den hohen felsigen Ufern sprangen sie ohne Besinnen in den
sandigen Flußlauf hinab, aus dem es kein Entrinnen gab,
denn die jenseitigen Ufer bestanden aus steilen Felsen,
während rechts und links am Laufe des Flusses Wachen
aufgestellt waren. Nachdem die Tiere derart abgeschlossen
waren, entwickelte sich ein wahrhaft barbarisches Schauspiel. Auf einen Wink der Führer stürzten sich die mit
Stricken bewaffneten Soldaten, weit über 1000 Mann, mitten unter die wütend um sich schlagenden Zebras, die nach
einigen Stunden von der Übermacht bewältigt wurden —
allerdings, nachdem 33 Menschen totgeschlagen und schwer
verletzt worden waren. Die Tiere wurden gefesselt und mit
Stricken an allen vier Beinen fortgeführt. In den Hütten
pflöckte man die Tiere an allen vier Beinen an, und in
wenigen Tagen hatten sie sich so weit beruhigt, daß man
sie ohne große Sicherheitsmaßregeln fortführen konnte.

Im Sudan haben wir nicht nur das Wild, sondern auch
unsere Freunde und Helfer, die eingeborenen Stämme, in
völlig veränderten Verhältnissen wiedergefunden. Kriege,
Hungersnot, die Blattern und die Cholera haben derart gehaust, daß beim Untergang Mahdias 1885 kaum mehr als
zehn Prozent der ursprünglichen Bevölkerung übriggeblieben
war. Der berühmte stolze Stamm der Hamram, der die
besten Schwertjäger hervorbrachte, war bis auf 20 Leute
zusammengeschmolzen, von den Schwertjägern überhaupt
keiner übriggeblieben, so daß diese kühne ritterliche Jagdart der neuen Generation nur noch durch die Erzählung der
alten Leute bekannt ist. Auch die Wasserjäger oder Hawati
gehören der Vergangenheit an. Allgemein wird die Jagd

nunmehr mit dem Gewehr ausgeführt, und wenn auch die
Jagdart im allgemeinen die gleiche geblieben ist, nämlich
indem man den Alten ihre Jungen abjagt, so ist es doch
klar, daß der weittragenden Kugel die alten Tiere viel zahl-
reicher zum Opfer fallen als früher mit primitiveren Waffen.

Neben dem Abjagen der Jungen regiert beim Tierfang
die Falle und die Fallgrube, nachdem man die Tiere auf
ihrem gewohnten Wechsel beobachtet hat. Das Nilpferd zum
Beispiel kommt den Jägern entgegen durch seine Gewohnheit, das Junge vor sich hergehen zu lassen. Der Zweck
dieser Maßregel springt leicht in die Augen: nach hinten
ist das Tier durch seine eigene dicke Haut geschützt, und
vorne kann es die Gefahr, die dem Jungen etwa drohen
sollte, übersehen. Auf dem Wechsel des Tieres, den man
ausgekundschaftet hat, wird eine Grube gegraben und durch
Zweige gut verdeckt. Die Nilpferdmutter liebt ihr Kind
ebensosehr wie jede andere Mutter; wenn es aber im Urwald, ohne daß irgendeine Gefahr sich irgend angekündigt
hätte, plötzlich vor ihren Augen versinkt, bekommt sie einen
solchen Schreck, daß sie ihr Kind im Stiche läßt und das
Weite sucht. Wenn alles gut geht, ist die Beute jetzt dem
Jäger sicher. Zuweilen, wenn man das Tier eine Nacht in
der Grube zurücklassen muß, mischt sich auch Simba, der
Löwe, ein, so daß am andern Morgen in der Fallgrube
nichts mehr zu finden ist als Haut und Knochen.

Geht indes alles gut vonstatten, dann wird schleunigst
eine Palisade um die Grube gebaut und über diese hinweg
eine Schlinge zwischen Vorderbein und Brust des jungen
Tieres hindurchpraktiziert. Nilpferde schwitzen, wenn sie er-
regt sind, eine schlüpfrige Flüssigkeit aus, deshalb muß die
Schlinge zwischen den Beinen hindurchgeführt werden, um
das Abgleiten zu verhindern. Dann wird das Tier mit
Hilfe von wenigstens zwanzig Mann einige Zoll gehoben,
sechs andere Leute springen in die Grube, fesseln Hinter-
und Vorderbeine und binden dem Tiere das Maul zu.
Nachdem man sich des Nilpferdes auf diese Weise versichert
hat, werden die Palisaden auseinandergebrochen und ein
schräger Gang in die Grube gegraben. Eine Tragbahre aus
starken Knüppeln und Zweigen wird geflochten, das Tier
daraufgelegt und auch von oben her durch Zweiggeflecht

gesichert. Nun beginnt der Transport durch den Sumpf oder Urwald zum nächsten Fluß, wo ein Eingeborenenfahrzeug den Gefangenen zunächst aufnehmen soll. Eine Bahn muß durch den Busch gehauen werden, und mühsam folgen die Träger. Das Junge, das vielleicht zwei bis drei Jahre alt ist, wiegt seine 1000 bis 1200 Pfund, und die korbartige Bahre ebensoviel. Auf der Station oder an einem andern beliebigen Platz wird das Tier zuerst an die Gefangenschaft und an das Futter gewöhnt, ehe es nach Europa verschifft wird.

In der Stille des Bureaus hatte ich mir vor einigen Jahrzehnten ein damals neues Gebiet ausersehen, das Feuerland, wo so viele interessante Wasservögel, unter ihnen verschiedene Arten von Pinguinen, zu Hause sind; auch in ethnographischer Beziehung mußte sich da unten eine reiche Ausbeute gewinnen lassen. Dem Gedanken folgte bald die Ausführung, und ein in verschiedenen Ländern bewährter Reisender machte sich auf den Weg. Punta Arenas wählte er sich zu seinem Standquartier. Trotz aller Bemühung wollte es dem erfahrenen Manne nicht gelingen, die ersehnten Vögel lebend zu fangen. Dagegen hatte er eine glänzende ethnographische Sammlung zusammengebracht. Als er mit dieser nach Punta Arenas in seinem Segelboot zurückkehrte, zog ein drohendes Unwetter auf. Der Reisende, um seine große und kostbare Sammlung und schließlich auch um sein Leben besorgt, gab dem Spanier, welcher das Boot führte, den Befehl, sofort zu landen. Aus irgendeinem Grunde, sei es Eigensinn oder ein Verkennen der Gefahr, weigerte sich der Spanier, dem Befehl Folge zu leisten, und der Reisende konnte sich nur mit dem Revolver in der Hand Gehorsam verschaffen. Zwar rettete er sein Leben, mußte aber die Sammlung im Stiche lassen. Es ging ihm wie dem Tell bei Küßnacht, er konnte nur aus dem Boot ans Land springen, worauf das Fahrzeug wieder in die See hinaustrieb, freilich nicht infolge des Sturms, sondern weil es der verrückte Spanier so wollte. Der Reisende marschierte rüstig querfeldein durch die Pampa, um Punta Arenas zu erreichen, die Stadt war aber noch nicht einmal in Sicht, als ihn zwei Reiter überholten, von denen er bereits die traurige Kunde empfing, daß das Segelboot in der Bucht umgeschlagen und der Insasse ertrunken sei. Die in Monaten unter Gefahren, Geld- und Zeitopfern zusammengebrachte Sammlung war verloren. Schließlich gelang es ihm noch, nach einem weiteren langen Aufenthalt, 28 Stück große Königspinguine und eine größere Anzahl einheimischer Gänse, Enten, Schwäne und anderer Vögel zu sammeln. Hocherfreut, wenigstens nicht mit leeren Händen heimzu- kehren, verlud der Reisende die ganze Sammlung auf dem Verdeck eines Kosmos-Dampfers. Bis Montevideo ging alles gut, zwei Tage nach der Abfahrt von diesem Platz setzte indes ein heftiges Unwetter ein, welches innerhalb 24 Stunden sämtliche Kisten und Kasten zertrümmerte und über Bord spülte, ohne daß Rettung möglich war.

Diese kleine Geschichte aus alten Zeiten kommt indes eigentlich gar nicht in Betracht im Verhältnis zu den Schwierigkeiten und Kosten der verschiedenen großen Ex- peditionen, die ich nach Sibirien und in die Mongolei aus- gerüstet habe.

Eine der interessantesten solcher Expeditionen war die- jenige, die nach Asien entsandt wurde, um den Versuch zu wagen, lebende Wildpferde (Equus Prjewalsky) nach Europa zu bringen. Frühere Versuche waren gescheitert, mit einer einzigen Ausnahme — dem bekannten Tierfreund und Züch- ter Falz-Fein war es gelungen, einige Exemplare dieses seltenen Tieres aus der asiatischen Steppe nach seiner Be- sitzung in der Krim zu verpflanzen. Wir wußten damals ver- hältnismäßig wenig über das Wildpferd und so gut wie nichts über die genaue geographische Lage der Fangplätze, die Gewohnheiten des Tieres und die Art des Einfangens. Mit der schwierigen Aufgabe, das Notwendige auszu- forschen und später die Expedition nach der Mongolei zu leiten, wurde einer meiner bewährtesten Reisenden, Wil- helm Grieger, betraut, der alsbald, mit reichen Geldmitteln versehen, nach Rußland abdampfte. Außerdem war er im Besitze von wertvollen Geleitsbriefen, von denen sich einer als besonders wertvoll erwies. Dieser Geleitsbrief enthielt eine Empfehlung Griegers an einen damals in St. Peters- burg lebenden, hochangesehenen buddhistischen Lama, Dr. Radmai, der ein großer Kenner von Land und Volk der Mongolei war.

Zunächst ging aber Grieger als Begleiter einer Tier-
lieferung zu Herrn Falz-Fein nach Ascania Nova in Süd-
rußland, denn es galt vor allem festzustellen, wo man die
Wildpferde zu suchen habe.

Der auf seine Schätze mit Recht eifersüchtige Tierfreund
in der Krim rückte indes mit der gewünschten Nachricht nicht
heraus, und erst auf Umwegen gelang es dem Reisenden,
festzustellen, daß die Fangplätze des Wildpferdes in der
Nähe von Kobdo, unterhalb der nördlichen Abhänge des
Altai-Gebirges, zu suchen seien. Eine weite Reise, durch
ganz Rußland, Westsibirien und in die chinesische Mongolei.

Mit dem eroberten geographischen Fingerzeig reiste Grieger freudig nach St. Petersburg, um von hier aus die Reise
nach dem Wildpferdgebiet anzutreten. Aber ein neues
Hindernis, dessen Wegräumung die Zeit mehrerer Wochen
beansprucht, stellt sich dem Unternehmen entgegen. Dr. Radmai, der buddhistische Lama, mit welchem Grieger das
Unternehmen bespricht, entpuppt sich wirklich als eine Quelle
des Wissens, gibt wertvolle Aufschlüsse über Land und Leute
des Altaigebietes und macht den Reisenden vor allem
darauf aufmerksam, daß man dort nicht mit dem in Europa
gangbaren Geld reisen könne. Die gangbare Münze ist vor
allem eine gewisse Art von Silberbarren, die in der Norddeutschen Raffinerie zu Hamburg hergestellt sein müssen,
weil die Eingeborenen dieses weiße Hamburger Silber, wie
sie es auch nennen, dem dunkleren englischen vorziehen.
Außerdem bezahlt man dort mit gepreßtem Ziegeltee, den
man wiederum nur an Ort und Stelle eintauschen kann.

Es ist ein ganz besonderer chinesischer Tee, der in frischem
Zustand mit Zweigen und Blättern in die Form von Plat-
ten gepreßt wird.

Siebenundzwanzig Tafeln dieses Tees geben eine Tunse,
deren drei eine Kamellast von ungefähr 450—500 Pfund
ausmachen. Zur Zeit des Aufstandes bezahlte man solche
Tafel mit einem Rubel.

Als Kleingeld, gewissermaßen als Wechselmünze, dienen
gewebte wollene Bänder, die bekannten Kata, die bei jeder
Gelegenheit als Geschenk verwendet werden, ohne einen
praktischen Wert zu besitzen.

Diese Bänder pflegen etwa ein Meter lang, fünf Zenti-

meter breit und einfarbig blau oder rot zu sein; gelbe Bänder haben nur die Hälfte des Wertes. Als eine Art Scheide-
münze werden außerdem noch kleine seidene Tücher benutzt,
die einen Kaufwert von zwanzig bis vierzig Kopeken besitzen.

Die Hamburger Silberbarren bestehen aus großen flachen
Stücken, die etwa elf Pfund wiegen und bei der Verwandlung in Geld von den Mongolen erwärmt und dann in kleine
Stücke geschlagen werden, die man auf einer eigenartigen
Messingwage abwiegt. Unbedingt muß der Reisende in
jenen Gegenden mit diesen beiden hauptsächlichsten Tausch-
artikeln, Silberbarren und Ziegeltee, ausgerüstet sein, denn
die mongolischen Nomaden nehmen nur das in Zahlung,
woran sie gerade Mangel leiden.

Echter russischer Winter, der bereits Stadt und Land in
tiefsten Schnee gehüllt hatte, war es, als der Reisende
Petersburg verließ. Im Vorfrühling, wenn die jungen
Fohlen, deren man habhaft werden wollte, ins Leben traten,
mußte die Expedition an Ort und Stelle sein, und vor Eintritt des frühen Winters mußte sie mit den jungen Tieren
jene unwirtlichen Gegenden auch bereits wieder verlassen
haben. Auch der mongolische Sommer stellt harte Anforde-
rungen an den Reisenden. Er pflegt im Mai einzusetzen,
behält aber den Nachteil starker Temperaturschwankungen
während seiner ganzen Dauer bei. Es ist keine Seltenheit,
daß nach einem Tagesmittel von etwa zweiundzwanzig Grad
Reaumur im Schatten nachts das Wasser gefriert. Trotzdem
bringt dieser Sommer schon früh seine Plagegeister mit sich
und macht dem Reisenden das Leben durch die Sorge sauer,
die er dann um seine Pferde haben muß. Fast während des
ganzen Juni sind die Ufer des Kobbdoflusses von Milliar-
den winziger Mücken bedeckt. Diese setzen sich in dichten
Scharen auf die trinkenden Pferde und suchen sich mit Vorliebe die zartere Haut des Bauches und der Geschlechtsteile
für ihre Angriffe aus. Ein Pferd, das diesem Massenangriff
eine halbe Stunde lang ausgesetzt war, ist fast regelmäßig
schon geliefert. Es geht an Blutverlust und Entzündung ein.

Zuerst ging es mit der sibirischen Eisenbahn über Moskau
zum Ob, vom Ob im Schlitten etwa 250 Werst weit nach
Biesk, einem Platz, der ungefähr 75 Werst östlich vom Altai

liegt. Bis hierher war es noch möglich, auf den weit voneinander entfernten Stationen karge Nahrung zu erhalten,
um Abwechslung in den Genuß der mitgenommenen Konser-
ven zu bringen. Die Mühseligkeiten der Reise begannen jetzt
erst im Ernst. Von eingeborenen Stämmen wurden Führer
und Reittiere in Dienst genommen, um die Reisenden nebst
ihrem Gepäck, ihren zusammenlegbaren Zelten, ihren Kisten
mit Nahrungsmitteln und mit der Hauptsache, dem Gelde,
ins Innere zu befördern. Teils zu Pferde, teils zu Kamel,
aber immer im Sattel, wurden in tiefem Schnee und bei
strenger Kälte über Kaschagatsch bis nach Kobdo etwa
900 Werst zurückgelegt. Die in fünfzig Kisten als erste Nahrung für die eingefangenen Wildfohlen mitgenommene steri-
lisierte Milch kam bei einer Kälte bis zu achtunddreißig
Grad Reaumur unter Null natürlich in gefrorenem Zustande an.

Kobdo war der Stütz- und Erholungspunkt für alle weiteren Expeditionen. Es liegt am Endpunkt der großen Kara-
wanenstraße von Peking, das die Kamelkarawanen in zweieinhalb Monaten von dort aus erreichen!

Endlich gelangte man in die Täler der Altaikette, wo das
Gebiet der Wildpferde sich wirklich fand, und Grieger richtete sich häuslich ein, die Zeit mit dem Studium der Eingeborenen, mit Anwerbung von Gehilfen und der Jagd aus-
füllend. Angenehme Tage waren es freilich zuerst nicht,
die er in seiner Behausung verlebte. Diese Behausung bestand aus dem im Schnee errichteten Zelt, das wenig Schutz
gegen die strenge Kälte gewährte; selbst Decken und Pelze
erwiesen sich als ungenügend, als das Thermometer eines
Tages auf siebenundvierzig Grad Celsius sank. Feuerung
war nicht zu beschaffen. Das einzige Material, welches
diese Nomaden als Feuerung verwenden, besteht aus ge-
trocknetem Viehdung, der zuzeiten sehr knapp wird.

Mit Vorliebe nehmen sie die Exkremente von Pferden
und stapeln sie lose auf. Ein Stück davon zerreiben sie in
der Hand zu feinem Pulver, und dieses entzünden sie mit
Stahl und Zunder. Geht Wind, so überläßt es der Mongole
diesem, in der glimmenden Masse die Flamme anzuregen.
Sonst setzt er sich davor und pustet und pfeift geduldig hinein, bis das Feuer emporschlägt.

An Nahrung hatten die Reisenden jedoch keinen Mangel,
wenngleich wenig Abwechslung vorhanden war. Vier Monate hindurch gab es fast ausnahmslos Schafffleisch, das
freilich immer zu haben war. Dazu trank man, wie die Eingeborenen, Tsamba, ein Gemisch von Tee, Butter und Salz,
als Nationalgetränk in der Mongolei und in Tibet bis an
die chinesische Grenze hoch geschätzt.

Ackerbau wird hier nicht getrieben. Seine ganze Arbeit
widmet der Mongole dieser Gegenden der Viehzucht. Jedermann ist beritten und mit Gewehren älterer Systeme bewaffnet, von der Feuersteinschloß- bis zur Perkussionsflinte.
Männer und Frauen tragen Hosen und hohe Stiefel. Die
Beinkleider bestehen meistens aus blauer Leinwand, die
breiten Sohlen der Stiefel aus Leinwandlagen, die bis zu
einer Dicke von zwei Zentimeter aufeinandergenäht sind. Die
größte Freude macht man dem Mongolen mit Tabak, und
nach diesem steht sein erster Wunsch. Deshalb legt er auch
der Ausstattung seiner Pfeifen große Bedeutung bei und
beurteilt aus ihr den Stand des Besitzers. Das Pfeifenrohr,
ein etwa dreißig bis vierzig Zentimeter langer gerader
Holzstab, ist mit einem Mundstück aus einem achatartigen
Stein geschmückt. Je größer und gewählter dieses Mundstück, desto reicher und vornehmer der Besitzer.

Der Mongole ist sehr gastfrei, jedoch wenig gesprächig.
Jedes Mongolenzelt wird von einer Schar schakalartiger,
sehr bissiger Hunde bewacht. Der Besitzer scheucht die Kläf-
fer aber rasch und freundlich von dem Ankömmling fort und
nimmt diesem das Pferd ab. Die Mongolin tut sofort für
ihn, was ihr der einfache Hausrat ermöglicht, vor allem
bereitet sie Tee und das Lager für den Fremdling.

Als der Vorfrühling ins Land zog, der Schnee schmolz
und die Flüsse auftauten, konnte Grieger seine Küche ein
wenig auffrischen. Der Zebzik-Noor war buchstäblich angefüllt mit Forellen, und zwar einer großen, wohlschmecken-
den Art. Sie schwammen in dem fließenden Wasser so dicht,
daß man sie hätte herausschöpfen können. Der Reisende
verlegte sich auf den Fischfang und brachte es an einem
einzigen Nachmittag auf eine Beute von hundert Stück, die
er kochte, briet und zu räuchern versuchte. Einen Festbraten
für die Tafel lieferte dann und wann die Jagd. Das Fleisch

des großen Wildschafes, Argali, erwies sich als außerordentlich schmackhaft, selbst das zehnjähriger Böcke. Als
eine auserlesene Delikatesse galten wilde Zwiebeln, die hier
und da gefunden wurden. In den Tälern von Kobdo schoß
Grieger nebenher eine große Sammlung von Vögeln, in
welcher sich eine ganz neue und in Europa bisher unbekannte
Fasanenart befand.

Bei alledem wurde der Zweck der Expedition keinen
Augenblick aus den Augen gelassen, und als die Zeit der
Jagd herankam, waren alle Vorbereitungen getroffen. Zunächst lauerte man den Tieren, wenn sie zur Tränke kamen,
aus großer Entfernung auf, um festzustellen, wie weit und
in welcher Zahl die jungen Fohlen von den Mutterstuten
abgesetzt worden waren. Da man es natürlich nur auf die
jungen Tiere abgesehen hat, erfolgt, wie schon berichtet, die
Jagd zur Zeit der Abfohlperiode in der ersten Hälfte des
Monats Mai. Nach der langen Vorbereitungszeit bot der
Fang selbst keine Schwierigkeiten mehr. Die Tiere haben
die Gewohnheit, sich einige Stunden an der Tränke zu
lagern. Unter Deckung schleichen sich die Mongolenhorden
mit ihren Pferden heran, und auf ein gegebenes Zeichen
stürzt sich die ganze Gesellschaft unter Hallo und Geschrei
auf die lagernde Herde, die aufspringt und entsetzt in die
Steppe galoppiert. Man sieht nur eine große Staubwolke.
Aber aus dieser Staubwolke tauchen vor den verfolgenden
Reitern nach und nach einzelne Punkte auf: es sind die
armen Fohlen, die noch nicht schnell genug laufen können
und bald, wenn ihre Kräfte schwinden, hinter der Herde
zurückbleiben. Mit vor Schreck und Erschöpfung geblähten
Nüstern und fliegenden Flanken bleiben sie stehen und werden nun mit einer Schlinge gefangen, die an einer langen
Stange befestigt ist.

Im Lager befindet sich eine große Zahl zahmer mongo-
lischer Mutterstuten mit saugenden Füllen. Diese Tierchen
müssen daran glauben, sie werden von der Mutter genommen, denn diese müssen nun als Ammen für die jungen
Wildfüllen in Dienst gestellt werden. Es währt etwa drei bis
vier Tage, ehe sich die Wildlinge an ihre zahme Amme und
diese an sie gewöhnt haben, aber sie gewöhnen sich, und nach
wiederholten Jagden beginnt das Lager sich zu füllen.

Mit einer Riesenkarawane, zu welcher außer den gefangenen jungen Tieren deren Ammen sowie die Tiere für den Transport der Reisenden und ihrer Güter und dreißig angeworbene Eingeborene gehören, wird die lange Heimreise angetreten. In schwerer Sorge um das Leben der jungen Tiere geht es nun langsam über Berg und Tal, in Regen und Sonnenschein, in Hitze und Kälte vorwärts, dem nächsten dem Verkehr erschlossenen Punkte entgegen. In mancher gebirgigen Gegend herrschen während des Tages dreizehn bis zwanzig Grad Wärme, in der Nacht aber sinkt die Temperatur bis unter den Gefrierpunkt. Für manche der jungen Tiere sind die Strapazen der Reise zu groß, und sie gehen trotz aller Sorgfalt am Wege ein. Auch sonst ist der Marsch reich an Zwischenfällen. Der Transport war im ganzen elf Monate unterwegs und brachte von zweiundfünfzig gefangenen Wildpferden achtundzwanzig lebend nach Hamburg. Drei Tage nach der Ankunft wurden sie von ihren Ammen entwöhnt und von nun an mit Haferschrot, warmer Kleie und gelben Mohrrüben gefüttert. So kamen die ersten Wildpferde nach Nordeuropa.

Am einfachsten und ungefährlichsten gestaltet sich die Jagd auf Schlangen. Es ist mehr ein Einsammeln als eine Jagd. In den großen Sümpfen Indiens, den sogenannten Sundarbans, werden die Schlangen in der kühleren Jahreszeit frühmorgens von den Eingeborenen, die den Aufenthaltsort der Reptile genau kennen, aufgesucht. Kurz vor Sonnenaufgang sind die Schlangen durch die Nachtkühle so erstarrt, daß man sie entweder mit langen Keschern fängt oder vermittels einer gegabelten Stange hinter dem Genick anfaßt und zu Boden drückt, worauf man die wehrlos gemachten Tiere mit einiger Gewandtheit leicht dingfest machen kann. Während der trockenen Jahreszeit umstellt man auch die Schlangendistrikte mit Netzen und zündet das Röhricht an. Die Tiere fliehen, um sich zu retten, nach allen Richtungen auseinander und verfangen sich in den aufgestellten Netzen. Und zwar handelt es sich bei dieser Fangmethode nicht etwa um kleine Arten, sondern um die Riesenschlange. Häufig habe ich noch die Spuren des Feuers an den Schlangen beobachten können, die mir aus Kalkutta geliefert wurden; manche wiesen große Brandwunden auf, die aber bei diesen Tieren sehr leicht wieder heilen.

Die große Borneo-Riesenschlange, Python reticulatus, soll von den Eingeborenen beschlichen werden, nachdem sie sich vollgefressen hat und schwerfällig in ihren Bewegungen geworden ist. Man verwickelt die Schlangen dann in Netzen, die man über sie wirft, und transportiert sie in geflochtenen Bambuskörben. Für weitere Reisen werden die Schlangen in große viereckige Kasten gesetzt, die natürlich mit Luftlöchern versehen sind.

Eine ganz besondere Art von Fängern sind die indischen Schlangenriecher. Diese Leute gehen frühmorgens, wenn es noch kühl ist, auf die Jagd, und neben Körben und Stricken ist ihr hauptsächlichstes Jagdgerät die eigene Nase. Die Schlupfwinkel der Schlangen sind ihnen von ungefähr bekannt, ob sich aber die Schlange zur Zeit in ihrem Loch aufhält, wird allein durch den Geruch festgestellt. Selten kommen Mißgriffe vor, Schlangenriecher verlassen sich ganz auf ihre Nase. Hurtig wird das Tier ausgegraben und, da es von der Kälte noch halb erstarrt ist, leicht gefesselt. Eine Menge großer Arten, darunter Brillenschlangen und Pythons, werden auf diese Art dingfest gemacht.

Sehr zahm gestaltet sich auch, wenn ich aus dem heißen Süden in den kalten Norden hinüberspringen darf, der Fang von Seehunden und anderen Robbenarten. Die Seehunde pflegen während der Nacht auf Sandbänken zu schlafen, aus denen man ihnen leider wahre Schlachtbänke macht. Im Dunkel der Nacht schleichen sich die Jäger an die Schlafstätten heran und sperren eine Seite mit langen, großen Netzen ab. In der Regel vereinigen sich mehrere Boote zu einer solchen Fangexpedition. Während die Netze aufgestellt werden, begibt sich eine zweite Mannschaft an die andere Seite der Sandbank und wartet auf ein verabredetes Zeichen, welches ihnen mitteilt, daß die Netze stehen. Nun werden die Seehunde aufgescheucht und eilen bei dem Versuch, das Wasser zu erreichen, gradeswegs in die Netze. Ich entsinne mich eines Falles, wo auf diese Weise dreißig Seehunde auf einmal überrascht wurden. Die älteren, zwan-

zig an der Zahl, kamen ums Leben, der Rest, zehn junge
Tiere, geriet in Gefangenschaft. Man umgibt die jungen
Tiere mit Netzbeuteln, um sie am Entfliehen zu verhindern.
Die Fischer oder Fänger sind mit langen, schweren Schaft-
stiefeln ausgerüstet, da die Tiere scharfe Zähne besitzen.
Alte Seehunde und überhaupt alle Robbenarten sind in
der ersten Zeit ihrer Gefangenschaft sehr schwer zu behandeln. Sie haben gleichsam Heimweh, sind traurig und
niedergeschlagen und verzehren sich in Sehnsucht nach der
Freiheit. In den ersten acht bis vierzehn Tagen ist der
Gram so heftig, daß die Tiere die Annahme von Futter
verweigern. Jüngere Tiere gewöhnen sich sehr schnell an die
veränderten Verhältnisse, sie werden zutraulich wie Hunde
und sind zu allen möglichen Kunststücken abzurichten.

Aber den Fang von Elefanten in Indien ist schon so viel
geschrieben, daß ich mich kurz fassen will. Wie allgemein
bekannt, treibt man die wilden Elefanten in einen so-
genannten Kraal — das ist ein weiter, umzäunter Platz im
Dickicht — und schließt die Pforte, sobald eine Herde den
Kraal betreten hat. Nun gilt es, die Gefangenen zu fesseln.
Hierzu verwendet man besonders dazu abgerichtete, ausgewachsene männliche und weibliche Elefanten, sogenannte
Kunkies, die jeder einen Reiter oder Kornak tragen. Zwei
bis drei Tage läßt man die Tiere allein, bis ihr erster
Furor sich gelegt hat, dann reiten die Kornaks auf ihren
Kunkies mitten zwischen die wilden Elefanten hinein. Jedem
der zahmen Elefanten ist eine Anzahl von Tauen um Hals
und Leib gewunden, zunächst, damit der Kornak in gefährlichen Situationen einen Halt findet. Zudem ist jedem
Kunkie noch ein zweiter zahmer Elefant als Reserve bei-
gegeben, eine Art Boxer, der den wilden Elefanten mit
Rippenstößen regaliert, falls er seine zahmen Kameraden
angreifen sollte. Die Kornaks reichen ihrem Reittier Stricke
zu, die es mit dem Rüssel erfaßt und über den wilden
Elefanten wirft; Mensch und Tier arbeiten gemeinsam, und
bald befindet sich der Hals des Gefangenen in einer Schlinge.
Mit Schnelligkeit wird die Schlinge an einem Baum befestigt, noch schneller gleiten die Kornaks von ihren Tieren
und befestigen, während die zahmen Elefanten den wilden

in Schach halten, mit affenartiger Geschwindigkeit Taue an
den Füßen, um auch diese Schlingen an dem nächsten Baum
zu verankern. Das gefangene Tier ist nun derartig gefesselt,
daß es sich nur wenig bewegen kann. Man muß nicht
glauben, daß die Riesentiere, die sonst die Könige ihres
Gebietes waren und keinen Feind anerkannten, die schmach-
volle Fessel ruhig ertrügen. Bei ihren verzweifelten An-
strengungen, sich zu befreien, schneiden die Stricke tief in
die Haut. Eine Anzahl der Tiere geht zugrunde, viele tragen
tiefe Wunden davon. Manchen indischen Elefanten, der
auf direktem Wege in meinen Garten gelangte, habe ich
noch wochenlang behandeln müssen, ehe seine Wunden ver-
heilt waren.

Außer diesem Massenfang wird auch der Einzelfang betrieben, der ganz der Jagd auf junge Elefanten in Afrika
ähnelt. Schlanke, gewandte Afghanen verfolgen eine Herde
und schleichen sich im Dschungel ganz dicht an sie heran. Ein
plötzliches Geschrei treibt die Tiere in die Flucht, aber die
Jäger folgen schnell, und ihrer Gewandtheit gelingt es, die
Kälber von den Alten zu trennen. Ein Teil der Jäger hält
die Herde unter steter Verfolgung durch Geschrei und Lärm
auf der Flucht, während die anderen Leute eine Schlinge
aus Ochsenhaut um ein Hinterbein des zurückgebliebenen
Elefantenkalbes schleudern, das Tau dann schnell an einen
Baum befestigen und das Tier zu Fall bringen.

Der Transport wilder Tiere, mögen sie nun frisch gefangen oder in der Gefangenschaft geboren sein, ist eine
Wissenschaft, die man nur in der Praxis studieren kann.
Und da es mir vorbehalten war, diese Praxis so recht
eigentlich wieder ins Leben zu rufen, so habe ich auch reichlich das Lehrgeld bezahlen müssen. Die Kunst der Verschiffung fremdartiger Tiere, die alle nach ihrer Eigenart
behandelt werden wollen, die Technik der „Verpackung“,
die dem Tiere Luft und eine gewisse Bewegungsfreiheit
läßt, das geeignete Futter, welches die Gesundheit verbürgt
— alles ist mit Opfern erkauft. Wenn die Transporte aus
Nord und Süd, aus Ost und West in Europa landen, beginnen neue, anders geartete Schwierigkeiten. Die exotischen
Gäste werden in Eisenbahnwagen gezwängt und herum-

Nordlandpanorama in Stellingen

Giraffen

Affenfelsen

gerüttelt. Das Führen vom Schiff zu einem Stall, vom
Stall zur Bahn, das Ein- und Ausladen ist mit manchen
Zufällen und Widerwärtigkeiten verbunden. Manches darüber habe ich schon in der Entwicklungsgeschichte des Tierhandels erzählt. Heute besitzen wir einige Erfahrung im
Transport, auch die Verkehrswege sind geregelt; aber es
gab eine Zeit, da zum Beispiel die Verschiffung eines Elefanten zu einer Art von märchenhaftem Ereignis wurde.

Die Hamburg-Amerika-Linie, die heute im Verkehrs-
wesen an der Spitze marschiert, war damals sehr schwerfällig, und Tiere auf ihren Dampfern mitzunehmen, ging
ihr ganz und gar wider den Strich. Nach langem Hin- und
Herhandeln kam man endlich überein, das Tier für den
Preis von 250 Pfund Sterling (5000 Mark) auf Deck unter-
zubringen. Da keine Möglichkeit vorhanden war, den Elefanten anderweitig zu verladen, so mußten sich die Engländer dazu bequemen, diesen enormen Preis zu bewilligen.
Dazu kam aber noch die Wohnung des Tieres, ein Kasten,
vierzehn Fuß lang, zehn Fuß hoch und sieben Fuß breit,
sowie die Verladung. Der Kasten wurde auf Steinwärder
bei Hamburg aus zweieinhalb Zoll dicken Bohlen zusam-
mengebaut, mit riesigem Eisenbeschlag versehen und auf dem
Verdeck des Dampfers neben dem Schornstein befestigt.
Der Elefant sollte nun zu Fuß an Bord gehen und dann
in den Kasten genötigt werden. Zu diesem Zweck mußte
extra eine Brücke vom Ufer auf das Schiff gebaut werden;
kräftige Böcke, deren Fundament der Boden einer großen
Schute war, stützten die Brücke, und als alles bereit war,
ging es denn an die Verladung.

Die Verladung gestaltete sich zu einer wahren Komödie.
Es war am ersten Pfingstmorgen, als ich mit dem Tier an
der Brücke anlangte. Der Elefant war außerordentlich ruhig
und gelassen; ich habe überhaupt niemals einen zahmeren
und gutmütigeren Elefanten kennengelernt. In der langen
Zeit, die das Tier bei mir gestanden hatte, war ich sehr
vertraut mit ihm geworden, ich konnte es mir deshalb erlauben, es beim Ohr zu packen und auf die Brücke zu geleiten, während der Wärter es auf der anderen Seite führte.

Nachdem der Elefant mit den Vorderfüßen die Brücke
sorgfältig befühlt hatte, ging er sehr ruhig einige Schritte

vorwärts, machte dann aber plötzlich halt und ging wieder
zurück. Vielleicht hatte er in den Bohlen der Brücke, die ja
ein Ponton war, ein leises Schwanken bemerkt. Kurz, er
war nicht zu bewegen, die Brücke zu passieren. Nach verschiedenen Nötigungen ließ ich an beiden Vorderfüßen je
ein starkes Tau befestigen und gab jedes in die Hände von
zwanzig Mann, die zusammen, also vierzig Mann hoch,
die ganze Mannschaft des Schiffes darstellten. Ich selbst
wirkte als Stratege: rief ich „links", so zogen zwanzig Mann
am linken Vorderfuß, rief ich „rechts", dann trat die andere
Abteilung in Aktion. Der Elefant ließ sich das ruhig gefallen, bis er nur noch wenige Schritt vom Verdeck entfernt
war. Da zog er plötzlich das linke Vorderbein mit einem
Ruck zurück, und zwanzig Mann purzelten übereinander
am Boden hin. Ich bekam einen nicht geringen Schreck,
jedoch unnötigerweise, denn das Tier war absolut gleich-
mütig und schritt nach dieser Kraftleistung ganz ruhig auf
das Verdeck und in seinen Kasten hinein. Das Ganze
drängte sich einem wie eine bewußte Komödie auf, es war,
als wenn der Elefant nur hätte zeigen wollen, daß das
Ziehen doch nichts genützt hätte, wenn er nicht gutwillig
hätte mitgehen wollen. Ich glaube, wenn Elefanten lachen
könnten, dieser hätte nach Ankunft in seiner Box gelacht.

II.

Raubtiere in Gefangenschaft

Mancher wundert sich vielleicht darüber, daß mich von den vielen Tausenden wilder Tiere, mit denen ich in Berührung gekommen bin, noch keines verspeist hat. Gewiß, es mag zum Teil auf Vorsicht und Geschick zurückzuführen sein, daß mich noch kein Tiger gefressen, kein Elefant unter die Füße getrampelt, kein Büffel mit dem Horn durchstoßen und keine Schlange in ihren Ringen erdrückt hat. Nahe daran war es allerdings häufig genug, und ich werde noch manches kleine Abenteuer zu erzählen haben. Andererseits tut man aber auch den wilden Tieren mit der schlechten Meinung, die man von ihrem Charakter hat, unrecht, besonders den Raubtieren, von denen man sagen kann, sie sind besser als ihr Ruf. Man mag mir glauben, wenn ich behaupte, daß ich unter Löwen, Tigern und Panthern manchen guten Freund besessen habe, mit dem ich so vertraulich verkehren konnte wie mit einem Haushunde. Und zwar war diese Liebe keineswegs einseitig. Auch von den Tieren wurde mir eine treue Anhänglichkeit und langandauernde Freundschaft entgegengebracht, die auch dann noch anhielt, wenn die Tiere längst eine andere Heimat gefunden hatten.

Das Gedächtnis der Raubtiere für Menschen, die ihr Vertrauen gewonnen haben, ist nämlich ganz erstaunlich. Vor reichlich vierzig Jahren kaufte ich einmal ein Paar junger Tiger, wovon einer an einer starken Erkältung erkrankte und über beide Augen eine bläuliche Haut bekam, die das Tier blind machte. Monatelang pflegte ich den kranken Tiger und machte ihm sein Los so erträglich als möglich. Jeden Tag mußte ich zu dem Patienten in den Käfig kriechen, denn anders war er nicht zu erreichen. Auf diese Weise bildete sich ein vertrauliches Verhältnis, und schließlich wurde meine Aufopferung auch belohnt, denn

das Tier wurde wieder ganz gesund. Später wurde es mit
seinem Genossen an den damaligen Direktor des Berliner
Zoologischen Gartens verkauft. Hier hat das Paar noch
lange Jahre gelebt, und bis zu seinem Tode hat mir der
Tiger, den ich heilte, die treueste Anhänglichkeit bewahrt.
Häufig sah ich ihn lange Zeit nicht, er brauchte aber nur,
und zwar ganz unvorbereitet, meine Stimme aus der Ferne
zu vernehmen, um sogleich in freudige Aufregung zu geraten. Kam ich näher, so begann er zu mauen und zu schnurren, wie Katzen tun, um mich auf sich aufmerksam zu machen.
Nicht eher gab sich das Tier zufrieden, bis ich herantrat
und mich eine Weile mit ihm beschäftigte. Ein staunendes
Publikum stand manchmal ringsumher und wußte nicht, was
es aus dieser seltsamen Begegnung machen sollte.

Im Zoologischen Garten des Bronx Park zu Neuyork
machte ich vor einigen Jahren einen interessanten Versuch.
Dort leben zwei Löwen und ein Königstiger, die mir einst
sehr zugetan waren, mich nun aber lange nicht gesehen
hatten. Der Direktor bezweifelte, daß die Tiere mich wieder-
erkennen würden, und äußerst gespannt begleitete er mich
in das Raubtierhaus. Schon als ich in die Tür trat und
mich den Käfigen näherte, wurden die Tiere aufmerksam
und starrten mich an, wie Menschen es tun würden, die
sich auf etwas besinnen; als ich sie aber bei ihren Namen
rief, wie ich es in Hamburg zu tun pflegte, sprangen sie
sofort auf und liefen mit lautem Schnurren ans Gitter, wo
sie sich von mir krauen und streicheln ließen. Der Direktor
war ganz erstaunt. Zweifellosere Beweise des guten Ge-
dächtnisses und der Anhänglichkeit von Raubtieren lassen
sich wohl kaum geben.

In der offenen Raubtierschlucht zu Stellingen kann man
einen alten Löwen kennenlernen, der bereits achtzehn Jahre
in meinem Besitze ist und das Gnadenbrot erhält. Der Name
des alten Knaben ist „Triest"; so wurde er getauft, als er
vor vielen Jahren über Triest eingeführt wurde. „Triest"
ist ein großer Somalilöwe und war in seiner Jugend sehr
schön, ist auch jetzt noch recht stattlich. Er ist zahm, treu
und anhänglich wie ein Hund, und wie mit einem Hunde,
so verkehre ich auch mit ihm. Im verflossenen Sommer bemerkte ich eines Tages mit Bedauern, daß mein alter Ge-

nosse lahm war, und weitere Beobachtung zeigte, daß er
Schmerzen litt und abmagerte. Bei genauerer Untersuchung
stellte ich fest, daß dem Tier an jedem Hinterfuß zwei
Krallen ins Fleisch gewachsen waren. Nun glaubt man vielleicht, daß eine schwierige Operation mit Binden und Kne-
beln und mit Lebensgefahr für die Operateure nötig gewesen wäre. Nichts von alledem. Mit „Triest" geht man um
wie mit einem guten, verständigen Menschen. Man legte
den Löwen nieder, knipste die Krallen mit einer großen,
scharfen Zange ab und zog die Spitzen heraus. Der Löwe
hielt während der ganzen, keineswegs schmerzlosen Proze-
dur ganz still. Die Wunden wurden während mehrerer Tage
gut ausgewaschen und heilten. „Triest" ist wieder auf dem
Damm und nimmt an Körperumfang zu.

Als ein Seitenstück zu diesem Löwen, nämlich was Zahm-
heit anbelangt, kann ein großer sibirischer Tiger gelten, der
im Sommer 1893 aus Wladiwostok an den Zoologischen
Garten in Hamburg und von hier aus an mich verkauft
wurde. Dieser Tiger war wirklich so zahm wie ein Haustier.
Ich konnte alles mit ihm machen und hätte ihn ganz ruhig
mit in die Stube nehmen können. Außerdem war es ein
schönes Tier, und da ich mich nur schwer von ihm zu trennen
vermochte, blieb er über ein Jahr in meiner Obhut. Jeden
Morgen, wenn ich die Runde machte, besuchte ich meinen
Liebling und liebkoste ihn, während er sich vor Freude
umherwälzte. Lief ich indes in der Eile an seinem Käfig
vorbei, ohne ihn zu begrüßen, dann machte er mich durch
mauende Töne darauf aufmerksam, daß ich noch nicht bei
ihm gewesen sei.

Manches von dem, was ich hier schreibe, wird vielen
Leuten widersinnig erscheinen. Die Raubtiernatur ist in der
Volksmeinung mit Hinterlist, Wildheit und Grausamkeit
verbunden. Aber die Tiere sind nicht grausam. Die Natur
hat sie darauf angewiesen, in der Freiheit lebendiges Fleisch
zu erjagen, und sie müssen töten, um leben zu können. Wir
vergessen nur zu leicht, wie viele Millionen Tiere zur Nahrung der Menschheit geschlachtet, erjagt und aus dem
Meere gefangen werden müssen, und daß man auch dem
Menschen, der seine Mitgeschöpfe töten muß, um seinen
Nahrungsbedarf zu decken, den Vorwurf der Grausamkeit

machen könnte. Wie wir, liebt auch das Raubtier seine
Jungen, es kann zärtlich, dankbar, anhänglich und treu sein.
Freilich stößt man auch auf manchen Rowdy, aber dann
ist es entweder ein wildgefangenes Exemplar oder ein Opfer
schlechter Erziehung. Alle Raubtiere ohne Ausnahme sind,
wenn man sie jung erhält und richtig behandelt, wie Haustiere zu erziehen. Die sogenannte „wilde Natur" kommt
nicht zum Durchbruch, wenn man es nicht darauf anlegt,
die Tiere in Wut zu versetzen, und das kann man auch mit
Tieren, die von Haus aus zahm sind. Was durch Zähmung
wilder Tiere zu erreichen ist, darüber habe ich nach und nach
wohl mehr Versuche angestellt als irgendeiner der Mit-
lebenden. Natürlich muß man auch das richtige Verständnis
und eine vorurteilsfreie Liebe zur Tierwelt besitzen. Dann
wird man beobachten können, daß in jedem Tiere, wie im
Menschen, Gut und Böse verteilt sind, und daß das Gute
sich entwickeln, das Böse sich unterdrücken läßt. Auch manchen Beweis einer tieferen Gefühlsregung wird man entdecken.

In den siebziger Jahren erhielt ich aus dem ägyptischen
Sudan unter verschiedenen Tieren auch ein Paar etwa
einjähriger Löwen. Diese Tiere waren in der Seriba im
Innern Afrikas im Freien und an Ketten gehalten worden.
Unter den vielen anderen Tieren, die ganz frei in der
Seriba umherliefen, befand sich auch ein Äffchen, eine rote
Meerkatze, welche sich mit den jungen Löwen anfreundete
und ihr Spielgenosse wurde. Auf der Reise nach Europa
wurde die Meerkatze stets in der Nähe der Löwen gehalten,
man band sie auf dem Käfig fest, in welchem die Löwen
durch die Wüste transportiert wurden. Sobald die Karawane ihr Lager aufschlug, wurden die Löwen aus dem
Kasten genommen und neben dem Affen angebunden. So
machte diese kleine Gesellschaft die Reise bis nach Hamburg.
Auch hier wurden die Spielgenossen nicht getrennt, im
Gegenteil, die beiden Löwen und der Affe kamen in einen
gemeinsamen Käfig. Es war eine Freude, die Tiere miteinander spielen zu sehen. Die ganze Gruppe wurde nach
einigen Monaten an den Menageriebesitzer Albert Kallenberg verkauft, der die Tiere noch weitere vier Jahre besaß.
Der Affe erhielt bei der Fütterung stets ein kleines Stück

Fleisch und verzehrte es ebenso, wie die Löwen ihre großen
Stücke verzehrten. Niemals wurde die Harmonie gestört.
Aber eines Tages wurde das Äffchen durch seinen eigenen
Fürwitz doch von dem traurigen Geschick ereilt, das die-
jenigen trifft, die mit großen Herren Kirschen essen wollen.
Das Äffchen vermaß sich, Sr. Majestät dem König der
Wüste einen Knochen wegzunehmen, und der König schlug
in der ersten Überraschung so unglücklich nach dem armen
Hofnarren, daß er ihn sofort tötete. Die Reue und die
Trauer kamen hintennach. Wie mir Herr Kallenberg selbst
erzählte, haben die beiden Löwen tagelang in mauenden
Tönen geklagt und gewinselt, ehe sie ihren Spielgefährten
vergessen konnten.

Mit wildgefangenen Raubtieren ist das Umgehen schwieriger; einen gewissen Schliff kann man ihnen ja durch Geduld beibringen, aber zu den Dressuren, wie man sie jetzt
überall vorführt, sind diese in ausgewachsenem Zustande
eingefangenen Raubtiere nicht zu gebrauchen. Den wildesten
Tiger, den ich je gesehen habe, erhielt ich zu Anfang der
neunziger Jahre von Kalkutta, er war auch zugleich der
größte und schwerste Bengal-Tiger, der mir vorgekommen
war. Vielleicht war es überhaupt das wildeste Tier, welches
ich kennengelernt habe. Am ersten Tage seines Hamburger
Aufenthaltes, als ich mich dem Käfig näherte, flog das
Tier förmlich an das Gitter und streckte die Vorderpranken
so weit heraus, als es nur konnte, um mich zu erhaschen.
Ich befleißigte mich einer achtungsvollen Entfernung. Die
Wildheit des Tigers konnte mir indes nicht sehr impo-
nieren, und ich zeigte es ihm. Täglich machte ich dem Tiere
meinen Besuch, imitierte, sobald ich in seine Nähe kam, das
Schnurren der Tiger, redete es sozusagen in seiner eigenen
Sprache an. Das Tier wurde von Tag zu Tag ruhiger, es
sprang zwar noch aus seiner Ecke heraus wütend gegen das
Gitter, schlug aber bald nicht mehr mit den Tatzen nach
mir. Nach acht Tagen begann ich, dem Tiger bei jedem
Rundgang ein kleines Stück Fleisch mitzunehmen: der Weg
zum Herzen geht durch den Magen — auch bei den Tieren.
Nach vier Wochen konnte ich es bereits wagen, das Tier zu
berühren, aber äußerste Vorsicht war dabei nötig, denn ab
und zu forderten diese Versuche das Tier heraus, mit

seinen Pranken gegen mich loszuschlagen. Diesen Tiger habe ich etwa drei Monate beherbergt. In der letzten Zeit hatte er schon begriffen, daß man ihm nichts Böses antun wollte, er kam freiwillig ans Gitter, legte sich nieder und ließ sich von mir streicheln. Seine Wildheit hatte er vergessen. Sie kehrte auch nicht zurück, denn im Dresdener Zoologischen Garten, wo das Tier untergebracht wurde, ward es schließlich so zahm, daß Direktor Schoepf wie auch der Wärter es ruhig anfassen und liebkosen durften.

Dem Publikum, das mit heimlichem Grauen den Vorführungen der Tierbändiger beiwohnt, mag es so scheinen, als ob ich hier aus der Schule schwatze, und als ob die Raubtiere eigentlich nur eine Art fleischfressender Lämmer seien. Ich schreibe indes nur die Wahrheit; in meinem Kapitel über die Dressuren wird man sehen, daß die Sache doch nicht so ganz einfach ist. Der vielfachen Gutmütigkeit der Raubtiere aber hat mancher, der mit ihnen beruflich zu tun gehabt hat, sein Leben zu danken.

Mir fällt da ein eigenartiges nächtliches Abenteuer ein, geeignet, auch den Mutigsten das Gruseln zu lehren. Anfang der sechziger Jahre brach ich mit einem großen Tiertransport, der aus Frankreich und Belgien stammte, von Köln nach Hamburg auf. Unter den Tieren befand sich auch ein vierjähriger Löwe. Alle Tiere wurden in Gitterkästen eingepackt und zusammen in einem Waggon verladen. Als Begleiter ging der damalige Inspektor des Zoologischen Gartens in Köln, namens Druard, mit. Als alles fest und sicher verstaut war, machte Druard sich's in dem Waggon auf einem Kasten bequem und schob die Tür zu.

Durch die Nacht rollte der Eisenbahnzug. Druard lag in tiefem Schlummer, vielleicht umgaukelte ihn gerade ein schöner Traum. Plötzlich fühlte er einen schweren Druck auf seiner Brust und erwachte. Im Dunkel leuchteten dicht vor seinem Gesicht zwei grünliche Lichter, ein heißer Atem wehte ihn an, und zaghaft um sich greifend, faßte er die zottige Mähne des Löwen. Eine Sekunde lag der zu Tode Erschrockene ganz ruhig, er hoffte, daß alles nur ein wüster Traum sei. Aber es war Wirklichkeit. Der Löwe hatte sich aus seinem Kasten befreit und stattete dem einsamen Schläfer einen Besuch ab. An den Verkehr mit Tieren gewöhnt,

faßte Druard sich schnell; das Tier war ihm als gutmütig
bekannt, es galt, keine Furcht zu zeigen. Bis zur nächsten
Station mußte er mit dem Löwen den Raum teilen, da half
kein Gott. Alles kam darauf an, den Löwen bei guter Laune
zu erhalten und ihn zugleich zu fesseln, damit nicht unter
den eingeschlossenen Tieren und dem befreiten Löwen Hän=
del ausbrächen. Geschah das, dann war auch der Mann
verloren. Ruhig löste Druard eine seidene Schärpe, die er
um den Leib trug, und legte sie wie einen Strick um den
Hals des Löwen. Dann tastete er sich durch den rollenden
und schüttelnden dunklen Wagen bis zur Tür und band den
Löwen an einem Griff fest. Die Minuten, die Druard in
seiner gefährlichen Situation zubrachte, mögen ihm zu
Stunden geworden sein. Auf der nächsten Station schlug
er Lärm, ließ sich durch den Schaffner eine Laterne in den
Wagen reichen, und es glückte ihm, den Ausbrecher wieder
in seinen Kasten zu befördern, vor den nun eine Anzahl
anderer schwerer Kisten hingeschoben wurde. Erst in Ham=
burg, wo damals die Tiere ausgeladen wurden, konnte der
Löwenkäfig vernagelt werden. So endete dieses unblutige
Abenteuer, das einem ängstlichen und unbesonnenen Manne
leicht hätte den Hals kosten können.

Die Fälle, in denen Menschen von gefangenen Raub=
tieren angefallen und zerfleischt werden, sind glücklicher=
weise selten. Häufiger sind die Kämpfe der Tiere unterein=
ander, wenn sie nicht sorgfältig beobachtet und gegebenen=
falls getrennt werden. Wie in der Menschenwelt, so heißt
es auch hier meistenteils: cherchez la femme. In einer
Gruppe, welche Heinrich Mehrmann in Chikago, Berlin
und anderen Plätzen vorführte, befanden sich der große
importierte Kaplöwe „Leo“ und der bengalische Königs=
tiger „Castor“. Der Löwe war Junggeselle, aber der Königs=
tiger hatte eine sehr schöne Bengaltigerin zur Gemahlin.
Der Löwe verliebte sich in die Tigerin, und es entstand
zwischen den beiden Rivalen ein gespanntes Verhältnis, das
mit einer großen Kampflust einherging. Der Tiger war
eifersüchtig wie ein Türke; der Löwe, im Vollbewußtsein
seiner Kraft, kehrte sich nicht daran und machte der ge=
streiften Schönen trotzig den Hof. Da, eines Morgens, als
ich in meinem Tierpark am Neuen Pferdemarkt spazieren

ging, tönte mir aus dem großen Außenkäfig ein furchtbares
Gebrüll entgegen. Sofort eilte ich auf den Kampfplatz. Richtig, zwischen dem Löwen und dem Königstiger fand ein
blutiges Duell statt. Beide standen auf den Hinterbeinen
und gaben einander so gewaltige Ohrfeigen, daß die Haare
nur so im Käfig herumstoben. Den Anblick, als die beiden
großen Tiere in Kampfstellung einander gegenüberstanden,
beide ihrer Stärke bewußt, im Begriffe, auf Leben und Tod
miteinander zu kämpfen, werde ich nie vergessen. Die Tiere
waren aber zu wertvoll, als daß dieser Eifersuchtskampf mit
dem Tode des einen von ihnen hätte enden sollen. Schnell
sprang der Wärter dieser Gruppe, welcher zufällig in der
Nähe war, in den kleinen Vorkäfig und von hier mutig in
den großen Käfig, wo er durch Anrufen und Knallen mit
der Peitsche die Rivalen auseinandertrieb. Zahlreiche Haar-
büschel und Blutspuren waren Zeugnis des stattgefundenen
Kampfes.

Alle Raubtiere, und besonders die Löwen und Tiger, sind
während der Brunstzeit sehr aufgeregt. Ich habe es an
meinen besten vierfüßigen Freunden erlebt, daß sie mir
während dieser Zeit mürrisch begegneten und ganz unzu-
gänglich waren. Die Verliebtheit der Tiere nimmt eine Art
Siedegrad an, und noch größer als die Zärtlichkeit gegen
die Geliebte ist die Eifersucht auf etwaige Nebenbuhler.
Und einen Nebenbuhler sieht der verliebte Löwe in jedem,
der sich der Löwin nähert. Er ist komischerweise nicht nur
eifersüchtig auf seinesgleichen, sondern sogar auch auf Menschen, die Wärter nicht ausgenommen, sobald sie sich der
Löwin nähern.

Löwen werden nach meinen Erfahrungen bei guter Pflege
leicht über dreißig Jahre alt. Schon mit zweieinhalb Jahren
können sie als zuchtfähig gelten; um aber kräftige Junge zu
erzielen, ist es geratener, ein Jahr länger zu warten. Bei
Tigern trifft die Zuchtfähigkeit, nach meinen Beobachtungen, in der Gefangenschaft erst ein Jahr später ein. Die
Fortpflanzungsfähigkeit dauert bei allen Katzenarten etwa
zwölf Jahre, hört also mit dem sechzehnten oder siebzehnten
Jahre auf.

Ich selbst habe unter vielen anderen glücklichen Zucht-
versuchen im Jahr 1906 von einem Paar wildgefangener

Schneepanther zwei schöne Junge gezogen, die von der
Mutter zärtlich gepflegt wurden. Die Eltern waren Krüppel,
beiden fehlte je ein Hinterfuß. Da diese Tiere sich schwer
verkaufen ließen, arrangierte ich ihnen in einem Wagenkäfig einen schönen Schlupfwinkel und stellte den Käfig so
auf, daß die Tiere in keiner Weise gestört werden konnten.
Nach kaum zwei Monaten waren Anzeichen einer gegen-
seitigen Zuneigung zu bemerken, und Mitte Mai meldete
mein Wärter, daß zwei Junge angekommen seien. Selbstverständlich wurde nun erst recht auf Ruhe gesehen, nachmittags wurden die Tiere gefüttert und getränkt und der
Wagen gereinigt, in der übrigen Zeit ließ man die Tiere
in Frieden. Nach vier Tagen nahm ich auf einen Augenblick
die Klappe fort, welche den Schlupfwinkel abschloß, und
nun sah ich zwei niedliche Junge in einem Nest, welches
die Alten mit Haaren aus ihrem Winterpelz warm ausge-
polstert hatten: Leider fanden wir den Vater dieses Wurfes
vier Wochen später tot im Käfig vor. Die Mutter aber und
die Jungen leben heute noch.

Die Löwen und Tiger, welche in der Raubtierschlucht
meines Tierparkes untergebracht sind, die bekanntlich kein
Gitter besitzt, sondern nur durch einen Graben vom Publikum getrennt ist, werden Sommer und Winter ohne Ausnahme jeden Tag ins Freie gelassen. Das Wetter stört die
Tiere sehr wenig, sie toben im Winter viel mehr im Freien
herum als im Sommer, wenn es heiß ist. Jeden Morgen
wird die Schiebetür zwischen Käfig und Schlucht geöffnet,
so daß die Tiere hinausgehen können, aber es steht in ihrem
Belieben, sich stets wieder in den inneren Raum zurückzuziehen. Die Natur kommt den Tieren zu Hilfe und ermöglicht es ihnen, sich dem Klima anzupassen. Wir haben die
Beobachtung gemacht, daß die exotischen Tiere, die im
Winter nicht eingesperrt werden, einen dichteren Pelz bekommen, der sie gegen die Kälte schützt.

Da, wie ich schon erzählt habe, auch ohne Zutun der
Menschen Liebesverhältnisse zwischen Löwen, Tigern und
anderen Katzenarten vorkommen, so liegen Kreuzungsver-
suche nahe. Ich habe von Löwen und Königstigern mehr-
fach Junge gezogen und besitze noch jetzt von solchen
Bastarden ein Männchen im Alter von fünfeinhalb Jahren,

sowie ein Männchen und ein Weibchen im Alter von drei-
einhalb Jahren. Der Herr Papa war ein kleiner Somalilöwe und die Mutter eine ebenfalls nur kleine Bengaltigerin.
Die jungen Tiere wurden aber bedeutend größer als die Eltern. Der eine männliche Bastard besitzt eine solche Größe und
so kolossale Körperformen, daß er allein so viel wiegt wie
die beiden Alten zusammen. Es sind schöne, große, außerordentlich kraftvolle, ganz schwach gestreifte Tiere mit
starkem Kopf. Wer sie zuerst sieht, glaubt in einen Vexier-
spiegel zu blicken und weiß im Augenblick nicht, ob er Löwen
oder Tiger vor sich hat. Die Tiere sind außergewöhnlich
zahm, von mildem Temperament, jedoch nach den bisherigen
Beobachtungen leider nicht fortpflanzungsfähig.

Eine Kreuzung von Leopard und Silberlöwe wurde auf
meine Veranlassung in einer kleinen englischen Menagerie
vorgenommen. Es wurden auch mehrere Junge erzielt,
doch gingen alle zugrunde, bis auf eins, das aber weder in
Größe noch Aussehen ein bemerkenswertes Produkt dar-
stellte. Auch zwischen einem Königstiger und einem Leopardenweibchen hatte sich im Garten einmal etwas ange-
sponnen; das Junge wurde zu früh geboren und war nicht
lebensfähig. Ich weiß ferner von einer glücklichen Ehe
zwischen einem Löwen und einem Leopardenweibchen. Dreimal warf die Leopardin, aber leider entpuppte sie sich als
ein Scheusal ohne jedes mütterliche Gefühl, denn sie fraß
ihre Jungen gleich auf.

Sehr interessante Bastarde wurden in dem jetzt leider
eingegangenen Zoologischen Garten zu Stuttgart gezüchtet,
nämlich von Braunbären und Eisbären. Kürzlich sah ich
noch einige dieser Tiere, die sich jetzt im Zoologischen Garten zu London befinden. Sie sind sehr schwer und groß,
aber nicht größer als die Eltern. Der eine ist ein ganz
komischer Kerl, nämlich ein Schecke, sein Fell ist halb grau-
braun und halb weiß. Wie die alten Landsknechte in der
alten Zeit scheint er ein verschiedenfarbiges Wams und
verschieden gefärbte Hosenbeine zu besitzen.

III.

Elefanten=Erinnerungen

Die allgemeine Anſicht, daß der Elefant zu den klügſten
Tieren gehöre, kann auch ich beſtätigen. Mehr als bei
den meiſten anderen Tieren treten beim Elefanten beſondere
Eigentümlichkeiten hervor, die jedem Tier ſeinen beſonderen
Charakter verleihen. Erſtaunlich ſind Gedächtnis und leichte
Auffaſſungsgabe. Geiſtig ſind dieſe Tiere keine Dickhäuter.
Sie beſitzen etwas Entſchiedenes in ihrer Liebe wie in ihrem
Haß, treffen eine ſorgfältige Auswahl unter denen, welche
ſie mit ihrer Gunſt beſchenken, und unter ihresgleichen
nimmt dieſe Auswahl, beſonders in Liebesangelegenheiten,
ganz beſtimmte Richtungen an. Darwin wunderte ſich darüber, daß ein gewiſſer engliſcher Hengſt nicht alle Stuten
annahm, die man ihm zuführte, ſondern einige bevorzugte
und andere verſchmähte. Der Elefant iſt dem Pferde weit
voraus und beſitzt ein ausgeſprochenes, beinahe dem menſch-
lichen Gefühl verwandtes Differenzierungsvermögen.

In dieſer Beziehung hatte ich häufig Gelegenheit, die
intereſſanteſten Studien zu machen. Von dieſen Tieren kann
man im wirklichen Sinne des Wortes ſagen, daß ſie ſich
verlieben können. In meinem Elefantenpark verliebte ſich
vor einigen Jahren ein eben zur Reife gelangter Bulle in
ein junges Weibchen. Die Zuneigung war gegenſeitig, und
es war hochintereſſant, die beiden Tiere einander zärtlich
liebkoſen zu ſehen. Mit allen Mitteln habe ich um der
Wiſſenſchaft willen verſucht, einen Keil in dieſe Ehe zu
treiben, aber es gelang nicht, obgleich wahrhaft raffinierte
Mittel angewendet wurden. Bei einer Gelegenheit wurde
dem Liebhaber während eines Schäferſtündchens die Geliebte entführt und an ihre Stelle eine andere, etwas ältere,
recht verliebte Elefantenkuh geſetzt — aber er verſchmähte
ſie und gebärdete ſich ganz verzweifelt.

Groß, wie die Liebe der Ehegatten untereinander, ist auch die Liebe und Zärtlichkeit gegen die Jungen. Auch den Verkehr zwischen Eltern und Kindern habe ich häufig beobachten können. Aber weit interessanter war es mir, zu sehen, daß auch andere Elefanten, die nicht zur Familie gehören, sich spielend mit den Jungen beschäftigen und ganz offenbar ein ähnliches Gefühl für die Kinder ihrer Welt besitzen wie wir für unsere Kinder. Die Elefantenkälbchen sind so munter und spielerisch wie Zicklein. Sie sind zu allen möglichen mutwilligen Streichen und Neckereien aufgelegt, kriechen fremden Elefanten unter den Bauch und stoßen sie und führen allerlei Bewegungen aus, die man einem so plumpen Tier kaum zutrauen würde. Mit meinen indischen Kornaks führten die Elefantenkälber manchmal förmliche Ringkämpfe auf, und lag ein Mann, vom Gegner niedergeboxt, am Boden, dann trampelte der kleine Sieger vor Freuden mit allen vieren auf ihm herum.

Aus dem Familienleben — wenn man so sagen kann — der Elefanten ergibt sich schon, daß es sich um geistig hochentwickelte Tiere handelt. Vieler Elefanten mit ganz bestimmten Charaktereigenschaften erinnert man sich, als ob es sich um Menschen handelte. Eine große Anzahl Elefanten ist durch meine Hände gegangen, indes bin ich gerade durch Elefanten verschiedene Male in Todesgefahr gekommen. Kluge Tiere sind mit Launen behaftet, die man im Verkehr nicht immer in Rechnung ziehen kann. Schon zu Ende der sechziger Jahre war ich nahe daran, von einem Elefanten getötet zu werden. Ich hatte damals in Triest eine Menagerie gekauft, zu welcher auch ein acht Fuß hoher weiblicher Elefant gehörte, ein ganz gutmütiges Tier, das nur hin und wieder seine Mucken hatte. Es dauerte jedoch nicht lange, da hatte ich mich mit „Lissy" angefreundet, ich ging nie vorbei, ohne ihr eine Handvoll Futter zu reichen, und die Dame sah mich denn auch mit den Augen der Liebe an. Unschuldigen Herzens, wie ich immer mit meinen Tieren verkehrt habe, ahnte ich denn auch nicht, daß es sich hier um einen Fall krasser Heuchelei handelte. Der Elefant pflegte ein Kunststück auszuführen, welches darin bestand, daß er seinen Wärter auf Kommando mit dem Rüssel in die Höhe hob und dann langsam wieder zur Erde setzte. Das

Kommando, welches diesem Trick voraufging, lautete: „Lissy,
Apport." Eines Tages, um die Mittagszeit, fand ich die
Elefantendame allein in ihrem Stall, der Wärter war nicht
anwesend. Da mußte mich der Teufel reiten und mir das
Verlangen eingeben, von der Schönen auf dieselbe Weise
umarmt und in die Höhe gehoben zu werden, wie sie es mit
ihrem Wärter zu tun pflegte. Ich ging also an Lissy heran,
schmeichelte ihr, fütterte sie mit einigen alten Rundstücken,
faßte sie dann an den Rüssel und rief: „Lissy, Apport."
Was die Heuchlerin nun mit mir aufstellte, ist geradezu eine
Gemeinheit und kann einem den Glauben an das weibliche
Geschlecht verleiden. Scherzhaft war die Sache übrigens
damals nicht, sondern lebensgefährlich, und um ein Haar
hätte ich daran glauben müssen. Lissy kam dem Befehl zwar
sofort nach, aber ich merkte gleich — freilich als es schon
zu spät war —, daß sie nichts Gutes im Sinne hatte, denn
sie umfaßte mich sehr unsanft. Im nächsten Augenblick
schwebte ich in der Luft. Anstatt mich aber nun wieder auf
den Boden zu lassen, schlug Lissy meinen Körper auf die
vor ihr befindliche Holzbarriere, und zwar mit solcher Wucht,
daß ich fast besinnungslos in die Menagerie hinüberflog.
Hier blieb ich liegen und meinte nicht anders, als daß mir
alle Knochen im Leibe zerbrochen seien. Aber Lissy hatte,
für mich glücklicherweise, eine Körperstelle mißhandelt, die
etwas aushalten konnte. Nach einer Weile erst erschien
der alte Wärter Philipp, leistete mir erst Hilfe und machte
mir dann berechtigte Vorwürfe über meinen Leichtsinn.
Wochenlang humpelte ich mit Schmerzen in allen Körperteilen und Knochen herum. Ob die dumme Elefantenkuh
heimlich darüber gelacht hat, weiß ich nicht. Meine Liebe
hatte sie verscherzt.

Einen ebenso ernsten, womöglich noch gefährlicheren Fall
erlebte ich mit einem fast sechs Fuß hohen Elefanten, welcher achtzehn Zoll lange Stoßzähne hatte. Ich hatte damals einen größeren Tiertransport nach Amerika zu verschiffen, zu welchem auch dieser große männliche Elefant
gehörte. Da ich selber am Hamburger Sternschanzenbahnhof
zu tun hatte — denn die Tiere wurden damals über Bremen
nach Amerika geschickt —, überließ ich es den Wärtern, das
Tier vom Stall zum Bahnhof zu bringen. Während ich im

Waggon damit beschäftigt war, Kästen zu verstauen, wurde der Elefant, der sehr unruhig war, in den Waggon gebracht und in einer Ecke befestigt. Die Leute entfernten sich wieder, um andere Tiere zu holen, ich blieb mit dem Elefanten und nur einem meiner Leute allein. Während ich nun nichts ahnend beschäftigt war, erhielt ich plötzlich von hinten einen furchtbaren Stoß, sah an beiden Seiten die Zähne des Elefanten schimmern und wurde mir blitzschnell bewußt, daß das Tier mich an die Wand zu spießen versuchte. Der Stoß war heftig, aber glücklich: ich geriet mit dem Körper zwischen die Zähne, die mich furchtbar klemmten, zugleich wurde ich gegen die Wand gepreßt, machte aber wahrscheinlich instinktiv eine gewaltsame Drehbewegung und lag im nächsten Augenblick stöhnend am Boden. Von hier riß mich der mit im Wagen befindliche Mann fort. In dem Augenblick, als ich zusammenstürzte, glaubte ich, mir sei das Kreuz gebrochen, so furchtbar war der Schmerz im Rücken, aber ich war wieder einmal mit einem blauen Auge davongekommen. Bei der ärztlichen Untersuchung wurden Hautabschürfungen und Quetschungen festgestellt, aber keine ernstliche Verletzung. Die Zähne waren an beiden Seiten des Körpers durch Rock und Hose gegangen. Wäre das Tier auch nur zwei Zoll weiter von links oder rechts gekommen, dann hätte es mich durchbohrt, und ich wäre unrettbar verloren gewesen.

Zu etwas Freundlicherem! Unter meinen Elefantenbekanntschaften bilden die schlechten Charaktere und die Invaliden Ausnahmen, eine weit größere Zahl hat sich durch ihre Intelligenz, Gutmütigkeit und Anhänglichkeit in mein Gedächtnis eingeschrieben. Der gelehrigste und liebenswürdigste Elefant, den ich je besaß, war ein schönes männliches Tier von sieben Fuß Höhe, das ich vor etwa zwanzig Jahren von einem Hamburger Kaufmann erhielt. Lange Stoßzähne, die zwei Fuß maßen, zierten dieses Exemplar. Als mir dieser Elefant zum Kauf angeboten wurde, schwamm er noch, war noch unterwegs. Nach Briefen, die mir gezeigt wurden, sollte es sich um ein außergewöhnlich zahmes Tier handeln. Ein Besuch an Bord, nachdem das Schiff angekommen war, zeigte mir auch, daß es sich wirklich um ein zahmes Tier handelte.

Es war schon spät im Herbst. Der arme Reisende war auf Deck verladen, stand ganz in der freien Luft und zitterte vor Kälte am ganzen Körper. Zudem war es ein miserables Wetter und das Tier in einem bedauernswerten Zustand. Es war leidend, wie ich schon an der Beschaffenheit der Exkremente sehen konnte. Mit dem Einverständnis des Verkäufers überführte ich das Tier zunächst nach dem Neuen Pferdemarkt, um abzuwarten, ob sich der Gesundheitszustand des Elefanten nach der günstigen Seite hin verändern ließe. Ein guter, warmer Stall, ein schönes Strohlager, sorgfältige, von mir persönlich überwachte Pflege wirkten Wunder. Zusehends erholte sich das Tier, und schon nach acht Tagen konnte ich es fest ankaufen. Auch die Intelligenz und Gutmütigkeit des Tieres trat sofort in die Erscheinung. Ich habe nie einen anhänglicheren Elefanten gesehen als diesen. Nachdem ich ihn erst einige Tage gepflegt hatte, rief er mich schon durch trompetende Töne, sobald er meinen Schritt oder meine Stimme hörte, und bettelte dann um den Extrabissen, den ich ihm zu reichen pflegte. In kurzer Zeit waren wir die besten Freunde. Der Elefant erhielt von mir den Namen „Bosco".

Alle Elefanten sind intelligent, aber die Leichtigkeit, mit welcher dieser alles begriff, was man von ihm verlangte, war einfach fabelhaft. Das war nicht nur Verstand, sondern Talent. Die gewöhnlichen Faßarbeiten, wie man sie früher in den alten Menagerien zeigte, lernte er innerhalb weniger Tage. Hinsetzen und Hinlegen brachten wir ihm in einem Tage bei. Die geringsten Anregungen genügten, das Tier kam uns förmlich entgegen. Vier Wochen waren noch nicht vergangen, da marschierte Bosco auf Flaschen, konnte auf den Hinterbeinen und auf den Vorderbeinen stehen, setzte sich an einen gedeckten Tisch, zog die Glocke und ließ sich von einem Affen bedienen, trank aus der Flasche, nahm Speisen vom Teller, kurz, er war ein vollendeter Künstler geworden.

Die Gelehrigkeit der Elefanten ist etwas Erstaunliches. Schon viele Jahre sind es her, als ich von einem Breslauer Theaterdirektor den Auftrag erhielt, einen jungen Elefanten zu liefern, der zum Reiten abgerichtet sein müsse. Das Tier sollte in einer Schaustellung mitwirken und in etwa vierzehn

Tagen abgeliefert werden. Unglücklicherweise mußte ich gerade eine Reise antreten, die mich länger fernhielt, als ich vorausgesehen hatte. Erst zwei Tage vor dem Ablauf des Termins kehrte ich zurück. In der damaligen Zeit war ich noch Geschäftsinhaber, Reisender, Korrespondent, Dresseur — alles in einer Person. Ich machte mich sofort an die Dressur meines Elefanten. Die ersten zwei Stunden kosteten manchen Tropfen Schweiß, blieben aber nicht ohne Erfolg. Nach zwei weiteren Stunden hatte ich das Tier schon so weit, daß es sich auf Kommando legte, mich auf seinen Rücken steigen ließ und auf Kommando wieder aufstand. Das war die Dressur eines Tages. Am zweiten bekam ich ihn so weit, daß er sich in der Menagerie auf und ab reiten ließ, und an demselben Abend wurde das Tier in Begleitung eines Wärters, der bei der Dressur geholfen hatte, nach Breslau verladen. Mein Schüler machte mir keine Schande, auch vor der Öffentlichkeit leistete er seine Dienste in bester Weise.

Aber allerlei Erlebnisse bei dem Transport von Elefanten habe ich schon in meinem Kapitel über die Entwicklungszeit des Tierhandels mancherlei erzählt. Hier aber kommt mir noch eine traurige Erinnerung aus dem Jahre 1868, die so recht zeigt, wie auch in der Tierwelt der Goliath einem David zum Opfer fallen kann. Mit einem großen afrikanischen Tiertransport war ich von Triest angekommen; volle neun Tage, einschließlich eines zweitägigen Aufenthalts in Wien, hatte die Reise gedauert, Menschen und Tiere waren müde und erschöpft. Es war schon spät abends geworden, als ich alle meine Tiere, unter denen sich auch mehrere junge Elefanten befanden, in den verschiedenen Stallungen untergebracht hatte und mich endlich nach einer letzten Inspektion selbst zur Ruhe begeben konnte. Unter den Tieren befand sich alles wohl; die Elefanten hatten sich, nachdem sie ihr Futter eingenommen, gleich zum Schlafen niedergelegt. Die armen Tiere hatten im Eisenbahnwagen auf engem Raum gestanden und waren während der Reise wenig zur Ruhe gekommen.

Mitten in der Nacht, es mochte wohl zwei Uhr sein, weckte mich mein alter Wärter mit der Meldung, daß einer der Elefanten röchelnde Töne von sich gebe und krank zu

sein scheine. Ich erschrak und hatte den Willen, sofort nach
dem Rechten zu sehen, aber die Müdigkeit überwältigte
mich, und ich schlief wieder ein. Nach einer Stunde klopfte
ein anderer Wärter und brachte eine ganz ähnlich lautende
Meldung. Nun war ich nach einigen Minuten in den
Ställen, kam aber schon zu spät: ein Elefant war tot, zwei
andere lagen im Sterben. Bei der Untersuchung stellte es
sich heraus, daß die Fußsohlen des verendeten Tieres an
drei Stellen durchgefressen waren, das Blut rieselte noch
aus den Wunden. „Ratten", sagte mein alter Wärter. Und
so war es, die Spuren der scharfen Zähne waren in der
Hornhaut deutlich zu erkennen. Die sterbenden Elefanten
zeigten die gleichen Verwundungen, die Verblutung war
nicht mehr aufzuhalten.

Wer hätte an eine solche Gefahr denken können! Man
lernt erst durch Verlust. In den Stallungen lagen Holzfußböden, und zwar schon seit längerer Zeit; unter diesen
Brettern hatten die Ratten ihr Lager aufgeschlagen. Bei
einer am nächsten Morgen abgehaltenen Razzia wurden
annähernd sechzig der Attentäter zur Strecke gebracht und
die Holzfußböden selbstverständlich entfernt.

IV.

Schlangengeschichten

Als Mogli, der Held der berühmten Dschungelgeschichten Rudyard Kiplings, in jenem unterirdischen Gelasse zwischen versunkenen Schätzen der uralten Klapperschlange, die hier haust, gegenübersteht, sagt er, er wünsche mit dem poison people, mit dem „giftigen Volk", nichts zu tun haben. Mogli ist die Stimme der Natur. Menschen und Tiere meiden das giftige Volk der Schlangen und übertragen ihre Scheu auch auf diejenigen Arten, die nicht giftig sind. Die Schlange steht etwas abseits in der Schöpfung, kein geistiges Band verbindet sie mit den übrigen Kreaturen, sie begegnet nur Feinden, die ihr nachstellen, oder Flüchtigen, die sie meiden, keinen Freunden. Als einmal, es war im Sommer des Jahres 1874, in meiner Menagerie eine Riesenschlange sich befreite, gerieten sämtliche Tiere in die größte Aufregung. Der Flüchtling war ein ziemlich schwaches Exemplar von Python sebae, das in schlechtem Zustand aus Afrika angekommen war. Der Schlange wurde ein warmes Bad in einem Bottich bereitet, welcher im Raubtierhaus stand, das damals am Neuen Pferdemarkt außer den Raubtieren noch alle möglichen anderen Tiere, Affen, Vögel und so weiter beherbergte. Der Bottich war mit einer Klappe versehen und wurde überdies noch mit einer Decke zugedeckt. Nachdem alles wohlverwahrt war, begab ich mich in mein Bureau, um schriftliche Arbeiten zu verrichten. Aus dieser Arbeit wurde ich nach zwei Stunden durch die Schreckensbotschaft aufgescheucht, daß die Schlange aus ihrem Bottich entwichen sei und nun auf den Käfigen der Affen und Papageien herumkrieche. Ich stürzte nach dem Raubtierhaus und fand dort unter den Tieren einen wahren Tumult. Alle, ohne Ausnahme, befanden sich in einer furchtbaren Aufregung und hatten, soweit sie das Reptil

sehen konnten, nur Augen für dieses. Die Leoparden, Löwen
und alle anderen Raubtiere sprangen wie besessen in ihren
Käfigen umher und schlugen unter Fauchen und Brüllen
gegen die Gitterstäbe, die Affen und Papageien schrien aus
Leibeskräften — es war ein Höllenskandal. Keines der Tiere
schien mit der Schlange etwas zu tun haben zu wollen.

Die Schlange wieder einzufangen, war keine leichte Arbeit. Übergeworfene Decken nützten nichts, das Tier war in
dem Bade so lebhaft geworden, daß die Schnelligkeit seiner
Bewegungen all unserer Mühe spottete. Stets, wenn man
sie gefaßt zu haben glaubte, schoß sie wieder aus der Decke
hervor. Inzwischen hatte ich einen Wärter schon beauf-
tragt, mir einen jener großen Kescher zu holen, die ich dazu
benutzte, Affen und kleinere Raubtiere aus ihren Kästen
herauszuholen, denn mit diesem Apparat verstand ich vorzüglich umzugehen. Mit dem Kescher ging ich nun der
Schlange zu Leibe, brachte ihn auch bald über ihren Kopf,
was sie so wütend machte, daß sie sich in dem Sack festbiß.
Nun hatte ich Oberwasser, packte die Schlange schleunigst
hinter dem Genick und brachte sie mit Hilfe des Wärters
und Aufbietung einiger Kraft innerhalb weniger Minuten
ganz in den Kescher hinein und aus ihm in einen sicheren
Kasten. Nach und nach legte sich die Aufregung unter den
Bewohnern des Raubtierhauses, und es zog wieder Frieden ein.

Die Scheu, welche die Tiere an den Tag legten, ist berechtigt. Im Umgang mit wilden Tieren erfordert derjenige
mit Schlangen die größte Vorsicht. Bei den giftigen Arten
versteht sich dies von selbst, unter den nicht giftigen besitzen die großen Arten ungeheure Muskelkräfte, und alle
sind in gereiztem Zustand überaus angriffslustig und bissig.
Ihre Gefräßigkeit ist fabelhaft. Viele Tiere haben mich
schon in Lebensgefahr gebracht, keine Art aber so oft wie
die Schlangen. Biß- und Kratzwunden habe ich viele davongetragen, und sie rühren von allerlei Getier her. Die
Schlangen halten aber auch hier den Rekord. Ich habe die
intime Bekanntschaft Tausender von Schlangen gemacht und
ihren Charakter, ihre Gewohnheiten, ihr Leben genau kennengelernt. Wahre Ringkämpfe habe ich zuzeiten mit großen
Exemplaren ausgefochten. Ich bin auf Grund persönlicher

Erfahrungen völlig davon überzeugt, daß eine Schlange von achtzehn bis zwanzig Fuß Länge einen Menschen, wenn sie ihn nur richtig umschlingen kann, in kürzester Zeit totdrückt. Man erzählte mir, daß auf Borneo öfters Eingeborene von Schlangen gepackt und verzehrt werden. Nach dem, was ich gefangene Schlangen im Fressen umfangreichen Wildes leisten sah, zweifle ich nicht daran, daß eine erwachsene Borneo-Pythonschlange ganz gut einen Menschen von hundert bis hundertfünfundzwanzig Pfund Gewicht herunterwürgen kann.

Aber die Größe und Freßgier der großen Schlangen ist von jeher viel gefabelt worden. Vor mehreren Jahren befand sich in englischen Blättern ein Streit, der sich um die Behauptung drehte, ob es Schlangen von dreißig bis vierzig Fuß Länge gäbe. Ein Einsender erbot sich, innerhalb Jahresfrist ein solches Riesenexemplar herbeizuschaffen, wenn man ihm dafür fünfhundert Pfund Sterling zahlen würde. Auf diesem Punkte mischte ich mich in den Streit ein und ließ durch meine englischen Freunde eine Erwiderung erscheinen, in welcher ich mich verpflichtete, nicht fünfhundert, sondern sogar tausend Pfund Sterling für eine Schlange von dreißig Fuß Länge zu bezahlen, falls das Tier in einem gesunden, lebensfähigen Zustande nach Hamburg gebracht würde. Bis heute ist die Schlange noch nicht eingetroffen. Das war auch nicht gut möglich, denn die größten Schlangen, welche bisher lebend gefangen oder gesehen wurden, waren nicht über sechsundzwanzig Fuß lang. Tiere von dieser Größe, und zwar Borneo-Riesenschlangen, befinden sich in meinem Besitz [1]).

Noch merkwürdiger sind die Fabeln, welche über das Freßvermögen der Schlangen verbreitet werden. Man

---

[1]) Als ich diese Zeilen schrieb, glaubte ich nicht, daß es größere Schlangen gäbe. Aber ich bin inzwischen dennoch eines Besseren belehrt worden. Ein Reisender, welcher Sumatra und Borneo für mich durchstreifte, brachte im Juni 1909 zwölf Riesenschlangen nach Stellingen, unter denen sich eine volle 30 Fuß lange und $2^{1}/_{2}$ Zentner schwere Borneo-Riesenschlange befand. Dieses Ungeheuer, übrigens ein Prachtexemplar, häutete sich acht Tage nach der Ankunft in meinem Tierpark und nahm einen Tag später eine große Ziege im Gewicht von 88 Pfund zu sich. Diese Freßleistung war in 20 Minuten beendet.

braucht sich übrigens nicht in das Gebiet des Jägerlateins
zu verlieren, die Tatsachen, die von der Kraft und Freßlust
der großen Schlangen zu berichten sind, genügen völlig. Es
ist noch nicht lange her, da ließ ich ein rhachitisches und deshalb für Sammlungen wertloses chinesisches Zwergschwein
töten und in einen Kasten werfen, in welchem sich zwei große
Borneo-Riesenschlangen befanden. Das Schwein wog annähernd fünfzig Pfund. Abends um sechs Uhr war das Tier
in den Kasten gelegt worden, und eindreiviertel Stunden
später von einer dieser Schlangen bereits verschlungen.
Dieser Fall war mir sehr interessant, da ich den Schlangen
vorher nie so große Tiere als Futter vorgeworfen hatte.
Ich beschloß, diese Versuche fortzusetzen, sobald geeignete
Tiere in unserem Garten zugrunde gingen. Zunächst kamen
zwei junge Nilgau-Antilopen in Betracht, die während der
Nacht von einer Schlange gefressen wurden, obgleich jedes
etwa zwanzig Pfund wog.

Kurz darauf beobachtete ich einen ganz besonderen Fall.
Eine Schlange von fünfundzwanzig Fuß Länge fraß einen
Ziegenbock von achtundzwanzig Pfund Gewicht. Man hätte
annehmen können, daß die Schlange gesättigt sei. Dies
schien aber nicht so, denn als ich ihr wenige Stunden später
einen neununddreißig Pfund schweren Bock vorwerfen ließ,
der von drei anderen Schlangen verschmäht worden war,
packte sie auch diesen und hatte ihn innerhalb einer halben
Stunde verschlungen. Meine Freßkünstlerin hatte aber mit
dieser riesigen Leistung ihr Bestes noch nicht gezeigt. Als
acht Tage später eine ausgewachsene sibirische Steinziege
verendet war, die vierundsiebzig Pfund wog, ließ ich ihr
die Hörner abhauen und warf das Tier der Schlange vor.
Der Wärter meinte, daß ein so großes Tier doch wohl kaum
von einer Schlange heruntergewürgt werden könne, und im
stillen war ich der gleichen Ansicht. Aber schon nach einer
Stunde, als ich mich gespannt ins Reptilienhaus begab, fand
ich zu meinem größten Erstaunen, daß dieselbe Schlange,
die erst vor einer Woche zwei Ziegen verzehrt hatte, bereits
daran war, diese dritte, und diesmal eine ausgewachsene
Ziege, zu verschlingen. Der Kopf war bereits im Rachen
des Untiers verschwunden. Das Würgen verursachte dem
Tiere sichtlich große Arbeit, die Schlange stöhnte von Zeit

zu Zeit ganz vernehmlich, ein Umstand, der mir ebenfalls
neu war.

Lebende Tiere tötet die Schlange sehr schnell. Sie greift
stets nach dem Kopf, mit Blitzesschnelle ist der obere Teil
ihres Körpers um das Opfer gewunden, dem sie das Genick
aus den Gelenken reißt. Mit dem Würgen beginnt sie erst,
wenn das Tier tot ist. Sie hält das Opfer so lange umschlungen, bis sie keinerlei Bewegung ihrer Beute mehr
spürt, dann erst geht sie daran, die Beute zu verschlucken.
Sind es größere Tiere, so läßt die Schlange den Fraß zunächst gänzlich los und macht den Kopf der Beute durch
Speichel schlüpfrig, damit er besser gleitet. Bei dem Würgen
dehnt sich der Unterkiefer wie ein Gummisack. Man kann sich
von dieser Dehnbarkeit absolut keinen Begriff machen, wenn
man das Verschlingen großer Stücke nicht selbst beobachtet
hat. Während das Tier schlingt, hat es die Nahrung mit
dem Schwanz von hinten umschlungen und schiebt das Opfer
langsam in den Rachen hinein, während es Ober- und
Unterkiefer hin und her bewegt. Dann und wann tritt eine
Erholungspause bis zu zwölf Minuten ein, wie dies auch
beim Würgen der großen Steinziege zu beobachten war.
Trotzdem hat das Reptil nur zwei Stunden gebraucht, um
die Beute verschwinden zu lassen. Eine andere Schlange
verzehrte später sogar eine große Ziege von vierundachtzig
Pfund und brauchte dazu nur etwa eineinhalb Stunden.

Sieht man die großen dicken Riesenschlangen still in der
Wärme ihres Käfigs liegen oder träge herumkriechen, so
ahnt man nicht, welcher Kraft, Gewandtheit und Schnelligkeit diese Tiere fähig sind. Mit ihnen umzugehen, erfordert
höchste Vorsicht, und alle Vorsicht kann es nicht hindern,
daß man in Gefahr gerät. Viele Hunderte von Riesenschlangen in allen Größen und Varietäten habe ich bei Ankunft und Absendung im wirklichen Sinne des Wortes durch
meine Hände gehen lassen, und manchen Strauß hatte ich
dabei auszufechten. Gebissen bin ich unzählige Male worden, doch ist der Biß der Riesenschlange nicht gefährlich.
Jedenfalls machte ich mir nichts daraus, wenn eine Schlange
meine Hand oder meinen Arm mit dem Rachen gepackt
hatte, es wurde beinahe schon als mitdazugehörig angesehen. Gewöhnlich bleiben von den nadelscharfen Zähnen

einige in den Wunden sitzen, man muß sie natürlich sofort
herausziehen und die Wunden auswaschen und verbinden.
Ein viel gefährlicheres Werkzeug als der Rachen sind die
Muskelringe der Schlange. Nur meiner Kaltblütigkeit und,
ich darf wohl sagen, auch meiner Gewandtheit habe ich es
zu verdanken, daß ich aus vielen kritischen Episoden mit
Schlangen lebend davongekommen bin. Einen der gefähr-
lichsten Kämpfe focht ich vor etwa fünfzehn Jahren aus,
als ich mit Hilfe eines Wärters vier dunkle Pythonschlan-
gen, jede fünfzehn bis achtzehn Fuß lang, von einem Kasten
in den anderen beförderte. Ich hatte mich, wie immer zu
diesem Geschäft, mit einer großen Wolldecke bewaffnet, als
Schutz für das Gesicht, denn dieses wählen die Schlangen
stets als Hauptangriffspunkt. Mit fabelhafter Schnelligkeit
stoßen sie mit dem Rachen nach dem Gesicht, und man trägt
eine ernstliche Schädigung davon, wenn man nicht auf
seiner Hut ist. Zwei Tiere hatte ich bereits ohne große
Mühe hinübergebracht, als ich aber mit der dritten Schlange
beschäftigt war, fuhr eine vierte, die noch oben auf den.
Bord gelegen hatte, mit offenem Rachen und solcher Vehemenz auf mich los, daß ich ernstlich verwundet worden wäre,
hätte ich den Angriff nicht vorausgesehen und mit meinem
weichen Filzhut pariert, in den das Tier wütend hineinbiß.
Als die Schlange sich in den Hut festgebissen hatte, packte
ich sie mit der anderen Hand im Genick und gab dem Wärter hastig den Befehl, mir mit dem Kescher zu Hilfe zu
kommen. Der Mann stellte sich in der Erregung etwas un-
geschickt an, war nicht schnell genug, und ehe ich mich dessen
versah, hatte das Tier sein Schwanzende um mein rechtes
Bein geschlungen, zog sich immer fester um das Bein
herum und versuchte mit aller Kraft, mich von unten herauf
zu umstricken. Ich wehrte mich verzweifelt. Hätte die
Schlange irgendeinen Teil meines Oberkörpers erreicht, so
wäre es möglicherweise um mich geschehen gewesen. Plötzlich sah ich auf dem Boden das äußerste Ende des Schwanzes und trat mit dem linken Fuß so heftig darauf, daß die
Schlange, aus Schmerz oder Schreck, mich auf der Stelle
losließ. Zwar fuhr sie von oben blitzschnell wieder auf mich
ein, doch jetzt war ich gewappnet, ich parierte den Angriff
mit der Wolldecke, in die ich das Reptil verwickelte und es,

troß heftigen Sträubens, glücklich in den Kasten brachte.
Die andere Schlange hatte sich während dieser Episode zum
Glück ruhig aufgeringelt und sah aus geschlißten Äuglein
dem Kampfe zu.

Die Geschicklichkeit in dem Umgang mit diesen gefährlichen Reptilien baut sich auf eine lange und mannigfache
Erfahrung auf. Dem durch Beobachtung errungenen Wissen
ging ein Tasten und Experimentieren vorauf, zuweilen mit
glücklichem Abschluß, zuweilen auch nicht. Hiervon wüßte
ich manche eigenartige Episode zu erzählen. Zu Anfang der
siebziger Jahre brachte ein Kapitän aus Brasilien zwei
Boa constrictor nach Hamburg. Die Schlangen zu besichtigen, begab ich mich nach dem Hafen und an Bord. Ein
Steward teilte mir gleich mit, daß die Schlangen leblos in
ihrem Kasten lägen, sie seien gewiß tot. In der Kajüte des
Kapitäns fand ich in einem offenen, oben mit Draht ver-
gitterten Käfig die beiden Schlangen, die eine etwa sieben,
die andere vielleicht neun Fuß lang. Der Steward hatte
recht gesehen, die Tiere waren leblos. Rätselhaft war der
Zustand der Tiere keineswegs. Es war Mitte Dezember, in
der Nacht war starker Frost gewesen, und man hatte die
Schlangen ohne Schuß in dem ungeheizten, eiskalten Raum
stehenlassen. Die Schlangen waren einfach erstarrt. Der
Kapitän, der inzwischen hinzugetreten war, gab dem Steward schon die Weisung, die Tiere über Bord zu werfen,
als ich mich ins Mittel legte. Ich erbot mich, wenigstens
den Versuch zu machen, die Schlangen ins Leben zurückzu-
rufen. Lachend gab der Seemann seine Zustimmung, ich
aber wickelte meine beiden leblosen Schlangen in eine Decke,
steckte alles zusammen in einen Sack und zog ab. Schleunigst
gabelte ich eine Droschke auf und fuhr nach dem Spiel-
budenplaß, wo wir damals wohnten. Auch mein Vater
lachte, als ich die beiden Schlangen in der Nähe des Ofens
aus dem Sack schüttelte. „Wenn du es fertig bringst, diese
Schlangen wieder lebendig zu machen, dann hast du Wun-
derdinge geleistet", sagte er. Meine Wiederbelebungsver-
suche waren sehr primitiver Art; ich ließ die Schlangen einfach vor dem Ofen liegen, ging ins Bureau und später in
meine Wohnung, die in einem oberen Stockwerk des Hauses
lag. Nach einer Stunde erhielt ich die Meldung, daß im

Vogelladen — hier stand der betreffende Ofen, der meine
Schlangen auftauen sollte — ein furchtbarer Aufruhr unter
den Vögeln sei. Wie! Sollten meine Schlangen wirklich
wieder lebendig geworden sein? Spornstreichs eilte ich in
den Vogelladen. Wahrhaftig, der Platz vor dem Ofen war
leer, die Schlangen waren ausgekniffen. Das Geschrei der
Vögel ließ mich leicht die Stelle entdecken, wo meine toten
Schlangen ganz gemütlich spazieren krochen. — Wie merkwürdig manchmal der Zufall spielt! Als ich noch mit der
Jagd auf die entflohenen Schlangen beschäftigt war, öffnete
sich die Tür, und Vater Kreutzberg, der alte Menageriebesitzer, der gerade von Rußland angekommen war, trat ein.
Sofort beteiligte er sich an der Jagd, und nach zehn Minuten waren die Schlangen in Sicherheit gebracht. Fröhlich erzählte ich dem alten Kreutzberg diese sonderbare
Schlangengeschichte, worauf dieser nicht weniger fröhlich
erwiderte: „Das paßt mir vorzüglich, daß du die Dinger
wieder lebendig gemacht hast, denn ich suche gerade einige
Schlangen für meine Menagerie zu kaufen."

Der Respekt vor Giftschlangen wurde mir bald gründlich
beigebracht. In den sechziger Jahren war es, zur Som-
merszeit, als uns ein Kasten mit Puffottern, groß und
flach, oben mit Draht überzogen und mit Brettern vernagelt, ins Haus kam. Da die Tiere in diesem Kasten nicht
bleiben konnten, so schlug ich mir einen praktischeren zu-
recht, an welchem oben neben dem Drahtgeflecht eine mit
Schieber versehene Öffnung frei blieb. Die zu lösende
Schwierigkeit bestand nun in dem Umquartieren der gefährlichen Schlangen, mit deren Lebensgewohnheiten ich
damals noch nicht recht bekannt war. Alles mußte aufs
Geratewohl geschehen. In der Meinung, ich könne einfach
die Schlangen von einem Kasten in den andern schütten,
löste ich an dem Transportkasten ein Brettchen von etwa
sechs Zoll Breite und bog das darunter befindliche Gitter
zurück — und nun schüttelte ich eben. Zu meinem größten
Schrecken und fast zu spät stellte es sich aber heraus, daß
ich die Geschichte nicht richtig angefangen und die nötige
Vorsicht außer acht gelassen hatte: mit Blitzesschnelle schos-
sen die Tiere mit ihren Köpfen nach der Öffnung, machten
aber keine Miene, in den neuen Kasten hinüberzugleiten, im

Gegenteil, sie wandten sich seitwärts, und beinahe wären zwei dieser giftigen Reptile entwischt. Noch heute fährt mir ein Schreck durch die Glieder, wenn ich mich in jene Situation zurückversetze. Schnell entschlossen, begann ich meinen Kasten zu schütteln und gleichzeitig rückwärts zu bewegen, wodurch die Tiere in ihren Käfig zurückschnellten. Um ihr Entweichen zu verhindern, setzte ich rasch den neuen Käfig auf die Öffnung und war froh, als ich mit Hilfe eines Wärters die Öffnung wieder vernagelt hatte. Für diesen Tag hatte ich genug, ich mußte mich erst erholen und über eine praktische Art des Transportes von einem in den andern Käfig nachsinnen. Am nächsten Tag hatte ich sie gefunden. In den Kasten, der die Schlangen barg, schnitt ich mit einer spitzen Säge ein viereckiges Loch, etwa drei Zoll im Quadrat, und gegen dieses Loch stellte ich die mit einem Schieber versehene Öffnung des neuen Käfigs. Vom alten nahm ich die Bretter herunter und ließ nur das Drahtgitter an seinem Platz, so daß der Raum in dem alten Kasten hell, der im neuen dunkel wurde. Ich wußte nämlich so viel, daß Schlangen sich gern ins Dunkle zurückziehen, und dies bestätigte sich, denn nach kaum einer Stunde waren sämtliche Puffottern, acht an der Zahl, in den neuen Kasten hinübergeschlüpft, den ich nun ganz einfach mit der Schiebetür verschloß.

Seit jener Zeit hatte ich eine heillose Achtung vor Giftschlangen. Trotz aller Vorsicht wäre ich aber dennoch vor etwa acht Jahren durch Klapperschlangen beinahe ums Leben gekommen. An einem Sommertag des Jahres 1898, als ich — soeben von der Reise zurück — das Reptilienhaus inspizierte, fiel mir ein starker Fäulnisgeruch auf, und beim Nachsuchen fand ich in einem der großen Schlangenkäfige einen verdrahteten Karton, in welchem sich unter mehreren lebenden Klapperschlangen auch zwei tote, bereits in Fäulnis übergegangene befanden. Diese Kadaver mußten sofort entfernt werden. Ich nahm den Kasten vor und versuchte von der Seite aus, wo eine kleine Schiebetür angebracht war, mit einem aus starkem Draht zurechtgebogenen Haken die toten Tiere herauszuholen. Zu diesem Zweck mußte ich mich mit dem Gesicht über den Kasten beugen, während ich mit der linken Hand unten den Haken einführte. Auf diese

Weise gelang es mir schnell, zunächst einen der Kadaver zu packen und langsam herauszuziehen. Der zweite war schwieriger zu erreichen, er lag unter zwei lebenden Exemplaren. Mir blieb nichts übrig, als die Schlangen aufzustöbern, und das nahmen beide ungeheuer übel, besonders die größere. Als ich gerade mit dem Gesicht dicht oberhalb des Gitters liege, um besser sehen zu können, und mich dabei mit dem rechten Arm gegen das blendende Licht der Sonne schütze, fährt die Schlange unvermutet und schnell wie der Blitz mit weit offenem Rachen in das Gitter hinein. Zwar schnellte ich erschreckt zurück und wartete ein wenig, bis das Tier sich beruhigt hatte, nahm dann aber ahnungslos meine Arbeit wieder auf, die ich nun ohne Zwischenfall zu Ende führte.

Erst am nächsten Morgen wurde mir bekannt, welcher furchtbaren Gefahr ich entronnen war, und daß der Tod dicht neben mir gestanden hatte. Als ich mich ankleidete, machte meine Frau mich auf eine Reihe von Flecken am rechten Rockärmel aufmerksam, die sie für Schmutzflecke hielt. Ein einziger Blick auf die vermeintlichen Flecken machte mich im tiefsten Innern erschauern. Es waren lauter kleine, feine, grünlich schillernde Kristalle. Die Schlange hatte bei dem Biß ins Gitter ihr ganzes Gift nach meinem Gesicht gespritzt, und nur durch den Umstand, daß der Arm eine Schutzwand bildete, war ich dem Verderben entgangen. Vom Aufenthalt im Freien war mir die Haut des Gesichts an vielen Stellen aufgesprungen, und hätte das Gift freien Zutritt in den Körper gefunden, so würde ich elend zugrunde gegangen sein.

Der Biß der Klapperschlange ist von furchtbarer Wirkung. Ich habe beobachtet, daß Meerschweinchen und weiße Ratten innerhalb einer Minute nach empfangenem Biß tot waren.

Kämpfe von Schlangen untereinander sind nicht selten, sie streiten sich um die Beute, und es kommt vor, daß im Verlaufe dieses Streites die kleinere von der größeren Schlange mitsamt der strittigen Beute aufgefressen wird. Vor etwa zehn Jahren ereignete es sich, daß eine gelbe Pythonschlange von neun Fuß Länge eine andere von sieben Fuß mitsamt einem Kaninchen verschlang, das am Abend

vorher zu den beiden Schlangen in den Käfig gesetzt worden
war. Nach späteren Beobachtungen muß man rückschließend
annehmen, daß beide Schlangen das Kaninchen gleichzeitig
gepackt und getötet haben. Beim Verschlucken haben dann
beide, die eine am Kopf und die andere am Hinterteil, das
Kaninchen hinabwürgen wollen, wobei die größere Schlange
die kleinere mit erwischt und verschluckt hat. Am nächsten
Morgen konnte man genau sehen, wie die kleinere Schlange
der Länge nach in dem Körper der großen lag.

Seitdem habe ich häufig Gelegenheit gehabt, zu beobachten, mit welcher Wut und Ausdauer die Schlangen um
eine Beute zu kämpfen vermögen. Vier Riesenschlangen von
bedeutender Größe stürzten einmal, alle auf ein totes, ihnen
vorgeworfenes Kaninchen erpicht, aufeinander los, um einen
Ringkampf aufzuführen, der jeder Beschreibung spottet. Zuerst schoß die kleinste der Schlangen auf das Opfer los;
kaum hatte sie es aber gepackt, als die größte der Schlangen
ihre Rivalin umschlang und sie derartig drückte, daß sie die
Beute loslassen mußte. Nur eine Sekunde erfreute sich die
Siegerin ihres Besitzes, da stürzten die beiden anderen
großen Tiere auf sie los, und im Nu waren die drei Bestien
zu einem unentwirrbaren Knäuel geworden, der sich wild
im Käfig hin und her wälzte. Als der Kopf einer dieser
Schlangen in den Rachen einer anderen geriet, versuchte ich
die Kämpfenden zu trennen, aber alle fuhren mit geöffnetem
Rachen auf mich los, und ich mußte den Dingen ihren Lauf
lassen. Nach einem dreistündigen Kampfe schienen die Tiere
zu ermatten und ließen einander los. Auf diesen Moment
schien das kleinste der Reptile, das dem Kampfe untätig zu-
gesehen hatte, nur gewartet zu haben, denn es wagte sich
aus seiner Ecke hervor und machte sich wieder über das
Kaninchen her. Schon hatte die Schlange ihr Opfer zu
würgen angefangen, als aufs neue eine Rivalin heranschoß,
ihr den Schwanz einige Male um den Hals schlang und so
furchtbar drückte, daß sie nicht nur das Kaninchen losließ,
sondern völlig kampfunfähig wurde. Mit ihren Ringen
hielt die große Schlange die kleinere umklammert, packte
dabei das Kaninchen und würgte es hinunter. Erst als sie
damit fertig war, ließ sie die Gegnerin los, die nun aber
mit einer blitzschnellen Bewegung sich um ihre Peinigerin

ringelte und sie mit Aufbietung solcher Kraft preßte, daß
das große Tier stöhnende Laute hören ließ. Binnen kurzem
waren die vier Tiere wieder in einen wirren Kampf verwickelt, und jeder Versuch, die Wütenden zu trennen, miß-
lang. Der Streit wurde vormittags um elf Uhr begonnen
und dauerte abends um zehn Uhr, als ich mich zurückzog,
noch fort. Ich war ganz darauf gefaßt, am nächsten Morgen
ein paar Leichen zu finden — aber keine Spur, jede der vier
Schlangen lag zusammengeringelt so friedlich in einer Ecke,
als ob nichts passiert sei. Ein so hartnäckiger und lang-
andauernder Schlangenkampf war bis dahin, 1892, im Tierpark nicht beobachtet worden.

Dennoch sind diese Kämpfe zahm im Vergleich mit denjenigen, welche von der großen Borneo-Riesenschlange ausgefochten werden, denn diese begnügt sich nicht mit der
Umschlingung des Gegners, sondern gebraucht rücksichtslos
ihre haarscharfen Zähne. Wie Hunde beißen sie sich ineinander fest. Die Eifersucht um eine Beute stachelt sie zu
maßloser Wut an. Ich entsinne mich eines Falles, in
welchem zwei kleinere dieser Schlangen, die eine etwa neun
Fuß und die andere etwa zwölf Fuß, sich um ein totes
Kaninchen stritten. Plötzlich packte die größere Schlange
die kleinere mit dem Rachen hinten am Nacken, schlang sich
dann mit dem Körper um den üppigen Leib des Tieres und
riß seinem Opfer mit einem Ruck ein großes Stück Fleisch
aus dem Halse heraus. Was diese Kraftleistung bedeutet,
kann nur derjenige ermessen, der über die ungeheure Zähig-
keit der Haut einer großen Schlange unterrichtet ist.

Es liegt auf der Hand, daß bei der Art und dem Umfang
des Fraßes die Kräfte, die für den Stoffwechsel sorgen, ganz
besonders sein müssen. Schon früher habe ich ausgeführt,
was die einzelnen Schlangenexemplare im Fressen zu leisten
vermögen. Das Interessanteste, was ich in dieser Richtung
erlebt habe, passierte etwa vor zehn Jahren in meinem
Tiergarten am Neuen Pferdemarkt. Hier verschlang eine
dunkle indische Pythonschlange von nur vierzehn Fuß Länge
innerhalb vierundzwanzig Stunden vier Heidschnuckenläm-
mer, die je elf bis siebzehn Pfund wogen und Hörner von
drei bis sieben Zentimeter Länge besaßen. Die Schlange
war am zweiten Tage durch die in ihrem Innern entwickel-

ten Gase so unförmlich aufgeschwollen, daß die Haut auf dreißig Zentimeter Länge offen platzte und streckenweise fünf Zentimeter weit auseinanderklaffte. Die Verdauung dieser Mahlzeit war nach zehn Tagen beendet. Die Wollteile wurden in dicken Ballen abgestoßen, die weichen Teile in dunkelgefärbten Exkrementen, die Knochen in weißen, während Klauen und Hörner nicht verdaut wurden. Das war am zehnten Tag, und am elften nahm die Schlange wieder eine Heidschnucke zu sich.

Denjenigen zarten Gemütern, die sich vielleicht über die unästhetischen Freßleistungen der Schlangen entsetzt haben, gewährt die Mitteilung hoffentlich etwas Beruhigung, daß die Tiere auch ungeheuer lange hungern können und dies sogar zuweilen freiwillig tun. Recht freßlustige Tiere, die oft drei bis vier Wochen nacheinander jede Woche Nahrung zu sich nahmen, setzten dann ohne sichtbaren Grund aus und rührten länger als ein halbes Jahr nicht das Geringste an. So führt die Natur doch einen Ausgleich herbei. In der Freiheit mag zuweilen eine lange Zeit verstreichen, ehe die großen Schlangen eine Beute erhaschen können, die ihnen genehm ist. Darauf scheint der Organismus eingerichtet zu sein.

Am liebsten und am schnellsten fressen die Schlangen bei hellem Wetter, während sie bei schwerer Luft selten etwas zu sich nehmen. In ihrer Behandlung ist es die Hauptbedingung, daß man sie stets recht warm hält und in gut ventilierten Käfigen unterbringt. Die normale Temperatur in einem Schlangenkäfig soll nicht unter achtzehn Grad Reaumur betragen, doch fühlen sich die Schlangen noch sehr mollig, wenn die Temperatur bis fünfundzwanzig Grad Reaumur und höher hinaufgeht.

Selten nur wird der Schlangenkäfig zur Kinderstube — die Bedingungen des Liebeslebens, der Brutzeit, der Aufzucht usw. sind noch nicht so ganz geklärt. Auf zweierlei Wegen bringen die Schlangen ihre Jungen zur Welt. Unsere Boa constrictor und die verschiedenen indischen Schlangen, von deren Freuden und Leiden in den vorhergehenden Blättern erzählt wurde, legen Eier und brüten sie aus; die Wasserschlangen dagegen gebären lebende Junge. Ich entsinne mich einer dunklen Pythonschlange, die während der

Pinguine

Im Hochgebirge

Stellinger Idyll

Junge Tiger

Reise eine stattliche Zahl von Eiern gelegt hatte. Trotz aller
Unruhe blieb sie ihrer Mutterpflicht treu und brütete die
Eier aus. Als ich das Tier von den Eiern aufscheuchte, die
es umringelt hielt, sah ich drei bis vier Junge aus ihren
pergamentartigen Eischalen mit dem Kopf gegen mich emporschnellen. Die Wochenstube wurde in einem großen,
passenden Käfig untergebracht. Von etwa fünfzig Eiern
hatte die Schlange einundzwanzig ausgebrütet, die übrigen
waren vertrocknet. Die Jungen benutzten ihre Eierschalen
als Wohnhülsen, sie krochen dann und wann heraus, zogen
sich aber immer bald wieder in ihre Schalen zurück. Manche
kamen überhaupt nicht heraus. Die Ernährungsfrage machte
zuerst Schwierigkeiten. Frösche wurden nicht angenommen.
Dagegen schienen junge weiße Mäuse mehr nach dem Appetit der kleinen Reptile zu sein; die Beute wurde in derselben
Weise gepackt, getötet und verschlungen, wie es die Alten
zu tun pflegten.

Je länger und je mehr ich Schlangen beobachtet habe,
desto weniger habe ich begriffen, warum die Schlange das
Sinnbild der Klugheit geworden ist. Gefräßigkeit, Faulheit
und unter gewissen Umständen unerschöpfliche Wut waren
die Lebensäußerungen, in welchen sich nach meiner Ansicht
das Wesentliche aus dem Schlangenleben zusammenfaßte.
Trotzdem möchte ich natürlich nicht behaupten, daß den
Schlangen jegliche Begabung fehlt. Ich würde ja auch durch
die Tatsache widerlegt werden, daß man so häufig Schlan-
genbeschwörer oder Schlangenbändiger sieht; jedoch be-
zweifle ich, daß mit Schlangen auch nur annähernd ähnliche
Leistungen erzielt werden können wie mit den Tieren höhe-
rer Ordnung, und daß der Schlangenbändiger in ein freund-
schaftliches Verhältnis zu seinen Zöglingen treten kann. Mit
Giftschlangen, deren Giftapparat tadellos in Ordnung ist,
wird er nie arbeiten. Bevor er sich mit ihnen zeigt, oder
bevor er sie abrichtet, hat er dafür gesorgt, daß ihnen die
Giftzähne ausgebrochen sind. Trotz dieser Vorsicht ist der
Mann nicht vollständig ungefährdet, denn die Giftzähne
wachsen nach, und er ist genötigt, seine Tiere von Zeit zu
Zeit zu untersuchen, um rechtzeitig auf der Hut sein zu
können, bevor der Giftapparat wieder funktioniert. Es bedarf keines Wortes weiter zur Erklärung, daß die Gift-

schlange, welcher der Giftzahn fehlt, nicht einmal so ge=
fährlich ist wie eine gewöhnliche junge Riesenschlange, von
einer ausgewachsenen Riesenschlange gar nicht zu sprechen.
Wie erwähnt, ist schon eine solche von etwa achtzehn Fuß
Länge imstande, einen kräftigen Mann so zu umschlingen
und zu drücken, daß er in die ernste Gefahr des Erstickungs=
todes gerät. Außerdem ist das Gebiß der Riesenschlange
viel stärker als das der Cobra. Wirkliche Kunststücke aber
habe ich von keiner Schlange irgendwelcher Art ausüben
sehen. Der ganze Trick, der sich mit ihnen aufführen läßt,
besteht darin, daß man die Tiere aus der Dunkelheit, in der
man sie gehalten hat, plötzlich an das Tages= oder Ram=
penlicht setzt, sie reizt, so daß sie sich emporschnellen und
ihren Meister zu bedrohen scheinen, und sie durch Musik
beruhigt. Denn das allerdings mußte ich stets und immer
wiederholt feststellen: es gibt kein Geschöpf, auf das die
Musik nicht irgendwelchen Einfluß hätte. Ich behaupte
zwar nicht, daß eine Riesenschlange, die gerade Hunger
empfindet, sich mit der Mondscheinsonate besser abfinden
würde als mit einem Kaninchen, aber ich halte es für zwei=
fellos, daß die Schlangen, wie fast alle anderen Tiere, gern
Musik hören.

Da wir gerade dabei sind, von Giftschlangen zu sprechen
und von ihrer Verwendbarkeit zu Vorführungen, so möchte
ich an dieser Stelle erzählen, was ich über die Gewinnung
von Schlangengift erfahren habe. Vor kurzem erhielt ich
den Besuch eines gelehrten Inders, eines Herrn Docton,
der folgende Versuche anstellte.

Mit einer eisernen Stange, deren unteres Ende in eine
nach oben geöffnete Kreisbiegung endigt, holt er aus dem
mit Giftschlangen in vollster Kraft gefüllten Käfig je eine
Schlange heraus, indem er den Haken unter ihren Körper
schiebt. Die Schlange wird auf diese Weise emporgehoben
und bleibt an dem Haken hängen wie ein herabhängender
Strick. Dieser Umstand ist um so bemerkenswerter, als man
ein solches Experiment nicht mit jeder Schlange machen
dürfte. Die indische Giftschlange jedoch, die Cobra oder so=
genannte Brillenschlange, die hier in Frage kommt, besitzt
nicht die Fähigkeit, sich um einen glatten Stab aufzurollen,
respektive wenn sie sie auch unter Umständen besitzen sollte,

sie tut es in einem solchen Falle nicht, möge es nun eine
Frage ihres Temperaments sein oder auf andere Ursachen
zurückgeführt werden müssen. Jetzt legt Mr. Docton die
Schlange mit dem Stab auf den Boden und klemmt gleichzeitig ihren Kopf hinterm Nacken mit einem Gabelstocke
fest; der auf den Nacken ausgeübte Druck mit der Gabel
kann ja nun auch auf völlig ungefährliche Weise durch den
Finger verstärkt werden. Im selben Augenblick schon ist der
Gehilfe mit einer Muschelschale zur Hand, welche er vorher
mit dem grünen, frischen Blatte einer Pflanze bedeckt hat.
In dem Augenblick, wo der Gehilfe der Schlange die Schale
vor den Rachen hält, wird hinten am Nacken der Schlange
der Druck verstärkt. Die Wirkung dieses verstärkten Druckes
ist, daß die Schlange den Rachen weit öffnet und in das
Blatt hineinbeißt. Während eine Giftschlange, die beispielsweise eine Beute schlägt, beim Bisse nur minimale Quantitäten ihres Giftvorrates in die Wunde spritzt, wird bei dem
geschilderten Verfahren durch den besonderen Druck das
ganze Gift aus der Drüse entleert und läuft durch die
Löcher, welche die Giftzähne in dem Blatte verursachen,
in die vorgehaltene Schale. Das amorphe Gift von hundert
Cobras, auf diese Weise gewonnen, ergibt in trockenem
Zustande vier Gramm. Man sieht aus dieser minimalen
Größe, wie ungeheuer stark die Wirkungskraft des Giftes
ist, denn diese vier Gramm würden genügen, um mehrere
hundert große Säugetiere respektive Tausende von Menschen zu töten. Eine Schlange, der auf diese Weise das Gift
ausgedrückt ist, hat in acht Tagen den Giftvorrat erneuert.

Die Theorie respektive die Praxis, durch allmähliche
Steigerung von Dosen verschiedener Gifte Individuen gegen
Giftwirkung immun zu machen, läßt sich, wie Herr Docton
auf experimentellem Wege festgestellt hat, auch durch Anwendung von Schlangengift bestätigen. Zoologen wissen ja,
daß Affen mehr als irgendeine andere Tierart auf Eingriffe
in ähnlicher Weise reagieren wie der Mensch. Ist es doch
bekannt, daß auch die Blutkörper des Affenblutes nur ganz
geringe mikroskopisch abweichende Abänderungen vom Men-
schenblute besitzen. Trotzdem hat man durch nur sehr allmählich gesteigerte, im Beginn äußerst gering bemessene
Einspritzungen von Schlangengift nach sechs Monaten die

betreffenden indischen Affen gegen das Gift dieser Schlangenart immun gemacht. Bisher scheint es nicht erwiesen, ob die Immunisierung durch ein bestimmtes Schlangengift auch gegen das Gift anderer Schlangen schützt. Es dürfte jedoch lebhaft bezweifelt werden, ob eine solche allgemeine Immunisierung gegen Schlangengift möglich ist, weil der interessante Beweis geführt wurde, daß zwei Schlangen derselben Art, wenn sie sich gegenseitig beißen, hiervon keinen Schaden leiden; daß dagegen, falls zwei Giftschlangen verschiedener Art sich gegenseitig beißen, beide unbedingt dem Tode verfallen sind. Diesen Bericht gebe ich getreulich nach der Information des gelehrten Inders wieder und glaube bestimmt, ihn für zuverlässig erklären zu dürfen. Die Hauptabnehmer des von Mr. Docton gewonnenen Schlangengiftes sind Herr Dr. med. Fraser in Edinburg und Herr Dr. med. Moeller in Australien. Hoffentlich ist es mir vergönnt, in einer späteren Auflage meines Werkes Berichte dieser Herren zu veröffentlichen. Das amorphe trockene Schlangengift hat eine gelbgrüne Farbe und ist aus kristallinischen Körpern zusammengesetzt.

Diese unter den Schlangen selbst beobachtete Wirkung läßt es mir wahrscheinlich vorkommen, daß die Völker des Orients, wie man behauptet, schon seit Jahrtausenden die Grundsätze modernster Wissenschaft praktisch erprobt haben. Die Erzählung von Mithridates, dem Könige, der sich allmählich durch Aufnahme steigender Giftquantitäten gegen alle zu seiner Zeit bekannten Gifte immun machte, scheint mir ebenso glaubwürdig wie die Tatsache, daß es in Indien außer jenen Schlangenbeschwörern, welche mit Giftschlangen arbeiten, denen der Giftapparat ausgebrochen ist, auch solche gibt, die mit wirklichen, in der Vollkraft ihrer tödlichen Waffe befindlichen Giftschlangen umgehen. In diesem Falle glaube ich an die Erklärung, daß diese Leute aus Familien stammen, in welchen die Immunisierung gegen Schlangengift gewissermaßen erblich fortgesetzt worden ist. Von jüngster Kindheit auf sollen diese Leute nämlich mit Schlangengift, gewissermaßen mit Schlangenserum, immunisiert werden, so daß den Erwachsenen selbst der Biß einer ausgewachsenen Cobra mit voll wirksamem Giftapparat nicht mehr schadet. Die Immunisierung dieser Leute soll so weit gehen, daß ihr

Speichel schon gegen Schlangenbisse wirksames Gegengift in genügenden Mengen enthält. Es soll vorgekommen sein, daß Leute dieser Art von Schlangen Gebissene dadurch gerettet haben, daß sie die frische Bißwunde mit ihrem Speichel reinigten. Natürlich gebe ich diesen Bericht mit aller Vorsicht weiter und übernehme keine Verantwortung für seine unbedingte Richtigkeit.

V.

Kleine Abenteuer

Für den Umgang mit wilden Tieren gibt es keine bestimmten Vorschriften. In einer Sprache kann man sich nicht mit ihnen verständigen, man muß andere Mittel ersinnen, um sie zu dem zu bewegen, was man von ihnen verlangt. Es gibt auch keine bestimmten Transportmittel, von denen man sagen könnte, dieses ist für eine Giraffe, und dieses ist für ein Nilpferd am geeignetsten. Das eine Tier ist zahm und das andere ungebärdig; während man ein Exemplar derselben Familie gemächlich an der Hand führen kann, muß man das andere fesseln und mit Wagen befördern. Alles kommt auf die Umstände an und wird zu einer Frage des praktischen Verstandes. Der Umgang mit ungezähmten Tieren erfordert vor allem Geistesgegenwart, denn alle diese Geschöpfe werden ja nicht von Überlegung, sondern Impulsen geleitet, und jeder Augenblick kann eine Überraschung bringen. Der unwesentlichste Umstand, von Menschen ganz unbeachtet, kann ein Tier erschrecken und heillose Verwirrung im Gefolge haben. Auch die Art, in solchen Momenten einzugreifen und scheu oder wütend gewordene Bestien zu beruhigen, ist Sache des Augenblicks. Kurz, aller Verkehr mit den Tieren beruht auf Gesetzen, die unbestimmt sind und von der Notwendigkeit diktiert werden.

Will man zum Beispiel, sagen wir, ein Rhinozeros veranlassen, vom Schiff über die Gangplanke auf den Kai zu spazieren, so genügt es nicht, einfach zu sagen: „Ach, mein verehrtes Rhinozeros, haben Sie die Güte, eben mal herauszukommen." Diese Sprache versteht das Rhinozeros nicht, auch gegen noch größere Liebenswürdigkeit ist es als Dickhäuter unempfindlich. Würde man indes dem Tiere einen Strick um den Hals legen und daran ziehen, während ein anderer von hinten mit einem Knüppel nachhülfe, so

würde es diese Sprache ebensowenig verstehen. Es ist nicht
Dickhäuter genug, um sich mit Grobheiten regalieren zu
lassen, und würde den Mann mit dem Strick wahrscheinlich
über den Haufen rennen. Und doch hat auch diese Bestie
einen schwachen Punkt in seinem Organismus: den Magen.
Mit seiner Hilfe kann man sich einer Sprache bedienen,
welche auch die Tiere verstehen. Wenn man dem Rhinozeros eine Handvoll Futter vor das Maul hält, dann kann
man sich alle anderen Höflichkeiten schenken.

Diese Weisheit kannte ich schon sehr frühzeitig, und ihre
Befolgung hat mich einmal ein gefährliches Abenteuer mit
einem Rhinozeros erleben lassen. Es trat damals einer
jener Augenblicke ein, wo jedes Verständigungsmittel ver-
sagt und nur die Gewalt helfen kann. Das Abenteuer spielte
im Jahre 1871, zu einer Zeit, als ich keine so große Erfahrung in der Behandlung von Rhinozerossen auf Reisen
besaß. William Jamrach war mit verschiedenen Elefanten
und Rhinozerossen aus Indien in London eingetroffen. Zur
Abnahme fand ich mich selbst in der englischen Hauptstadt
ein. Unter den Tieren befand sich ein großes, sieben bis
acht Jahre altes und fast ausgewachsenes weibliches Rhinozeros, das in einem riesigen, auf dem Verdeck aufgebauten
Käfig untergebracht war. Da dieser Kasten natürlich nicht
transportabel war, mußte das Tier auf irgendeine Weise
vom Schiff zu dem Wagen befördert werden, der es in den
für die Tiere bestimmten Stall bringen sollte. An den ziemlich niedrigen Wagen war eine Brücke angebaut und diese
mit Stroh bedeckt. Die zu überwältigende Schwierigkeit
steckte in dem ziemlich langen Weg zwischen Schiff und
Wagen, die langen Schuppen der East Indian Docks mußten auf eine Entfernung von 500 Metern durchschritten werden. Jamrach schlug vor, das Tier, das sehr ruhig sei,
einfach diesen ganzen Weg gewissermaßen an der Hand
zu führen, und ich ging schließlich darauf ein, ohne die ungeheuren Gefahren dieser Transportmethode so recht ins
Auge zu fassen. Man stelle sich vor, daß ein ausgewachsenes
Nashorn wütend wird und in den von Tausenden belebten
Docks entläuft. Ich konnte mich aber noch vor dem Aufbruch überzeugen, daß es sich in der Tat um ein außergewöhnlich ruhiges Tier handelte.

Die Vorbereitungen waren bald getroffen. Unser Rhinozeros erhielt ein starkes Tau um den Hals und außerdem
ein längeres um einen der Vorderfüße. Als Reserve wurde
eine Anzahl weiterer Stricke mitgenommen. Und nun ging's
los. Der schon gekennzeichneten internationalen Höflichkeit
vermochte auch dieses Nashorn nicht zu widerstehen. Jam-
rachs Wärter fütterten das Tier langsam aus der Hand
und bewegten sich dabei rückwärts, das Rhinozeros folgte
und ging ruhig über die Laufplanke bis zum Kai hinunter.
Das lange Halstau gab ich sechs Wärtern und instruierte
sie, es sofort bei der Ankunft am Wagen am Vorderteil
durch die Latten der Seitenwände zu ziehen und an der
Achse zu befestigen, damit das Tier auf dem Wagen festgehalten würde. Das am Vorderfuß befestigte Tau nahm
ich selbst in die Hand und ging frisch vorweg durch die
langen Docks, begleitet von einer nicht geringen Zuschauer-
menge. Das Rhinozeros folgte ohne Widerstreben, und die
ganze Geschichte schien Kinderspiel zu sein, nicht wert, sich
ihretwegen zu beunruhigen.

Schon sind wir dicht bei unserem Wagen angelangt, da
bemerke ich, daß eine Lokomotive mit einem Güterzug her-
annaht, und heiß durchzuckt mich die Furcht, das Tier möge
noch im letzten Augenblick vor dem dampfspeienden Ungeheuer scheuen und durchbrennen. Mit einer Schnelligkeit,
wie man sie nur im Augenblicke der Gefahr entwickeln kann,
springe ich auf den Wagen, ziehe das Tier hinter mir her
und stecke auch die Wärter mit meiner Eile an, und ehe noch
der Zug den Wagen erreichte, war das Rhinozeros pro-
grammäßig festgebunden. Welch ein Glück dies war, zeigte
sich auf der Stelle. Der Lokomotivführer, der die flucht-
artige Schlußphase des Transportes beobachtet hatte, leistete sich in diesem Augenblick den dummen Scherz, die
Dampfpfeife schrill und lang ertönen zu lassen. Schreck und
Angst versetzten das Tier sogleich in eine furchtbare Aufregung, es begann zu pusten und zu schnauben, und kaum
schnell genug, aber im richtigen Augenblick, konnte ich die
Bestie mit den Reservestricken auch an dem noch freien
Vorderfuß fesseln. Die Arbeit, die ich hier zu leisten hatte,
war lebensgefährlich, denn die Aufregung des Tieres stei-
gerte sich infolge des fortwährenden Pfeifens und des

Lärms am Kai zu einer Wut, die nach einem Ausweg
suchte. Der nächste Gegenstand war der Kutschbock, der vorn
oberhalb des Wagens ziemlich hoch angebracht war. Mit
dem Kopf unter diesen Bock stoßen, war das Werk einer
Sekunde. Und so gewaltig war der Stoß, daß der ganze
Kutschbock aus seinem Gestell herausflog, sich in der Luft
drehte und krachend zu Boden fiel. Glücklicherweise fiel er
nicht zwischen die Pferde — ein unabsehbares Unglück wäre
sonst die Folge gewesen. Das wütende Rhinozeros versuchte
jetzt, die Vorderwand des Wagens zu durchbrechen, aber
nun war auch ich wieder zur Stelle, schwang mich auf die
Wagendeichsel, ergriff ein dickes Tauende und begann, dem
Tiere aus Leibeskräften zwischen die Ohren zu dreschen.
Es mußte fühlen, daß eine Kraft da war, die vor der seinigen nicht die Flucht ergriff. Schließlich wurden wir beide
müde, ich und mein ungebärdiger Freund, das Rhinozeros.
Langsam kam es zur Besinnung und beruhigte sich. Wir
konnten endlich losfahren, doch stand uns noch das schwere
Geschäft des Ausladens bevor. Die Stallung lag hart an
der Straße, so daß wir den Wagen rückwärts bis an die
Tür schieben konnten. Das Tier mußte nun auf einer an-
gelegten Brücke rückwärts gehen, was diese Tiere nicht gern
tun. Auch hier konnte schließlich nur Gewalt helfen. Stricke
wurden um jedes Hinterbein gelegt und durch einen in der
Stallmauer angebrachten Ring gezogen; auch die Stricke
des Halses und der Vorderbeine wurden durch Ringe gesteckt, so daß wir das Nashorn so ziemlich in der Gewalt
hatten. Als es aber den Wagen verlassen sollte, bekam es
aufs neue einen Wutanfall, der noch durch den Tumult der
Menge, die sich angesammelt hatte, geschürt wurde. Es
hieb nach rechts und links in die Seitenwände des Wagens
und wollte nicht von der Stelle. Ich mußte es erst von
vorn mit einem Stock bearbeiten, war dabei zwar wütenden
Angriffen ausgesetzt, brachte das Tier aber endlich in den
Stall.

Zu Anfang der siebziger Jahre brachte einer meiner
Reisenden das erste Nashorn nach Europa. Zwar hatte es,
da es noch im Jünglingsalter stand, nur eine Rückenhöhe
von achtzig Zentimeter, entpuppte sich aber eines Tages
als Athlet, der mir um so mehr Bewunderung abnötigte,

da er mich zu einem Match herausforderte. Auf dem Transport von Triest nach Wien hatte ich mich bei dem Tier in seiner Extraabteilung einquartiert, um es persönlich zu überwachen, denn ich glaubte ja einen ganz exquisiten Schatz zu besitzen. In einer Ecke sitzend war ich eben ein wenig eingenickt, als ich von einem Ruck erwachte und die Bemerkung machte, daß das Tier meinen Rockzipfel im Maul hatte und ganz gemütlich daran herumlutschte. Mit aller Höflichkeit wollte ich meinen Rock aus dem Maul des kleinen Untieres entfernen, aber das Tier nahm mir dies gewaltig übel, geriet im Handumdrehen in eine rasende Wut, stieß einen schrillen, pfeifenden Ton aus und attackierte mich. Ganz gern gestehe ich, daß ich es auf einen Kampf nicht ankommen ließ, im Gegenteil, mit einem mächtigen Satz sprang ich über Kisten und Säcke, um mich in Sicherheit zu bringen. Dabei rollte ein 150 Pfund schwerer Sack in den Stall des Nashorns, dieser Sack konnte sich natürlich nicht verteidigen und wurde von dem erbosten Tier in einer Weise in die Luft geschleudert, als ob es sich um einen kleinen Ball gehandelt hätte. Man kann sich denken, daß ich mich schleunigst ausquartierte, um dem afrikanischen Gast keine Gelegenheit zu geben, auch mit mir Fangball zu spielen. Später, auf der Reise nach London, hatte ich noch einmal Gelegenheit, das Ungestüm des Tieres zu beobachten. Für den Transport über See war ein extra starker Kasten gebaut worden, und alles ging auch gut bis London. Das Ausladen und die Überführung des Kastens aus dem Schiff auf einen Wagen mußten das Tier aber irritiert haben, denn es ward scheu und stieß so wuchtig gegen die Vorderwand seines Käfigs, daß die dicken Bretter wie Zigarrenkistenholz zersplitterten. Nur dadurch, daß ich den ganzen Käfig sofort in Segeltuch hüllte und das Tier damit in Dunkelheit versetzte, wurde Unheil verhütet.

Ein noch zierlicheres Tier als das Nashorn ist das Nilpferd, der dickhäutigste und plumpste aller Dickhäuter. Und doch hat einmal einer meiner Reisenden ein solches Tier in einem Reisekoffer transportiert. Der Wärter, den ich zur Empfangnahme des Tieres nach Bordeaux geschickt hatte, transportierte es einfach in einem großen Reisekoffer, den er als Gepäck nach Hamburg aufgab. Das Tier, ein Weib-

chen, stammte von der Westküste Afrikas und wog allerdings
nur achtzig Pfund.

Eine noch kleinere Art von Nilpferden, und zwar die
kleinste, kommt aus Liberia. In den sechziger Jahren wurde
ein junges Tierchen dieser Rasse, das ein Gewicht von noch
nicht ganz dreißig Pfund hatte, über Liverpool nach Dublin
gebracht, wo es indes nur einige Wochen lebte. Es war
das erste und einzige Zwergnilpferd, welches überhaupt
jemals nach Europa gebracht wurde. Die größten Nilpferde dagegen kommen aus Ostafrika und aus dem Sudan.

Mit diesen großen Tieren, die ebenso wie ihre Verwandten, die Rhinozerosse, eine Disposition zum Wütend-
werden besitzen, ist nicht zu spaßen. Eines dieser Tiere hat
mich einmal zum Schnelläufer gemacht. Es war ein großes,
ausgewachsenes weibliches Tier, das ich vor etwa 25 Jahren erwarb. Es war in Hamburg angekommen und sollte
aus seinem Wagen in den Stall gebracht werden. Die
Dame war aber eigensinnig, hatte nicht nur ein dickes Fell,
sondern auch einen Dickkopf und wollte um keinen Preis aus
dem Wagen heraus. Hielt man ihr Futter hin, so setzte sie
zwar den Fuß auf die Laufbrücke und schnappte nach dem
Leckerbissen, zog sich dann aber wieder zurück. Einige Stunden ließ ich mir die Laune der dicken Schönen gefallen,
dann bekam meine Galanterie ein Loch, mir riß der Ge-
duldsfaden.

Nachdem alles gut vorbereitet und die kurze Strecke vom
Wagen zum Käfig auf beiden Seiten abgesperrt war, gab
ich meinen Leuten den Auftrag, dem Tiere von hinten ganz
heimtückisch mit einem Brett einen kräftigen Stoß zu versetzen, damit es der Schreck vorwärts triebe. Die Absperrung auf der einen Seite bestand in einem großen, mit
Draht bezogenen Holzrahmen, der abgestützt war und außerdem noch von zweien meiner Leute, die natürlich hinter dem
Gitter standen, gehalten wurde. Ich selbst stand unten an
der Brücke und lockte das Nilpferd mit einer Handvoll
Futter. Wieder kam es zwei Schritt vorwärts, schnappte
und wollte sich zurückziehen. In diesem Augenblick rief ich
dem Wärter zu, der Dame ganz ungeniert eins auf das
Hinterteil zu verabfolgen. Aber o weh! Sie verstand diese
Liebkosung falsch, flog mit weitoffenem Rachen und mit

solcher Vehemenz vorwärts, daß die Brücke unter ihr zusammenbrach. Jetzt wandte sie sich in ihrer Wut seitwärts
gegen die Leute, welche hinter dem Gitter standen, attackierte
das Gitter, dieses stürzte um und begrub unter sich die
beiden Leute. Schnaubend vor Wut ging das Tier jetzt
gegen die Wehrlosen vor, und schlimm hätte es für sie ab-
laufen können, wäre mir nicht blitzschnell der rettende Gedanke gekommen. Ich stand seitwärts in dem Gehege, in
welches das Tier hineingetrieben werden sollte, und über-
sah mit einem Blick die gefährliche Situation. Gelang es
mir nicht, das Tier von den gefallenen Leuten abzulenken,
dann war ein Unglück gewiß. Ohne Besinnen gab ich dem
Nilpferd einen mit voller Kraft geführten Stoß mit dem
rechten Fuß, und die Wirkung war erstaunlich. Mit Blitzesschnelle drehte es sich nach mir herum und sprang mit
offenem Rachen auf mich zu. Ich war auf meiner Hut und
lief, lief wie nie vorher in meinem ganzen Leben. Die
wütende Bestie hinter mir, sprang ich quer durch das Gehege, über das Bassin hinweg und auf der anderen Seite
durch das eiserne Gitter wieder hinaus, dessen Stäbe etwa
einen Fuß weit auseinanderstanden. Draußen lief ich wie
rasend um das Gehege zurück und schloß die Tür — das
Nilpferd war gefangen.

Dieselbe Nilpferddame bekam kurze Zeit darauf Besuch.
Neben dem Stall des Nilpferdes hauste ein Riesenkänguruh,
das eines Abends den Vorsatz faßte, seine imposante Nach-
barin mit der junonischen Figur zu besuchen. Da die Tür
verschlossen war, führte es ein wahres Turnerkunststück aus
und übersprang die sechseinhalb Fuß hohe Wand. Als ich
vom Wärter gerufen wurde, bot sich mir das seltsamste
Schauspiel dar. Das Känguruh stand vor dem Nilpferd
und ließ unausgesetzte kräftige Ohrfeigen auf seine große
Schnauze niederhageln. Und das Nilpferd wehrte sich nicht.
Mit einem Tritt seines Fußes oder mit einer kräftigen
Wendung seines enormen Kopfes hätte es das Känguruh
vernichten können, aber es war einfach starr, sprachlos, ver-
blüfft über die unglaubliche Frechheit des Eindringlings.
Eine ähnliche Verblüffung ergreift ja sogar den ahnungslosen, anständigen Menschen, wenn er plötzlich die Unver-
frorenheit irgendeines Lumpen über sich ergehen lassen muß.

Nachher, wenn er zur Besinnung gekommen ist, scheint es ihm unbegreiflich, daß er den Frechling nicht ohne weiteres mit einem Fußtritt an die frische Luft befördert hat. So ähnlich, natürlich in der gehörigen geistigen Abstufung, mag es auch dem Nilpferd ergangen sein. Mir bot sich in dem Intermezzo eins der lustigsten Schauspiele aus der Tierwelt, die ich je gesehen habe. Es galt aber, den un= gebetenen Besucher so schnell als möglich zu entfernen, ehe er den Zorn des Nilpferdes weckte, denn der wäre sein ge= wisser Tod gewesen. Schnell ließ ich mir das Seehunds= wurfnetz holen, mit dem ich Seehunde aus ihrem Bassin herauszufangen pflegte, baute mir ein Gestell, das ich flink bestieg, und operierte nun über die Wand hinweg so glück= lich, daß das Känguruh sich innerhalb weniger Augenblicke in dem Netz verwickelte und herausgezogen werden konnte.

Von einer weit ungemütlicheren Gesellschaft möchte ich jetzt ein wenig erzählen. Es sind Tiere, mit denen man keine Freundschaft schließen kann, im Gegenteil, es muß immer heißen: drei oder noch mehr Schritt vom Leibe, wenn man nicht zu Schaden kommen will — ich spreche nämlich von den Krokodilen. Vielleicht ist es ein Glück, daß ich schon in meiner Jugend von einem Krokodil einen Denkzettel er= hielt, der mir für mein ganzes späteres Leben eine heilsame Lehre war. Von einem nur zwei Fuß langen Krokodil wurde ich in den Zeigefinger der rechten Hand gebissen, aber ich machte mir nicht viel daraus. Und daran tat ich unrecht. Nach drei Stunden fühlte ich einen furchtbaren Schmerz nicht nur in dem gebissenen Finger, sondern im ganzen Arm, die Hand begann zu schwellen und die Schwellung sich gegen den Arm hin zu verbreiten. Jetzt erst wusch ich auf den Rat meines Vaters die Wunde mit eiskaltem Wasser aus und badete den Arm während der ganzen Nacht, denn an Schlummer war ohnedies infolge der furchtbaren Schmer= zen nicht zu denken. Der am nächsten Morgen hinzuge= zogene Arzt bezeichnete die vorgenommene Kaltwasser= behandlung als ein großes Glück, da der Arm in Gefahr gewesen sei. Die Geschwulst zog erst langsam ab.

Seitdem sind mehr als 2000 Krokodile durch meine Hände gegangen, und wie man sieht, bin ich von keinem verspeist worden. Trotz aller Vorsicht habe ich aber doch einen Fall

erlebt, wo ich ganz nahe daran war, den Krokodilen als
Futter zu dienen. Ich war gerade mit dem Einpacken von
zwanzig Alligatoren beschäftigt, die zur Zeit der vorletzten
Düsseldorfer Ausstellung im dortigen Zoologischen Garten
mit einer großen Reptiliensammlung zur Schau gestellt werden sollten. Diese Alligatoren waren sechs bis zehn Fuß
lang. Schon hatte ich sechs Stück der Tiere glücklich dem
Bassin entnommen, als etwas ganz Seltsames passierte, das
in tausend Fällen den gewissen Tod bedeutet hätte. Das
Ganze spielte sich viel schneller ab, als ich es hier erzählen
kann. Als ich das siebente Exemplar dem Wasser entnehmen
wollte, erhielt ich plötzlich einen so heftigen Schlag mit dem
Schwanz, daß ich kopfüber ins Bassin stürzte, und zwar der
Länge nach mitten zwischen die übrigen Krokodile. Es ist
unfaßbar, mit welcher Schnelligkeit der Mensch im Augenblick der Gefahr zu denken und zu handeln vermag. Gedanke
und Tat sind wie Blitz und Schlag. Schneller noch als hin-
eingestürzt, ja mit blitzartiger Geschwindigkeit arbeitete ich
mich aus dem Bassin wieder heraus — unversehrt. Die Krokodile waren gar nicht erst zur Besinnung gekommen. Hätte
mich auch nur ein einziges Tier angepackt, dann wäre ich
unrettbar verloren gewesen.

Bin ich auch selbst glücklicherweise nicht mit hineingezogen
worden, so habe ich doch Alligatorenkämpfe beobachten
können, bei denen mir nicht ganz wohl zumute war. Diese
Tiere sind in ihrer Wut unerbittlich, sie verbeißen sich wie
die Ameisen ineinander und lassen nicht los, wenn auch der
ganze Kopf darüber zerfleischt wird. Einem solchen Kampf
wohnte ich in den achtziger Jahren bei. Wir empfingen damals einen der größten Transporte dieser Tiere, annähernd
300 Stück Alligatoren in verschiedenen Größen. Die Tiere,
welche seit ihrer Gefangennahme in den Transportkästen ge-
sessen hatten, waren sehr bösartig geworden, ihr wütendes
Schnaufen klang etwa so, als wenn eine Maschine Dampf
abläßt. Vorsicht beim Auspacken war also doppelt geboten.
Die Kasten wurden einzeln in das Gehege hineingeschoben,
in welchem ein großes Bassin lag, das für die Aufnahme
der Tiere bestimmt war. Zunächst öffnete ich die Bretter
am Kopfende des Kastens, reizte die Tiere dann am anderen
Ende vermittels eines Stöckchens und setzte sie auf diese

Weise leicht in Bewegung. Alles schien gut zu gehen. Das
erste Tier kletterte aus seinem Kasten und verschwand im
Bassin. Die anderen machten es teils ebenso und gingen
direkt ins Wasser oder blieben am Rande auf dem Land
liegen. Als der fünfte und sechste Alligator zum Vorschein
kam, gingen die Tiere ohne ersichtlichen Grund wie bissige
Hunde aufeinander los, und nach wenigen Augenblicken
waren alle sechs Krokodile ein einziger sich wälzender
Knäuel, der unter Fauchen und Pusten und mit wild das
Wasser peitschenden Schwänzen auf und ab tauchte. Die
Tiere wüteten auf grauenvolle Weise. Sie packten sich
gegenseitig mit den starken Kiefern und rangen fast bis zur
Erschöpfung, dann drehte sich der stärker Gebliebene, ohne
loszulassen, im Wasser herum, daß der Kiefer des Unter-
legenen krachend und knirschend zerbrach. Hoch spritzte das
Wasser in die Luft und färbte sich langsam rot vom Blut
aus vielen schrecklichen Wunden. Ein Dazwischenspringen
gab es nicht, man mußte dem Kampf untätig zusehen. Alles,
was wir zu tun vermochten, war folgendes: wir ließen das
Bassin bis oben vollaufen, damit die Tiere mehr Schutz
unter dem Wasser finden konnten.

Am nächsten Morgen, nachdem das Wasser wieder abge-
lassen war, ward der ganze Schaden offenbar. Fast alle
Kämpfer waren auf der Walstatt geblieben, wenn auch vier
von ihnen noch lebten. Zweien waren die Unterkiefer und
teils auch die Oberkiefer in Stücke gegangen, und diese beiden Tiere hatten bereits ausgelitten. Zwei anderen Tieren
waren die Vorderbeine total abgedreht, sie hingen nur noch
an der Haut. Einem fünften war ein Auge ausgelaufen, und
dem sechsten endlich hatten die freundlichen Kameraden ein
Stück des Schwanzes heruntergerissen. Mit einem Wort,
alle waren gräßlich zugerichtet. Nach acht Tagen war nur
noch ein einziges Tier von den sechsen am Leben, dasjenige
mit dem verstümmelten Schwanz; es genas langsam, und
ich konnte es später zu Geld machen, freilich nur ein schwa-
cher Trost für den großen Verlust.

Zum Füttern der Tiere wählte ich möglichst heiße Tage
aus und bevorzugte die Abendstunden. Bewaffnet mit einem
Eimer voll kleingeschnittener Lungen von Rindern oder
Pferden, begab ich mich an das Bassin und warf die Stücke

in kurzen Zwischenräumen auf die Art ins Wasser, daß sie die Oberfläche klatschend berührten. Die Krokodile streckten dann ihre Köpfe hervor und schnappten nach der Lunge. Nachdem sie diese Fütterungsart kennengelernt hatten, kam eine andere daran. Fleisch, welches durch Draht an einer Holzstange befestigt war, wurde so lange auf dem Wasser hin und her bewegt, bis die Tiere die Nahrung erfaßten. Auch hieran gewöhnten sie sich meistens sehr bald. Mit der Zeit ging ich immer näher an das Bassin heran und habe es fertiggebracht, daß einzelne dieser wildgefangenen Tiere schon nach vier bis sechs Wochen sich von mir aus der Hand füttern ließen. Ein Freundschaftsverhältnis zwischen diesem Reptil und dem Menschen ist natürlich ganz und gar ausgeschlossen. Ich bin auch überzeugt, daß die Tiere zwischen dem hingehaltenen Fleisch und der Hand, welche das Fleisch hielt, wenig Unterschied gemacht haben würden, hätte man nicht die nötige Vorsicht walten lassen. Sie nahmen das Futter unter Fauchen, aber ohne besondere Bösartigkeit an, und das war alles.

Kleinere Krokodile, Tiere von etwa drei bis vier Fuß Länge, die im Schlangenhaus hinter Glasscheiben gehalten wurden, habe ich häufig schon nach acht Tagen dazu gebracht, daß sie auf ein leichtes Klopfen an die Scheiben sogleich nach vorn kamen und das Futter direkt aus der Hand nahmen. Übrigens sind diese gepanzerten Echsen sehr gefräßig. Ein neun Fuß langes, also gar nicht einmal sehr großes Exemplar hat es einmal fertiggebracht, vor meinen Augen zu einer Mahlzeit 43 Pfund Fleisch zu verschlingen.

Bei guter Pflege wachsen Krokodile sehr schnell. In völlig erwachsenem Zustand haben die Alligatoren eine Länge von zwölf Fuß. Man will zwar Tiere von vierzehn Fuß Länge geschossen haben, mir aber ist niemals ein größeres Exemplar als von zwölf Fuß Länge vorgekommen, und dies sah ich vor fünf Jahren im Zoologischen Garten in Neuyork.

Im Vergleiche mit den großen indischen Krokodilen im Ganges und im Brahmaputra sind die amerikanischen Alligatoren nur Zwerge der Sippe. Einen dieser Riesen hat ja Kipling zum Gegenstand seiner großartigen Tierschilderungen gemacht; sie heißt „Die Leichenbestatter", und der

Held ist eines jener großen Krokodile, Gaviale genannt, ein Riese von vierundzwanzig Fuß Länge, der im Strom unterhalb eines Inderdorfes liegt und das Dorf seit Menschengedenken brandschatzt. Das ist der „Mugger von Muggerghat". Das Ungeheuer lag „in einem Gehäuse, das aussah wie dreifach vernietete Dampfkesselplatten, mit Nägeln beschlagen, verkielt und verpecht; die gelben Spitzen der Oberzähne überragten anmutig den schön flötenförmigen Unterkiefer". Ich glaube, Kipling kommt der Wahrheit ziemlich nahe.

Kein Tier vielleicht hat in den modernen zivilisierten Ländern einst ein solches Aufsehen hervorgerufen wie die Giraffe. Nachdem durch die Zoologischen Gärten nun auch diese Tiere so bekannt geworden sind, daß sie manches großstädtische Bürschchen häufiger zu sehen bekommt als Kühe und Schweine, kann man sich kaum vorstellen, ein wie unglaubliches Staunen die ersten nach Europa gelangten Tiere beim Publikum erregten. Die groteske, an die vorweltlichen Riesen gemahnende Gestalt dieses Säugers macht das Staunen völlig berechtigt. Auf den ersten Blick erscheint dieses Tier ganz ungeeignet für die Gefangenschaft; wie Gulliver in Liliput, so tritt es in unsere auf viel kleinere Geschöpfe berechnete Kulturwelt. Man kann sich denken, daß die ersten Transporte dieser Tiere mit vielen Schwierigkeiten zu kämpfen hatten. Wollte man die Tiere nicht im Freien nächtigen lassen, so mußte man geeignete Räume für sie finden — aber wie und wo? Erwiesen sich doch alle Ställe als zu eng und niedrig. Selbst in solchen Ställen, die als wohlgeeignet gelten konnten, kam es zu eigenartigen und schmerzlichen Zwischenfällen. Wohl mag die Giraffe in der freien Natur ihr Haupt hoch tragen, ist sie doch, um das Laub der Bäume erhaschen zu können, auf den langen Hals angewiesen; in der Gefangenschaft aber kann er ihr zur Klippe werden. Vor Jahren, es war im Sommer 1876, verlor ich drei Giraffen auf einmal, alle drei gingen trotz sorgfältiger Pflege durch einen seltsamen Umstand zugrunde. Man fand die drei Tiere eines Morgens hilflos am Boden, noch lebend, aber alle drei mit zersplittertem Genick. Der Stall war hoch und breit genug, dennoch mußten die Tiere, vielleicht bei einer Balgerei, mit den Köpfen gegen die

Wand geschlagen sein und hatten sich dabei die zarten Hals-
wirbel gebrochen. Ähnliche Fälle erlebte ich noch zweimal,
und in allen blieb nichts übrig, als die Tiere sofort zu töten.

Die Giraffen können im übrigen durchaus nicht als zarte
oder überempfindliche Tiere gelten. Verschiedene Menagerien haben jahrelang Giraffen mit sich herumgeführt. Ein
Exemplar, welches ich an Barnum verkaufte, widerstand
volle acht Jahre den Strapazen des Umherreisens im Zeltzirkus und würde sicherlich noch viel länger ausgehalten
haben, wäre es nicht durch einen Unglücksfall ums Leben
gekommen.

Das sonderbare Tier, zu dessen stärksten Seiten nicht die
Klugheit gehört, ist fromm genug innerhalb seiner vier
Pfähle. Wenn es aus großen dunklen Augen, die unter
wagerechten Lidern wie unter zwei Dächern liegen, auf den
Beschauer niedersieht, wenn es im Gehege mit seinen Stel-
zenbeinen muntere Sprünge vollführt oder mit weitgespreiz-
ten Vorderläufen ein Blatt vom Boden aufnimmt, immer
ist es interessant und kurzweilig. Alles das ändert sich für
den, der eine Giraffe oder gar mehrere frei über die Straßen
zu führen hat. Leicht werden diese Geschöpfe scheu, und
ihre langen Beine, die sie schnell vorwärts tragen, sind
dann gefährliche Instrumente. Von kleinen und großen
Abenteuern, die mir auf Giraffentransporten begegnet sind,
könnte ich viel erzählen. Ernstes und Heiteres, und das
Heitere zuweilen mit einem bitteren Beigeschmack, wie die
folgende Episode.

Im Jahre 1876 verkaufte ich u. a. zwei große Giraffen
nach dem Zoologischen Garten in Wien, die ich selbst vom
Bahnhof aus durch den Tiergarten nach ihrem Bestimmungsort hinüberführte. Wie immer bei solchen Gelegenheiten, fand sich ein großes Gefolge von Neugierigen, die
sich an den Eskapaden der Tiere ergötzten. Solange die
Leute sich nur in gehöriger Entfernung halten und die Tiere
nicht durch mutwilligen Lärm unruhig machen, hat das
Gefolge nichts weiter auf sich. Freilich finden sich immer
einige Vorwitzige. So auch hier. Ein junger, geschniegelter
Herr, mit einem feingebügelten Zylinder auf dem Kopf,
wagte sich stets ganz nahe an die Tiere heran und war
durch keine Warnung zurückzuhalten, trotzdem die Tiere

unruhig wurden. Wenn die Giraffen zu springen anfingen,
sprang auch das neugierige Herrchen dicht hinterher. Die
Gefahr erkennend, rief ich dem Unbesonnenen mit lauter
Stimme zu zurückzubleiben. Umsonst. In diesem Augenblick
standen die Tiere plötzlich still, und das eine schlug mit
dem Hinterhuf nach dem Verfolger, und zwar so glücklich,
daß der Huf den Zylinder traf, der einen Augenblick in
der Luft umherwirbelte und dann zu Boden fiel. Noch sehe
ich den so gut Davongekommenen vor mir, totenbleich, seines
bißchen Geistes völlig beraubt, dann seinen Hut aufraffend
und schleunigst verschwindend. Nur um zwei Zentimeter
hätte der Mensch der Giraffe näher zu sein brauchen, dann
wäre nicht sein Zylinder, sondern vielleicht seine Hirnschale
in die Luft geflogen.

Die durchgebrannten Giraffen gehen in die Dutzende, und
wenn es auch weiter keinen Zweck hat, so lernt man dabei
doch das Laufen. Dazu muß man die Giraffen aber natürlich am Halfter haben. Mir fällt da eine kleine Episode
ein, die ich mit einer Giraffe in Suez erlebte, als ich sie von
den Stallungen nach dem Bahnhof überzuführen hatte. Das
Tier hatte bereits längere Zeit in Suez in einer Stallung
gestanden und war, wie Pferde, wenn sie lange nicht bewegt worden sind, ganz besonders mutig aufgelegt. Außerdem war es ein kräftiges Tier. Zwei Leute nahm ich zur
Hilfeleistung mit mir. Der Fehler aber, den ich beging, war
der: den langen Strick, an dem das Tier befestigt war,
hatte ich dummerweise mehrere Male fest um meinen Arm
geschlungen. An der anderen Seite des Halses gingen die
beiden Hilfsführer. Das Tier ging zunächst etwa zwanzig
Schritt ruhig mit, richtete sich dann plötzlich in die Höhe
und ging durch. Meine beiden Helfer, die sich natürlich nicht
festgebunden hatten, wurden zur Seite geschleudert, ich aber
mußte mit; nicht ich hatte die Giraffe am Strang, sondern
sie mich, in Riesensprüngen wurde ich neben dem Tier her-
geschleppt und hatte zunächst nur noch den einen Gedanken:
nicht zu fallen. Denn fiel ich, so wurde ich zu Tode ge-
schleift.

In einem entsetzlichen Galopp raste die Giraffe, und ich
natürlich mit, quer durch Suez. Zuerst ging es auf ein
wahres Gebirge zerbrochener Flaschen los und darüber

hinweg, dann durch die Straßen, um Ecken und Winkel, mitten in eine Volksmenge, die auseinanderstob, wohl zwei Kilometer weit. Mein Glück war es, daß ich gewandt und biegsam war; schließlich ging mir aber doch der Atem aus, und ich machte einen letzten, verzweifelten Versuch, mich von dem Strang zu befreien. Endlich gelang es, und ich fiel platt auf die Straße. Im nächsten Augenblick wäre es sicher um mich geschehen gewesen, denn als ich jetzt lag, konnte ich mich nicht wieder erheben, so ganz außer Atem war ich gekommen. Der Giraffe schien es aber nicht anders zu gehen, sie lief nur noch um etwa fünfzig Meter weiter und blieb dann in der Nähe einer Telegraphenstange stehen, wo sie sich von einem Negerjungen ruhig anbinden ließ. Damit war das Abenteuer zu Ende, einer Wiederholung ging ich dadurch aus dem Wege, daß ich sofort ein halbes Dutzend handfester Araber antreten ließ, die im Vereine mit mir und meinen eigenen Leuten, zusammen neun Mann hoch, weitere Fluchtpläne der unternehmungslustigen Giraffe vereitelten.

VI.

Dreffur wilder Tiere

Auch für die Tiere, die aus der freien Wildnis in die Gefangenschaft verfetzt werden, ist eine humanere Zeit angebrochen. Was man früher unter Dreffur verstand, verdiente diesen Namen durchaus nicht, viel eher hätte man alle jene Prozeduren als Tierquälerei bezeichnen dürfen, während die heutige Dreffur wirklich den Namen einer Schule verdient. Die Hilfsmittel der Tierbändiger früherer Zeiten waren Peitsche, Stock und glühend gemachte Eisen. Man kann sich denken, daß die Tiere niemals Vertrauen zu ihren Herren faßten, sondern ihre Peiniger nur fürchteten und grimmig haßten. Von einer Auswahl der einzelnen Exemplare war natürlich nie die Rede.

Das ganze Kunststück bestand darin, daß man die Tiere durch Schläge und durch Berühren mit dem heißen Eisen dermaßen in Furcht verfetzte, daß sie beim bloßen Anblick der Schreckmittel schon durch den Käfig flohen und dabei etwaige Hindernisse, mit denen man den Weg absperrte, übersprangen. Wenn die Tiere aber so weit gebracht worden waren, waren sie gewöhnlich schon arg zugerichtet. Vor vielen Jahren sah ich einmal in England auf einer Auktion vier „dreffierte" Löwen, denen die ganzen Schnurrhaare abgesengt und die Mäuler schrecklich verbrannt waren. Selbstverständlich gehörte es damals nicht zu den Seltenheiten, daß die Tierbändiger angefallen und zerfleischt oder zerrissen wurden. Die Löwen und Tiger, die auf solche Weise in der Gefangenschaft zu Menschenfressern wurden, trifft keinerlei Schuld; denn schließlich handelten sie nur in Notwehr, als sie ihre Peiniger anfielen. Der Grundcharakter der Raubtiere ist nicht bösartig, sie sind empfänglich für Freundschaft und Wohlwollen und erwidern Vertrauen mit Vertrauen.

In jungen Jahren habe ich vielfach Gelegenheit gehabt, sowohl in England wie in Deutschland, diese wilden Dressuren zu beobachten, und schon damals war in mir der Wunsch rege, die sinnlose Art der Behandlung der armen Tiere durch eine vernunftgemäßere zu ersetzen. In Hamburg wurde diese Art der Raubtierdressur vor vielen Jahren zuerst im Zirkus Renz durch den Dresseur Batty vorgeführt. Dieser Kühne — so muß man die damaligen Tierbändiger angesichts der tatsächlichen Gefahr, in die sie sich begaben, wohl nennen — arbeitete, wenn ich nicht irre, mit sechs Löwen. Aber auch seine ganze Dressur bestand darin, daß er die Löwen, nachdem sie durch Schreckmittel scheu gemacht waren, im Käfig umhertrieb, wobei sie dann über Barrieren setzten, die von draußen hineingeschoben wurden. Schließlich stand Batty in der Nähe des Ausgangs, feuerte hier aus einem Karabiner mehrere Schüsse ab und retirierte durch einen Vorhänge-Sicherheitskäfig aus dem Wagen. Das ganze Wunder einer solchen Vorführung bestand eigentlich darin, daß die Tiere nicht über den „Bändiger" herfielen.

Freilich gab es auch in der wilden Dressur verschiedene Auffassungen, wenn auch das System im allgemeinen das gleiche blieb. Es gab Leute unter den Dresseuren, die ihre Tiere gut behandelten, soweit es das System nur erlaubte, und sich jedenfalls von unnötigen Grausamkeiten fernhielten. Zu dieser Kategorie gehörte der Nachfolger Battys, nämlich Cooper. Durch kluge Beobachtung war er schon damals zu einer Maßnahme gekommen, die in der zahmen Dressur beinahe als ein Gesetz gilt. Wie man heute solche Tiere, die für eine Schulung nicht genügend Intelligenz besitzen, rechtzeitig aus den zusammengestellten Gruppen absondert, so entfernte Cooper diejenigen Tiere, die zu bösartig geworden waren und Unsicherheit in die Arbeit brachten.

Die Zeiten der Gewaltsdressuren sind jetzt vorbei, schon deshalb, weil man mit Gewalt nicht den hundertsten Teil dessen erreichen kann, was sich mit Güte erzielen läßt. Aus diesem Grunde habe ich aber seinerzeit die zahme Dressur nicht eingeführt, sondern es geschah aus Mitgefühl und aus der Erwägung, daß es einen Weg zur Psyche des

Tieres geben muß. Dieſer Weg führt nicht einmal abſeits.
Zwiſchen der Behandlung eines wilden und eines höheren
Tieres kann kein großer Unterſchied beſtehen, ihre Intelli-
genz iſt nur dem Grade, nicht der Art nach verſchieden.
Die Tiere beſitzen ein feines Unterſcheidungsvermögen in
bezug auf die Art, wie man ihnen begegnet, ſie ſind fähig,
Freundſchaften zu ſchließen, auch mit dem Menſchen, und
beſitzen ein mehr oder minder ſtark ausgeprägtes Erinne-
rungsvermögen. Auf dieſes ſtützt ſich die Dreſſur am mei-
ſten. Wie es mit der übertriebenen Gefährlichkeit wilder
Tiere ausſieht, darüber habe ich den Leſer bereits in dem
Abſchnitt über die Raubtiere in der Gefangenſchaft unterrichtet. Zwar klingt es widerſinnig, aber dennoch muß ich
es wiederholen, daß die meiſten großen Raubtiere von
Natur gutmütig ſind. Die Dreſſur verlangt von den wilden
Tieren allerdings etwas, was ihrem Weſen fremd iſt. Einem
Löwen im freien Waldesdickicht wird es nicht einfallen, auf
einem Pferde zu reiten, oder einem Tiger im Dſchungel,
durch einen Reifen zu ſpringen. Auch nicht jedes Tier, nicht
jeder beliebige Löwe oder Tiger eignet ſich zur Ausführung
von Kunſtſtücken. Manche ſind ungeſchickt, viele gewöhnen
ſich nie an Gehorſam, andere ſind nervös oder vergeſſen
das Erlernte von heute auf morgen.

Die individuelle Auswahl der zur Dreſſur geeigneten
Tiere iſt ſo recht eigentlich eine Errungenſchaft der neuen
Schule. Nur wer die Gabe beſitzt, dieſen eigentümlichen
Charakter im Tiere beobachten zu können, hat Talent und
Beruf zum Dreſſeur. Als ich die zahme Dreſſur einführte,
beſtand meine Aufgabe nicht nur darin, an die Stelle von
Peitſche, Knüppel und glühendem Eiſen eine freundliche,
gerechte Behandlung der Tiere, geſtützt auf das Syſtem von
Belohnung und Strafe, zu ſetzen, ſondern auch in der Auf-
gabe, den Charakter jedes einzelnen Tieres zu ſtudieren.
Bei Dreſſeuren, die dieſen Namen überhaupt verdienen, ge-
ſchieht das heute allgemein. Vom erſten Augenblick an,
wenn die Tiere in die Hand des Dompteurs gelangen,
wollen ſie beobachtet ſein, und nach dem Reſultat dieſer
Beobachtung richtet ſich im einzelnen die Behandlung. Wie
Kinder, ſo verlangen einzelne Tiere mehr aufmunternde
Liebkoſungen als andere, manche wollen infolge eines ſtör-

rischen, wenn auch nicht bösartigen Charakters mit Strenge
behandelt sein.

Werfen wir einmal einen kurzen Blick auf die ersten
Stunden in der Dressurschule. Die Tiere, welche zu einer
Gruppe zusammengestellt werden sollen, lauter jugendliche
Exemplare, sind nach ihrer äußeren Schönheit ausgewählt
und für ihren Beruf als Artisten bestimmt worden. Nehmen
wir an, es seien Löwen, Tiger, Panther, Leoparden, Eisbären und Hunde. Vor allem gilt es, die Tiere miteinander
bekannt zu machen; denn ließe man sie alle auf einmal unvorbereitet in einen gemeinsamen Käfig, so würde ohne
weiteres die gefährlichste Balgerei entstehen. Die Tiere
werden also in einer Reihe von Einzelkäfigen untergebracht,
die aber nur durch Gitterstäbe voneinander getrennt sind.
Alle können einander sehen und in ihrer Sprache miteinander sprechen. Der Dompteur hat Zeit, sich mit jedem
einzelnen seiner Zöglinge zu beschäftigen und ihn durch
Besuche und Liebkosungen an sich zu gewöhnen. Nach ge-
raumer Zeit kommen die Tiere zur ersten Schulstunde gemeinsam in eine große Arena, selbstverständlich unter Auf-
sicht ihres Lehrers. Wie in der Schule für kleine Kinder
wird aber auch hier in der ersten Stunde noch nicht gearbeitet, die Tiere lernen sich jetzt erst näher kennen, spielen miteinander und mit dem Lehrer und machen sich mit
der neuen Örtlichkeit vertraut.

Vom ersten Augenblick dieses Beisammenseins an hat
der Dompteur ein wachsames Auge auf jedes einzelne Tier.
Häufig hat er Gelegenheit, mit einer noch freundschaftlichen
Mahnung Auseinandersetzungen zwischen den Tieren zu
verhindern. Alle jungen Tiere, überhaupt alle Tiere, besitzen
eine große Zuneigung zum Spielen, aber sie erzürnen sich
auch leicht miteinander. Hier naht sich ein Eisbär mit
tölpelhaftem Schritt einem Löwen und möchte ihn an der
Mähne zausen, der Löwe versteht die Berührung falsch und
versetzt dem Kollegen aus dem Norden eine Ohrfeige.
Sofort ist der Dompteur da und macht den Löwen durch
einen wohlgemeinten Rippenstoß darauf aufmerksam, daß
man hier höflich zu sein hat. Einem Tiger, der von Natur
vielleicht ein kleiner Rowdy ist, fällt es ein, dem friedlich
neben ihm hertrottenden Leoparden eins mit der Tatze zu

versetzen, der Leopard faucht wütend und duckt sich zum
Sprung, aber schon ist der Lehrer da und treibt die Kampf-
hähne auseinander. Schon bei diesem ersten Zusammensein
kann man sich ein oberflächliches Bild von den Charakteren
der einzelnen Tiere machen und die Friedfertigen von den
Angriffslustigen, die Gehorsamen von den Widersetzlichen
unterscheiden. Bei der Dressur entscheidet aber nicht nur der
Charakter, sondern hauptsächlich auch das Talent. In der
zweiten Stunde sind die Geräte und Dekorationsstücke bereits in der Arena aufgestellt, denn der Plan der Vorführung muß natürlich bis in alle Einzelheiten fertig sein,
ehe man überhaupt mit der Dressur anfängt. Eine Gruppe
von Böcken ist treppenartig aufgestellt, an der Seite liegt
eine Tonne, auf deren Rücken einer der Tiger balancieren
lernen soll. Der Dompteur ist mit einer Peitsche und einem
Stock ausgerüstet, viel wichtiger aber ist die Ledertasche,
die er sich an einem Riemen um den Leib geschnallt hat,
denn sie enthält kleine Fleischstückchen. Die Tiere werden
in die Arena gelassen und schauen mit Staunen den impo-
santen Bau an. Es geht aber sofort an die Dressur, denn
nur in der Arbeit kann der Dompteur sich ein feststehendes
Urteil über seine Tiere bilden. Auf der obersten Stufe der
Pyramide aus Holzböcken soll ein Löwe stehen. Auf den
beiden zweithöchsten zwei Tiger, unten zwei Leoparden,
und davor auf zwei Böcken sollen die Eisbären sitzen, während die Hunde über die Leoparden hinwegspringen. Eine
unendliche, überhaupt gar nicht zu beschreibende Geduld
wird dazu gehören, alle die verschiedenen Tiere dazu zu
bringen, daß sie ihren Platz einnehmen, ruhig auf demselben verharren und nicht eher herabsteigen, bis sie dazu
den Befehl erhalten. Nicht weniger Geduld wird es in Anspruch nehmen, es dem Tiger begreiflich zu machen, daß
er sich auf der rollenden Tonne im Gleichgewicht halten
muß und nicht herabspringen darf.

Vom ersten Anfang an muß jeder Schritt, den eines der
Tiere tun soll, berechnet sein. Denn die Vorführung stützt
sich später auf die Gewohnheit, die in dem Tiere fest ein-
gewurzelt sein muß. Schon vom Augenblick der Auswahl an
hat man den vierbeinigen Artisten Namen gegeben, bei
denen sie gerufen werden, und jedesmal, wenn etwas von

ihnen verlangt wird, bekommen sie ihren Namen zu hören,
damit das Ohr sich an den Klang gewöhnt. Zuerst, nachdem
die Tiere in die Arena eingetreten sind, gilt es, jedem einen
festen Platz zu geben. Zu diesem Zwecke sind an den Wänden niedrige Böcke aufgestellt, die in jeder Vorstellung un-
weigerlich auf derselben Stelle stehen müssen. Jedem Tiere
muß gelehrt werden, sich auf den für ihn bestimmten Bock
hinzusetzen und nach jedem Trick, den es ausgeführt hat,
oder nach jeder Szene, in der es mitgewirkt hat, selbständig
auf diesen Bock zurückzukehren. Der Dompteur tritt auf
einen der Löwen zu, spricht begütigend mit ihm und hält
ihm ein Stückchen Fleisch vor, mit dessen Hilfe er ihn nach
dem Bock zu führen sucht. Vielleicht wendet er auch schärfere
Maßregeln an und packt den Zögling am Fell, um ihn auf
diese Weise nach seinem Bestimmungsort zu geleiten. Die
Belohnung ist aber noch nicht verdient, das Tier muß den
Bock erklettern; erst wenn es dies getan hat, erhält es ein
Stück Fleisch. Noch hat es keine Ahnung, daß es auf dem
Bock sitzenzubleiben hat, und auf die zahllosen Versuche,
herabzusteigen und frei herumzulaufen, folgt immer wieder
das mühsame Locken, Zurückführen und Auf-den-Bock-
bringen, bis das Tier es endlich zu begreifen anfängt, was
man von ihm verlangt. Und auf diese Weise muß jedes
einzelne Tier, das zur Gruppe gehört, zunächst an seinen
Platz gewöhnt werden.

Sind endlich, nach langen Mühen, alle Tiere der Gruppe
dahin gebracht worden, daß sie auf ihren Böcken Platz
nehmen und dort bleiben, dann erwächst häufig eine neue
Schwierigkeit. Gewöhnlich befinden sich in jeder größeren
Gruppe einige Streitmacher, die es nicht fertig bringen,
ruhig neben ihren Kameraden zu sitzen. Auch diese Stören-
friede müssen durch andere Tiere ersetzt werden, damit der
Friede bewahrt bleibt. Und nun endlich geht es in die
höhere Klasse; der Elementarunterricht, der darin besteht,
Platz zu nehmen und sich anständig zu betragen, ist beendet.
Jetzt erst muß es sich zeigen, welche von den Zöglingen
wirklich Intelligenz und Talent besitzen, denn meistens
stellt es sich erst im Verlaufe der höheren Dressur heraus,
welche Tiere man wieder hinauskomplimentieren muß. Jedenfalls ist inzwischen so viel erreicht worden, daß die

Tiere nicht anders als Haustiere auf ihren Namen hören,
aufs Wort gehorchen und, ſolange man ſie nicht braucht,
auf einem beſtimmten Platz ſitzenbleiben. Bei der Arbeit,
die einzelnen Phaſen der lebendigen Pyramide auszubauen,
oder bei dem Verſuch, den Tiger auf die rollende Tonne
zu bringen, fängt alles wieder von vorn an, und jeder
Schritt muß hundertfach wiederholt werden, obgleich die
Intelligenz und das Gedächtnis der Tiere ſtark mithilft.
Je geduldiger und gütiger der Dompteur iſt, deſto mehr
Vertrauen werden die Tiere zu ihm faſſen; iſt ſeine Güte
aber nicht mit Strenge gepaart, die ſich Gehorſam zu er=
zwingen weiß, dann wird der Vorführung die Sicherheit
mangeln. Die Furcht der Zöglinge vor ihrem Lehrer darf
nicht ausgeſchaltet werden, in jedem Augenblicke müſſen
ſich die Tiere der Tatſache dunkel bewußt ſein, daß eine
Auflehnung gegen den Willen des Gebieters unmöglich iſt.
Wenn man ſich nun die vielen Bewegungen vergegen=
wärtigt, welche die zahlreichen Tiere einer großen Gruppe
ausführen müſſen, und daß jeder Schritt mit Güte und
Langmut und durch endloſe Wiederholungen einſtudiert
werden mußte, dann erhält man vielleicht eine Ahnung von
der engelhaften Geduld, die ein moderner Dompteur beſitzen
muß. Kaum iſt es nötig, hinzuzufügen, daß dieſe Geduld
nur bei ſolchen Menſchen zu finden iſt, die ihre Tiere lieben.
Wie zahm aber auch die Tiere während der Schulung ge=
worden ſind und wie gut ſie ſich untereinander auch ver=
tragen, immer bleiben es von Natur wilde Tiere, deren
Charakter bis zu einem gewiſſen Grade unberechenbar iſt
und von denen viele bei zunehmendem Alter doch gefährlich
werden. Ein guter Dompteur muß die Veränderungen, die
mit ſeinen Tieren vorgehen, rechtzeitig bemerken, wenn er
nicht zu Schaden kommen will.

Wie ſicher man bei einer geſchickten und vorſichtigen Be=
handlung der Tiere arbeiten kann, das zeigt am beſten meine
eigene Praxis. Viele dreſſierte Tiere und insbeſondere viele
große Dreſſurgruppen ſind aus meiner Schule in die Welt
gegangen, und eigentlich ſind in den Vorſtellungen, die nach
Hunderten oder Tauſenden zählen, nur zweimal Unfälle vor=
gekommen; von dieſen zwei muß ich noch einen abrechnen,
da er einem Manne aus dem Publikum begegnete, der ſich

ohne mein Vorwissen und gegen das strenge Verbot in den
Raubtierkäfig begeben hatte. Ein junger Engländer fühlte
während der Weltausstellung in Chikago im Jahre 1893
das brennende Verlangen, einer Raubtiergruppe im Käfig
einen Besuch abzustatten. Da ihm das auf geradem Wege
nicht gelang, griff er zur List. Während der Mittagspause
machte er es möglich, den Käfig unbemerkt zu öffnen und
hineinzuschlüpfen. Der Besuch bekam dem Ärmsten schlecht.
Kaum hatte er den Käfig betreten, als er sich in den Klauen
eines Löwen sah. Es gab ein großes Geschrei, das glücklicherweise den Dompteur der Gruppe blitzschnell herbeirief,
und dieser Umstand rettete den Verunglückten, denn dem
Dompteur gelang es, den Löwen von seiner Beute abzu-
bringen. Der junge Engländer mußte seinen Besuch im
Raubtierkäfig mit einem dreimonatigen Krankenlager im
Hospital bezahlen.

Einen Unfall, der mehr auf unser eigenes Konto kommt,
erlitt mein Schwager Heinrich Mehrmann, der bekanntlich
einer der ersten und auch der tüchtigsten war, welche die
zahme Dressur ausführten. Mehrmann führte während der
Berliner Gewerbe=Ausstellung im Jahre 1896 eine gemischte größere Gruppe von Raubtieren vor. In dieser
Gruppe befand sich ein schwarzer Bär, der mir bereits als
ein etwas unsicherer Kantonist aufgefallen war. Ich war
der Meinung und teilte dies auch Mehrmann mit, daß der
Bär aus der Gruppe entfernt werden müsse. Sei es nun,
daß Mehrmann die Entfernung als unbequem noch etwas
hinausschob, oder sei es, daß er meiner Wahrnehmung
keinen genügenden Grund beilegte, genug, nach sechs Tagen
hatten wir die Bescherung. Der Bär attackierte seinen Herrn
und brachte ihm ein paar Wunden bei, an denen er vier
Wochen im Hospital daniederlag. Das ist aber auch alles,
was an Unfällen bei unseren Dressurvorführungen vorgekommen ist, und manchen Leser, der sich die Sache viel
schrecklicher vorgestellt hat, wird dies Bekenntnis wunder-
nehmen.

Mein Bruder Wilhelm Hagenbeck hat die großen Gruppen dressierter Eisbären zuerst im Zirkus eingeführt. Er hat
in dieser Beziehung wirklich Bedeutendes geleistet. Durch
ihn hat es sich herausgestellt, daß die Eisbären, welche

früher als unzähmbar verschrien waren, sich schließlich durch geduldige und gute Behandlung als recht gelehrige Kerle erwiesen.

Ehrlicherweise möchte ich erwähnen, daß ich selbst als eigentlicher Dresseur nicht in Betracht komme. Dagegen sind viele Dresseure, die ihren Beruf mit Glück und Geschick aus- üben, aus meiner Schule hervorgegangen; sie haben von der Pike auf bei mir gedient und von mir ihren Unterricht empfangen, wie man die Tiere, ihrer Natur entsprechend, behandelt. Fast immer ging ich selbst mit in den Käfig und gewann Fühlung mit den Tieren.

Mir fällt da eine kleine Episode ein, über die ich noch heute in der Erinnerung lächeln muß. In meinem Lokal am Neuen Pferdemarkt erhielt ich an einem schönen Sonntag- nachmittag eine Gesellschaft von Offizieren mit ihren Damen zum Besuch, die ich durch den ganzen Tierpark führte. So kamen wir auch an die Manege, die gerade eine Gruppe von zwölf jungen Löwen enthielt. Die Tiere waren für die Chikagoer Weltausstellung bestimmt, aber noch ungeschult. Als ich mich dem Käfig genähert hatte, kamen die Löwen an das Gitter, wie es ihre Gewohnheit war, um sich von mir liebkosen zu lassen. Da meinte einer der Offiziere: „Na, na, mit dem Gitter zwischen Ihnen und den Tieren ist die Geschichte ja nicht weiter gefährlich, aber hineingehen wür- den Sie doch wohl nicht!" Lächelnd erwiderte ich: „Dabei wäre auch weiter nichts. Die Tiere sind für eine neue zahme Dressur bestimmt, sie kennen mich und würden mir gewiß nichts tun." Ringsumher ungläubige Gesichter, irgendein un- gläubiger Thomas in Uniform sagte so etwas wie: „Reden und riskieren ist zweierlei." Das war eine Herausforderung, auf die ich nur noch antwortete: „Hätte ich nicht gefürchtet, daß der neue Anzug, den ich gerade auf dem Leibe habe, bei der Geschichte flöten geht, dann wäre ich schon längst im Käfig. Passen Sie mal auf."

Bei den letzten Worten war ich schon an der Käfigtür, öffnete sie, trat ein und riegelte hinter mir ab. Während draußen vor dem Gitter die Gesichter auf einmal lang wur- den, umringten mich meine zwölf Löwen wie ebensoviel Hunde. Ich hatte Mühe, mir ihre plumpen Zärtlichkeiten fernzuhalten, bald hatte ich die Gesellschaft unter Kommando und führte nun mit leeren Händen, wie ich war, einige Tricks mit ihnen aus, Anfangssachen, die den Tieren bereits beigebracht waren. Wie ich es vorausgesehen hatte, bekam meinem Anzug dieser Löwenbesuch sehr schlecht, denn da die Tiere gerade in der Haarung begriffen waren, sah ich selbst bald aus wie ein Löwe. Als ich wieder im Garten anlangte, wurde ich, wie dies so häufig geschieht, mit hundert Fragen über die Tierdressur bombardiert.

Die erste Gruppe verschiedener Tiere stellte ich in den siebziger Jahren zusammen; sie bestand aus zwei gestreiften Hyänen, zwei Hunden, zwei braunen Bären und einem jungen Lippenbären. Schon in ganz jugendlichem Alter wurden diese sieben Tiere zusammengetan, sie kannten das Leben gar nicht anders als in Gemeinschaft miteinander, und bei der Zusammengewöhnung in zartestem Alter kann man ja auch Tiere befreunden, die durch ihre Natur miteinander verfeindet zu sein scheinen.

Auf einem ganz anderen Blatte steht und zu hochinteressanten Experimenten führt Zusammenstellung von Raubtieren mit Haustieren: Gegensätze, die einander in der Natur ausschließen. Der Löwe, der in der Wildnis den Stier als seine Nahrung betrachtet, muß sein Wesen gänzlich verleugnen, wenn er diesem Tier, das alle seine wilden Instinkte aufregt, freundlich und friedlich begegnen soll. Die friedliche Ziege, die sich von milden Kräutern nährt, soll furchtlos dem blutgierigen Tiger entgegentreten, während alles in ihr sich gegen diese Begegnung sträubt und selbst die Ausdünstung des Raubtieres sie abschreckt. Der wilde Panther und das fromme Schaf sollen Spielgefährten werden, der eine soll seine Gier, das andere seine Furcht vergessen. Und doch hat die zahme Dressur auch diesen Triumph davongetragen. Es ist möglich und geschieht ja auch schon, Raubtiere und Haustiere aneinander zu gewöhnen. Meinen ersten derartigen Versuch machte ich im Sommer 1891. Es war bereits gelungen, zwei Tiger, drei Löwen, zwei schwarze Panther, zwei Leoparden, drei Angoraziegen, zwei schwarzköpfige Somalischafe, ein indisches Zwergzebu, ein Shetlandpony und zwei Seidenpudel aneinander zu gewöhnen, selbstverständlich lauter junge Tiere, teilweise erst im Alter von sechs bis acht Monaten. Die Gruppe war fast fertig,

der größte Teil der Raubtiere bereits dressiert, als die
Arbeit von einem Unglück fast ganz zunichte gemacht wurde.
Die meisten Raubtiere gingen an Brechdurchfall und
Krämpfen zugrunde, und was ich schließlich an Überbleib-
seln noch in der Weltausstellung zu Chikago vorführen
konnte, eignete sich nicht mehr für große Effektstücke.

Kaum gibt es ein Tier, das menschliche Intelligenz und
Geduld nicht bis zu einem gewissen Grade zu zähmen ver-
möchte. Hat man doch selbst Alligatoren vorgeführt, zu
denen ein Mann hinabsteigt, um sie zu füttern. Ganz groß-
artig haben sich verschiedene Robbenarten in der Dressur
bewährt. Man sollte meinen, diese Tiere besäßen einen besonders ausgeprägten Sinn für die Kunst des Jonglierens,
jedenfalls nehmen sie es darin mit jedem menschlichen
Jongleur auf. Wer hat nicht schon im Zirkus Robben
bewundert, die verblüffend gewandt allerlei Gegenstände
auf der Schnauze balancieren und mit geradezu mathemati-
scher Sicherheit Bälle emporschnellen und wieder auffangen.

Wie sich zwischen den Tieren einer dressierten Gruppe
Freundschaften zu ihrem Dresseur entwickeln, so entstehen
dabei auch andererseits solche der Tiere untereinander, und
der Dresseur tut gut, wenn er jene Tiere, die eine gegen-
seitige Zuneigung zeigen, möglichst zusammen arbeiten läßt.
Solange solche Freundschaften Tiere verwandter Art um-
fassen, sind sie für niemanden überraschend. So entsinne ich
mich z. B. eines Kronenkranichs und eines Straußes aus
Westafrika, die schon im Gehege, nicht etwa während ver-
suchter Dressur, unzertrennliche Freunde geworden waren;
dann ein andermal wieder eines Kranichs und einer Gans.
Etwas auffallender und interessanter war schon die Freundschaft, die ein Elefant mit einem Pony geschlossen hatte.
Die Gesellschaft dieses Ponys war ein direktes Lebens-
bedürfnis für den großen Dickhäuter geworden; er verfiel
in Melancholie und verweigerte die Nahrungsaufnahme,
wenn er von seinem kleinen zierlichen Gefährten getrennt
wurde. Die erste gemischte Raubtiergruppe, die noch mein
Vater zusammenstellte, bestand aus einem großen Bengal-
tiger, einem indischen bunten Panther und einem Foxterrier.
Diese drei Tiere waren durch innige Freundschaft verbunden, der Terrier fraß an demselben Knochen wie der Tiger,

und dieser dachte nie daran, seinem kleinen Kameraden ein Leid anzutun. Sehr viel erstaunlicher ist es nun, wenn man Tiere miteinander „arbeiten" sieht, die von Natur zu den grimmigsten Gegnern bestimmt sind. Bei Haustieren läßt sich die Unterdrückung dieser angeborenen Feindschaft leichter begreifen. So wird es wohl niemanden geben, der nicht schon im Zirkus oder im Varieté Hunde und Katzen zu gemeinsamen Vorführungen vereinigt gesehen hätte. Viel eindrucksvoller wirkt es aber, wenn man in modernen, großen, gemischten Tiergruppen Tiger und Löwen mit Pferden und Ziegen friedlich zusammen arbeiten sieht. Solche Leistungen gehören denn auch zu den höheren Stufen der zahmen Dressur. Aber auch hier erreichte ich meine Erfolge durch dieselben einfachen, liebevoll auf den Charakter der Tiere eingehenden Mittel und durch Anwendung des maßgebenden Einflusses, nämlich der Gewöhnung.

Noch folgsamer und gewandter als Seehunde sind die kalifornischen Seelöwen. Diese Art ist es auch, von der man im Zirkus die großartigsten Tricks ausführen sieht. Es gewährt ein reizendes Bild, die jungen Tiere mit ihren Müttern im Bassin spielen und sich umhertummeln zu sehen.

Den ersten großen Seelöwen erhielt ich im Jahre 1880 von meinem alten Freund Barnum in Tausch; es war überhaupt der größte Seelöwe, den ich je gesehen habe. Das Tier war über sechs Zentner schwer. Schon als es ankam, war es ganz zahm und befreundete sich bald derart mit meinem Vater, daß es hinter ihm herlief wie ein Hund. Meinem Vater bereitete es großes Vergnügen, sich mit diesem Seelöwen zu beschäftigen, er vertraute ihn auch keinem Wärter an und besorgte die Fütterung selbst. Schließlich kam es aber doch zu einem Eklat. Es war an einem Sonntag. Gerade umstanden einige hundert Besucher das Gehege des Seelöwen und beobachteten die Fütterung. Mein Vater warf dem Tiere die Fische, die er einem Korbe entnahm, in weitem Bogen zu. Als er den Korb zur Hälfte entleert hatte, drehte er sich um und schickte sich an, das Gehege zu verlassen. Während er aber ahnungslos dem Ausgang zuschritt, bereitete sich hinter ihm etwas Entsetzliches vor. Der Seelöwe rutschte blitzschnell hinter meinem Vater her, packte ihn im Rücken und riß ihm mit

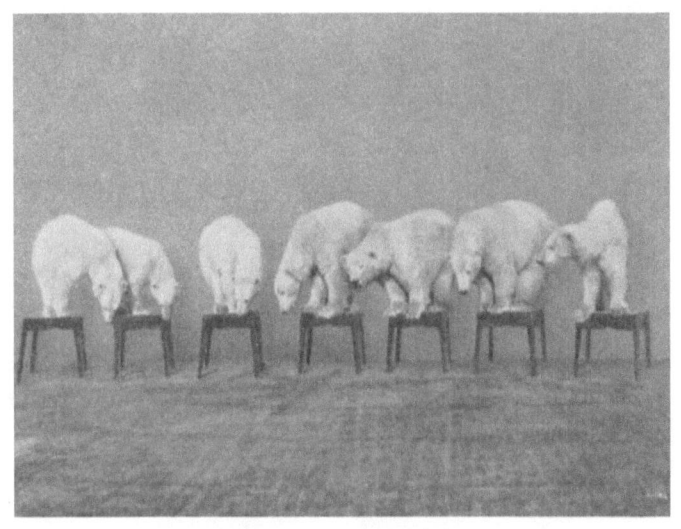

Dressierte Eisbären

Strauße im Schnee

Moritz I

einem Ruck Rock, Hoſe und Hemd von einer Stelle ſeines
Körpers weg, die man nicht öffentlich zu zeigen pflegt. Im
nächſten Augenblick biß ſich der Seelöwe an dem Korbe feſt,
entriß ihn der Hand meines Vaters und begann nun in
aller Gemütsruhe den Reſt der Fiſche zu verzehren, während mein Vater ſich ſchleunigſt in eine Schbude zurückzog,
wo ihm anſtändigerweiſe nichts weiter übrigblieb, als ſeinen
Rücken der Wand zuzukehren. Ich kam ihm bald mit einem
anderen Anzug zu Hilfe, und nachdem er ſich in ſeiner
Bube umgekleidet hatte, erſchien er zum Gaudium des
Publikums wieder auf der Bildfläche. Der Angriff des
Seelöwen war durchaus nicht auf eine bösartige Neigung
zurückzuführen, ſondern hatte ſeinen Grund in einem Fehler,
den mein Vater gemacht hatte. Es war verkehrt, mehr Fiſche
mit ins Gehege zu nehmen, als für den Seelöwen beſtimmt
waren. Das Tier wollte nichts als die Fiſche, die es im
Korbe bemerkt hatte. Ein weiterer Angriff iſt denn auch
nicht vorgekommen, es wurden aber auch in Zukunft nie
mehr Fiſche mitgenommen, als verfüttert werden ſollten.

VII.

Von Zucht und Akklimatisation

Wer hätte es vor wenigen Jahren geglaubt, daß es möglich sei, Strauße im Winter bei jeder Temperatur ins Freie zu lassen? Aber in Stellingen kann man jetzt allwinterlich nicht nur Strauße, sondern Löwen, Tiger, Antilopen und andere tropische Tiere sich im Freien tummeln und Schneebäder nehmen sehen, denn zu allen Jahreszeiten ist es in das Belieben der Tiere gestellt, sich in einem Schutzraum aufzuhalten oder ins Freie zu gehen. Sicherlich besitzt kein Mensch ein so feines Empfinden für Witterungseinflüsse wie die Tiere, die der großen, freien Natur entstammen, und bald wird man es nicht mehr begreifen können, daß man diese Wildlinge, nachdem sie in die Hand des Menschen gefallen, in kostspielige Wärmhäuser und dergleichen einschloß.

Als ich dann in der Mitte der sechziger Jahre meine erste Reise nach England machte, sah ich in einer Menagerie deren Eigentümer Day hieß, einen großen Schimpansen mitten im Winter im Freien sich umhertummeln. Das Tier wälzte sich im Schnee auf dem Dache der Leinwandbude. War es ihm schließlich zu kalt geworden, dann zog es sich in die Bude zurück und suchte einen Platz in der Nähe des Ofens. Der Schimpanse handelte nicht anders als ein Mensch, der die Wärme sucht, nachdem er sich freiwillig und mit Lust ordentlich hat durchfrieren lassen, und zwar in dem Gefühle, daß dies seiner Gesundheit zuträglich sei. Diese kleine Episode gab mir zu denken.

Später beobachtete ich in Münster (Westfalen), wie die Insassen des Affenhauses auch im Winter ins Freie hinausgelassen wurden. Die Außenkäfige waren mit den Innenkäfigen durch Klappen verbunden, welche die Tiere selbst aufhoben, um nach Belieben den Raum zu wechseln. Im

inneren Raum herrschte stets eine Temperatur von zehn bis
fünfzehn Grad Reaumur Wärme; die Tiere scheuten sich
aber nicht, das Freie aufzusuchen, wenn draußen, wie es
einmal vorgekommen ist, zwanzig Grad Kälte herrschte.

Zum Nachdenken über die Frage, ob die Tiere wärmerer
Länder zu ihrem Vorteil auch unserer winterlichen Temperatur ausgesetzt werden dürften, bin ich von Anfang meiner
Laufbahn an angeregt worden. Der Gedanke war schon
lange in mir geformt, zum Entschluß aber, zur Ausführung,
verhalf mir wieder die liebevolle Beobachtung meiner Tiere
und der Zufall. Es war noch in den Anfängen meines In-
stituts am Neuen Pferdemarkt, als ich eines Tages im
September einen Saruskranich aus Indien bekam, diesen
schönen, großen, blaugrau gefiederten Vogel, mit seinen lebhaft gefärbten, roten Backen. Das Tier war im offenen Gehege, am sogenannten Seehundsteich, untergebracht und
blieb auch dort bis zum Anfang des Winters. Eines Tages
mußte ich, wie so oft in meinem Leben, unvorbereitet ver-
reisen. Als ich nach etwa einer Woche zurückkehrte, hatte
der Winter begonnen. Es war aber schon spät in der Nacht,
ich, müde von der Reise, sehnte mich nach dem Bett und
versäumte es einmal, meiner sonstigen Gewohnheit zuwider,
die abendliche Revision unter meinem Tierbestande zu
halten. Morgens früh weckte mich der unverkennbare charak-
teristische Schrei meines Kranichs. Ich fuhr aus dem Bett
und sah durch die mit Eisblumen bedeckten Fenster zu
meinem Schreck in einen kalten Wintermorgen hinaus. Das
Thermometer am Fenster zeigte sechs Grad Reaumur unter
Null. Mein armer Kranich, dachte ich, er wird zu einem
Eisklumpen erstarrt und mit abgefrorenen Beinen auf dem
harten Boden liegen. Ich stürzte notdürftig bekleidet hinaus,
und man denke sich meine freudige Verwunderung, mein
Erstaunen über den Pfiffikus von Kranich, der mich wegen
meiner Sorge und meines Mitleids gewissermaßen auszu-
lachen schien. Froh herumspringend und tanzend, seine lauten
Kriegsrufe in die klare Winterluft schmetternd und mit den
Flügeln flatternd, begrüßte er mich. Siehe da, dachte ich
mir, mein lieber Kranich, wenn dir's bei sechs Grad Kälte
so gut geht, wollen wir nicht so törichtes Mitleid haben,
dich wegen unseres Winters deiner schönen Freiheit zu be-

rauben und dir nicht die stärkende Kur frischer Winterluft
entziehen! Ich richtete ihm in seinem Gehege eine wind-
geschützte, aber nach der Südseite offene Ecke zum Lager
ein, die mit Stroh beschüttet wurde. Der Winter blieb andauernd kalt und streng, meinem Kranich fiel es aber nicht
einmal ein, die Windschutzecke zum Quartier zu nehmen.
Ob Wind und Sturm, ob Schnee, Regen oder Hagel, mein
Kranich blieb draußen und gedieh dabei ganz prachtvoll.
Diesem Kranich verdanke ich den ersten Anstoß zu meinem
jetzt systematisch ausgebauten System der Freiluft.

Nach diesen Beobachtungen begann ich meine eigenen
Akklimatisationsversuche, die inzwischen einen großen Umfang angenommen und bei der Gründung des Tierparks in
Stellingen erst mit Erfolg zur Ausführung kamen. Die Kunst
des Akklimatisierens fremdländischer Tiere ist zwar als eine
Grundbedingung des Tiergeschäfts schon vom ersten Import
wilder Tiere an geübt worden, wenn auch zuerst nur tastend
und ohne bestimmte Systeme. Die praktische Tierpflege
mußte darauf bedacht sein, Mittel und Wege zu finden,
die in eine fremde Umgebung versetzten Geschöpfe an die
neuen Lebensverhältnisse, an das veränderte Klima und
an das künstlich bereitete Futter zu gewöhnen. Es ist sehr
schwer, sich die ungeheure Umwälzung zu veranschaulichen,
die mit der Gefangensetzung und Verpflanzung wilder Tiere
aus Urwald und Steppe einhergeht. Draußen schweift das
Raubtier frei durch den unbegrenzten Raum, und in seinem
Wesen entfalten sich Mut, Verschlagenheit und Kraft, denn
täglich oder nächtlich muß es die Beute aufspüren und an-
schleichen und sie im Kampfe überwinden. Für die Betäti-
gung seiner hauptsächlichsten Weseneigenheiten ist plötzlich kein Raum mehr, selbst die Bewegungsfreiheit, die es
für seine Gesundheit am dringendsten bedarf, ist einge-
schränkt. Der Pflanzenfresser der Steppe oder des Waldes,
die Giraffe, der Elefant, die leichte Gazelle, gewohnt, in
Rudeln zu leben und weite Strecken zurückzulegen, sieht sich
plötzlich von der freien Natur getrennt und zur Einzelhaft
verurteilt. Alle Lebensgewohnheiten erleiden eine Störung,
die Willensfreiheit wird gehemmt. Es ist klar, daß durch
diesen Wechsel von natürlichen Verhältnissen sich leicht
Körperschwäche, Krankheiten und Lebensunfähigkeit ein-

stellen. Häufig macht sich bei frischgefangenen Tieren eine
durch die ungewohnte Umgebung hervorgerufene seelische
Depression bemerkbar, die der Gegenmittel bedarf. Hochentwickelte Tiere, besonders die Gorillas, gehen ja ersicht-
lich zuweilen direkt an Heimweh zugrunde.

Allen diesen feindlichen Kräften hat die Afklimatisation ent-
gegenzuarbeiten. Die Afklimatisationsfähigkeiten der einzelnen Tierarten sind grundverschieden, und in jeder Art
reagieren wieder die einzelnen Individuen verschieden auf
die mit ihnen gemachten Versuche, wenn sich auch allgemeine
Grundzüge nicht verkennen lassen. Am leichtesten gewöhnen
sich die Tiere großer kontinentaler Flächen an ein anderes
Klima, da sie von vornherein durch die Differenz in der
Temperatur von Tag und Nacht abgehärtet sind. Je nachdem es sich um Kontinentaltiere, Hochgebirgstiere, Bewohner der Steppen oder Meerestiere handelt, ist der Grad
der Anpassungsfähigkeit an neue Verhältnisse anders.

Schon in den siebziger Jahren begann ich in meinem
Tierpark auf dem Neuen Pferdemarkt mit Afklimatisationsversuchen an Giraffen und Elefanten. Schon damals machte
ich die Erfahrung, daß niedrige Temperaturgrade den
Tieren keinen Schaden zufügen. Der Winter war damals so
hart, daß trotz angestrengten Heizens die Temperatur im
Giraffenstall eine Wärme von vier Grad Reaumur nicht
überschreiten wollte. Während der Nacht ging die Temperatur auf drei Grad zurück. Die Giraffen litten aber
durchaus nicht. Die Geschöpfe eines heißen Klimas entwickelten Winterhaare, die Natur paßte sich also den neuen
Lebensbedingungen an, und gegen Ende des Winters waren
die Haare etwa eineinhalbmal länger geworden, als sonst
Giraffenhaare zu sein pflegen.

Die Erfahrungen und Beobachtungen, die ich im Laufe
der Jahre sammelte, und die Gedanken und Ideen, die sich
aus ihnen entwickelten, in die Praxis umzusetzen, blieb aber
jener Zeit vorbehalten, in welcher ich an die Gründung
meines Tierparadieses gehen konnte. Ja, einer der Haupt-
zwecke meines ganzen Stellinger Unternehmens war die
Ausführung von Afklimatisationsversuchen sowie die Schöpfung von Neueinrichtungen für zoologische Gärten. Ich
ließ mich dabei von dem Grundsatz leiten, daß vor allem

das Tier in den Vordergrund treten müsse, während den
zur Beherbergung und zum Schutze nötigen Aufenthalts-
räumen und Gehegen nur eine Nebenrolle zuzufallen brauche.
Der Hauptnachdruck wurde auf die Herstellung solcher Park-
anlagen gelegt, die den Tieren die Ausübung ihrer Lebensgewohnheiten, soweit es nur zu erreichen war, ermöglichte.

Vor drei Jahren gelangte im Herbst, Anfang Oktober,
ein Import junger Strauße aus Afrika in Stellingen ein.
Diese Tiere wurden aber nicht, wie sonst wohl um diese
Jahreszeit üblich, in geschlossene und geheizte Räume gebracht, sondern direkt ins Freie gesetzt. In einem großen
Laufraum stand ihnen zum Schutz eine Holzhütte zur Verfügung, in die sich die Strauße des Nachts zurückziehen
konnten. Die Vögel wurden während des ganzen Winters
auf diese Weise gehalten und überstanden Temperaturen,
die einige Male unter zehn Grad Reaumur sanken, sehr
gut. Am 1. Januar 1906 gelangten die Strauße bei einer
Kälte von vierzehn Grad Reaumur ins Freie, wo sie von
zehn Uhr vormittags bis drei Uhr nachmittags verweilten,
zwölf Exemplare, und mit Staunen beobachtete ich, wie
einige dieser afrikanischen Vögel in dem zwanzig Zentimeter
tiefen Schnee ein Bad nahmen.

Selbstverständlich ist es notwendig, daß die Tiere Gelegenheit haben, sich in jedem Augenblick ganz nach Belieben in ihr Schutzhaus zurückziehen zu können. In diesem
Schutzraum wurde eine zehn Zentimeter dicke Schicht von
Torfmull gestreut und darüber reichlich Stroh. Zum Zwecke
der Luftzufuhr waren die Fenster der Holzhütte Tag und
Nacht offen, so daß es auch während der Nacht darin empfindlich kalt blieb. Während des ganzen Winters mußten
die Tiere nur acht Tage lang im Stall bleiben, und zwar
des Glatteises halber, das die Gefahr des Ausgleitens und
Stürzens der Tiere mit sich brachte. Während dieser Zeit
ging ein Exemplar zugrunde, nachdem es sich in der Hütte
beim Umherspringen ein Bein gebrochen hatte.

Wie ich es vor langer Zeit schon bei den Giraffen beobachtet hatte, so versah die Natur auch die Strauße mit einem
Winterkleid. Die einzelnen Federn der fast nackend einge-
lieferten Tiere entwickelten sich außerordentlich, sie wurden
auffallend breit und lang, wobei sich die einzelnen Fieder-

chen besonders stark ausbildeten und den Federn ein äußerst
dichtes Gepräge verliehen. Man sieht, daß sich zum Zwecke
der Federproduktion auch in unserm Klima Strauße halten
lassen, und es ist nach meiner Überzeugung für einen Land-
wirt, der große Weiden zur Verfügung hat, ein dankbares
Unternehmen, eine Straußenfarm einzurichten. Außer der
wirtschaftlichen Seite werden Straußenfarmen vielleicht noch
eine ideale besitzen, indem sie den Mord der Ziervögel ein-
dämmen. Sie werden in allen Weltteilen erbarmungslos zu
Millionen hingeschlachtet. Der Ausrottung mancher Arten
der in Betracht kommenden Vögel wird vielleicht die ver-
mehrte Produktion von Straußenfedern nach meinen Plänen
ein Ziel setzen.

Um alle Akklimatisationsversuche mit Aussicht auf Erfolg
durchführen zu können, wurden die Anlagen in meinem
Tierpark von vornherein zweckentsprechend durchgeführt.
Akklimatisationsstallungen wurden geschaffen, die mit mancherlei Schutzvorrichtungen ausgestattet sind. Hierher gehören freistehende Dächer, unter denen die Tiere draußen
in der Luft auf trockenem Lager liegen können, ohne durch
Regen und Schnee belästigt zu werden; einige Häuser besitzen winkelig angelegte Zugänge, in denen sich der Wind
fängt, um auf diese Weise die direkte Zugluft von den im
Stalle ruhenden Tieren abzuhalten. Die Türen liegen seitwärts, führen erst in einen Gang und von hier aus in den
eigentlichen Stallraum. Diese Stallungen sind nicht heizbar,
die Türen bleiben Sommer und Winter, Tag und Nacht
offen, und es ist den Tieren selbst überlassen, nach eigenem
Bedürfnis ins Freie zu treten oder im Stalle zu bleiben.
Eine natürliche Wärmevorrichtung ist aber dennoch vorhanden. In diesen Akklimatisationskammern läßt man den
Mist der Tiere etwa einen Fuß hoch liegen und bedeckt ihn
täglich mit trockener Streu. Die durch die Zersetzung des
Mistes entstehende Wärme gewährt den Tieren ein warmes
Lager, und die frische Luft, welche durch den Stall streicht,
hält die obere Streuschicht stets trocken.

Auch mit Raubtieren wurden die gleichen Versuche angestellt. Dabei zeigte es sich, daß die Löwen und indischen
Königstiger die Kälte in freier Umgebung, wie sie ihnen
durch die Raubtierschlucht des Tierparkes geboten wurde,

vortrefflich ertrugen. Es befindet sich allerdings in dem hinter der Schlucht gelegenen Raubtierhaus eine Heizvorrichtung, die aber nur an den kältesten Tagen dazu benutzt wurde, den Raum zu erwärmen, das heißt frostfrei zu halten; die Tiere gingen täglich ins Freie und liefen bei Schnee und Regen im Freien umher. Ein indischer Leopard hatte sich derart an die Kälte gewöhnt, daß er nur selten seinen Schutzraum aufsuchte, sondern die größte Zeit des Tages im Winter auf einem Baumast im Freien liegend zubrachte. Auffallend war der Einfluß des Aufenthalts im Freien bei zwei jungen Löwen, die zuerst im geschlossenen Raum untergebracht waren, hier aber andauernd kränkelten und nicht gedeihen wollten. Sie wurden in einen geräumigen Kasten gebracht und ins Freie gestellt; eine einfache Kiste diente ihnen als Schutzraum. Von Stund an erholten sich die Tiere und haben sich jetzt prachtvoll entwickelt. Es ist meine Absicht, mit den Jahren auch Schluchten für Leoparden, Panther, Pumas und Tiger in meinem Tierpark anzulegen.

Diese Versuche werden sich auf ein hochinteressantes Gebiet begeben, wenn der Bau mehrerer großer, zweckentsprechender Affenhäuser fertiggestellt ist. Bisher liegen hier noch keine nennenswerten Resultate vor, mit Ausnahme von Versuchen an zwei Orangs, die bereits in hohem Grade akklimatisiert sind. Als diese Tiere, die von der Westküste Borneos stammen und bereits drüben sechs Jahre lang in der Gefangenschaft gehalten wurden, nach Stellingen gelangten, wurden sie ohne weiteres in einem großen, nach Süden offenen Wagenkäfig untergebracht, in welchem ihnen nur ein Kasten als Schutzraum zur Verfügung stand. Täglich gingen die Affen mit ihrem Wärter im Park spazieren und blieben bei ungetrübter Gesundheit.

Die Reihe der Tiere, welche sich unseren Gewöhnungsversuchen geneigt zeigen, ist mit diesen Beispielen noch lange nicht erschöpft. Der Winter in meinem Tierpark zeigte eine fast ebenso lebhafte Bewegung wie der Sommer. Saruskraniche, Kronenkraniche, numidische Kraniche, viele ausländische Fasanen, australische Trauerschwäne laufen während des ganzen Winters im Freien umher. Marabus und Ibisse halten Temperaturen von fünf Grad Kälte aus.

Australische Gangakakadus und Araras halten es noch nicht
für nötig, sich in ihre Innenkäfige zurückzuziehen, wenn die
Temperatur auf acht Grad Kälte sinkt. Selbstredend wird
es nicht möglich sein, viele kleine aus den Tropen stammende
Säuger und Vögel, namentlich aber Reptilien und Amphi-
bien, zu akklimatisieren, dennoch wird bei fortgesetzten Versuchen noch manche Überraschung zu gewärtigen sein.

Als Grundgesetz der Akklimatisation hat mir stets die
Forderung zu gelten, daß den Tieren große, geräumige
Gehege und Zwinger geboten werden, in denen sie sich Bewegung verschaffen können. In Stellingen habe ich versucht,
den einzelnen Tiergattungen Aufenthaltsplätze zu schaffen,
die den Lebensgewohnheiten und der Herkunft der Tiere
entsprechen und ihnen die Freiheit vortäuschen. Hierbei ist
auf die seelische Stimmung der gefangenen Geschöpfe Rück-
sicht genommen. Tiere, welche mit ihresgleichen zusammen
oder mit andersgearteten Geschöpfen in großen Gehegen
gehalten werden, bleiben munter und gewöhnen sich an
unser Klima weit schneller und besser, als wenn man sie in
Einzelhaft hält. Die Langeweile ist auch bei gefangenen
Tieren der schlimmste Feind der Gesundheit. Die Necklust
und Spiellust wird angeregt, durch Bewegung wird der
Appetit gefördert, und der Körper behält seine Elastizität.
Neben großen Laufplätzen, welche den flüchtigen Tieren des
Waldes und der Steppe Raum bieten sich auszutoben, sieht
man deshalb in Stellingen auf wellig erhöhtem Gelände
Wiesenanlagen, auf denen zahlreiche Tiere verschiedener
Art vereinigt sind, obschon alle bei ungünstiger Witterung
ihre Schlupfwinkel vorfinden; daneben steigen Felsenanlagen
in die Luft empor, belebt von Gebirgstieren des Südens
und Nordens; auf einem Felsplateau sieht man ein Rudel
von Renntieren stehen, von ihrer Heimat her daran gewöhnt, sich dem Winde auszusetzen; Eisbären klettern auf
einem Gestein umher, das dem Eisgeschiebe nachgebildet ist,
und große Teichanlagen mit zahlreichen Unterschlupforten
bieten den Stelz- und Schwimmvögeln, den Robben und
Pinguinen Gelegenheit, sich zu akklimatisieren.

Nach den praktischen Erfahrungen der neuen Zeit läßt
sich ein Zoologischer Garten heute viel billiger herstellen,
als dies früher der Fall war. Die großen, kostspieligen

massiven Häuser und die ebenso kostspieligen Heizungs-
anlagen sind überflüssig geworden. Viel einfacher und, was
die Hauptsache ist, viel praktischer lassen sich die Bauten
bei unvergleichlich geringeren Kosten anlegen. Ich hoffe,
daß es gar nicht mehr lange dauern wird, bis man in allen
Städten, die etwa eine Einwohnerzahl von hunderttausend
Menschen haben, auch einen Zoologischen Garten im Verhältnis zur Einwohnerzahl errichtet, da dies bei praktischer
Anlage ohne jedes Risiko unternommen werden kann.

Bei den Schilderungen der Akklimatisationsversuche bin
ich zu einem Gebiet gelangt, welches mit jenem in engster
Verbindung steht, dem der Zucht und Rassenkreuzung, das
in meinem Etablissement einen großen Raum einnimmt und
in Zukunft noch einen größeren beanspruchen wird. Außerordentlich hat sich in den letzten Jahren als besonderer
Zweig unseres Etablissements der Handel mit jagdbarem
Wild zur Blutauffrischung für unsere Forsten, sowie der
Import und Export von Haus- und Nutztieren entwickelt.
Neben Fragen der Akklimatisation spielen demgemäß Fragen der Zucht eine erste Rolle. Die an wilden Tieren in der
Gefangenschaft gemachten Erfahrungen in Pflege, Zucht
und Akklimatisation kommen auch den Haustierrassen zugute. Der Blick für die Auswahl der Rassen schärft sich,
wenn über das Wesen der Akklimatisation durch Versuche
an wilden Tieren Erfahrung eingesammelt ist. Neben der
Heranziehung wildlebender Tiere, die sich unseren Haustierrassen zugesellen lassen, sollte man in hohem Maße auf
das einheimische Vieh der Eingeborenen unzivilisierter Länder achten. Diese trotz der Zucht der Menschen mehr oder
minder im Naturzustand befindlichen Tiere sind, weil sie
lange nicht in dem Maße wie unser einheimisches Vieh
aus dem Zusammenhang mit der Natur gerissen wurden,
weit widerstandsfähiger dem Klima gegenüber. Das Studium ihrer Produktionsfähigkeiten und eine richtige, den
gewünschten landwirtschaftlichen Zwecken entsprechende
Auswahl einheimischer Haustierrassen wird durch Kreuzung
sicherlich ein brauchbares Viehmaterial liefern. So wird
unter anderem in Stellingen der Einfuhr von indischen
Zebus für Kreuzungszwecke nach Argentinien und Brasilien
besondere Aufmerksamkeit geschenkt. Durch die Kreuzung

mit Zebublut wird die Zugtüchtigkeit vermehrt und werden
gute Arbeitstiere erzeugt. Alle diese Fragen sind für die
Landwirtschaft von großem Interesse, und besonders auch
für die Tierzucht in unseren Kolonien. Eine der brennend-
sten Fragen auf diesem Gebiete ist die richtige Auswahl
der für die einzelnen Kolonien und deren spezielle Aufgaben
geeignetsten Haustierrassen.

Seit Jahren werden Versuche von mir gemacht, die riesigen Wildschafe, welche in Innerasien vorkommen, zum
Zwecke der Kreuzung mit unseren Hausschafen in Europa
einzuführen. Wiederholt war es mir gelungen, große Wildschafe, von denen einzelne ein Gewicht von fünfhundert
Pfund erreichten, sowie auch Schafe kleinerer Rassen zu importieren, doch sind die Versuche leider nur mit den kleinen
Arten geglückt. Die Vertreter der großen Arten gingen stets
bald ein, weil sie sich unserm Klima und den veränderten
Verhältnissen nicht mehr anzupassen vermochten. Diese
Überzeugung brachte mich vor fünf Jahren zu dem Entschluß, ebenso wie die Wildpferde auch diese Wildschafe in
ganz jugendlichem Alter einfangen zu lassen. Zu diesem
Zwecke entsandte ich verschiedene Expeditionen nach Innerasien; unter ungeheuren Schwierigkeiten wurden auch junge
Tiere erbeutet, aber alle gingen auf dem Transport zugrunde.

Die Erfahrung ist freilich nicht neu, sie hat sich vielmehr
bei allen Importen von Wild aus Innerasien wiederholt.
Aber ebenso, wie es schließlich gelang, Wildpferde, Hirsche,
Rehe, Steinböcke und so weiter einzuführen, so wird es auch
gelingen, das Wildschaf lebend und gesund zu importieren.
Die ersten Rehe, welche von meinen Reisenden aus Sibirien
geholt wurden, waren ausgewachsene Exemplare, die man
während des Winters im Schnee gefangen hatte. Sie kamen
freilich lebend in Norddeutschland an, ebenso die großen
sibirischen Maralhirsche, große, herrliche Tiere, aber innerhalb eines Jahres gingen diese Tiere größtenteils zugrunde. Nach diesen Erfahrungen lasse ich jetzt Hirsche sowohl als Rehe nur noch in jungen Exemplaren bringen,
und zu meiner Freude mit so gutem Erfolg, daß unsere
Jagdliebhaber in nicht allzu ferner Zeit eines großen Vor-
teils gewärtig sein dürfen.

Sehr gut vorwärts kommen auch die sibirischen Rehe, die nur noch in jungen Exemplaren eingeführt werden, sich in einem befriedigenden Prozentsatz gut halten und auch fortpflanzen. Verschiedentlich sind diese Tiere auch mit Erfolg mit unserem einheimischen Rehwild gekreuzt worden.

Als enorm fruchtbringend hat sich bereits der Import der Mongolfasanen erwiesen. Durch die Kreuzung von Mongolfasanen mit dem gewöhnlichen Jagdfasan hat man ganz wunderbare Erfolge erzielt, denn die Bastarde sind um reichlich dreißig Prozent schwerer an Gewicht als die bisher gezüchteten Jagdfasanen. Wenn man zu Rate zieht, daß in England alljährlich Hunderttausende von Fasanen geschossen werden, so kann man es sich beinahe herausrechnen, welchen enormen Vorteil diese Kreuzung der Jagdfasanenzucht gebracht hat und fortwährend bringt.

An dieser Stelle wäre noch der Kreuzungsprodukte zwischen Zebra und Pferd, sowie Pferd und Esel, der Zebroiden und Maultiere Erwähnung zu tun, die weit mehr Aufmerksamkeit verdienen, als ihnen in Deutschland gewidmet wird. Die Zebroiden sind sehr leistungsfähig und jedenfalls ebenso ausdauernd wie Maultiere, die sich in Deutschland auch mehr einbürgern sollten. Die Amerikaner verstehen die Maultierzucht besser zu würdigen, denn nach statistischen Angaben, die mir vor einigen Jahren zu Gesicht kamen, werden alljährlich über eine Viertelmillion dieser Tiere in den Vereinigten Staaten gezüchtet.

Kranke Tiere

Selbstverständlich läßt es sich nicht verhüten, daß bei einem Bestande von Tausenden von Tieren Krankheiten aller Art auftreten. Nicht immer brauchen sie so gefährlich zu sein, wie beispielsweise die Vorboten der Cholera es waren, die, wie ich schon früher erzählte, in kurzer Zeit meinen Tierbestand geradezu vernichteten, und wo sich nicht nur meine aus der Praxis entstandene Kunst, sondern auch die der geschultesten Tierärzte als hilflos erwies. Ich rechne auch zu den besonderen Krankheitserscheinungen nicht die, welche bei den Tieren auftreten, nachdem sie die anstrengenden Transporte aus dem Innern ferner Kontinente und über die Weltmeere hinüber zu meinem Tierpark durchgemacht haben. Schon der Fang selbst hat ja für die meisten Geschöpfe etwas derart Erschütterndes, daß es wohl begreiflich ist, wenn das junge Tier schwere Nachteile für seine Gesundheit davon zurückbehält. Kommt ein solches Geschöpf an seinen Bestimmungsort, so ist es die Aufgabe seines Pflegers, zunächst seine Nerven zu beruhigen und ihm durch konzentrierte, wohlabgewogene Nahrung die Wiederherstellung seines normalen Gesundheitszustandes und die Angewöhnung an das neue Klima zu erleichtern. Ich habe deshalb bei der Tierpflege und bei der Verteilung der Rationen stets den Grundsatz befolgt, daß frisch ankommende Tiere anders zu behandeln sind als akklimatisierte und durchgefütterte. Bei den ersteren lasse ich die Nahrungsaufnahme in mehrere kleine Portionen verteilen und innerhalb kürzerer Zwischenräume erfolgen. Frische Ankömmlinge unter den Raubtieren erhalten deshalb fast stets zweimal täglich ihre Fütterung. Sind die Tiere erst einmal aufgefüttert und akklimatisiert, so lassen sich im allgemeinen feste Regeln für ihre Ernährung innehalten. Der ausge-

wachsene Löwe beispielsweise muß durchschnittlich zwölf bis
fünfzehn Pfund Fleisch täglich aufnehmen mit einem Fast-
tag wöchentlich. Ich pflege dreimal mit Pferdefleisch und
dreimal mit Rindfleisch in der Woche zu füttern, und zwar
von diesem letzten mit die Köpfe und Herzen der Rinder.
Dies tue ich nicht nur aus Ersparnisrücksichten, ich habe
vielmehr gefunden, daß reichliche Knochenfütterung auch
die Knochenbildung unterstützt, und ich bekenne mich zu der
Richtigkeit des Sprichworts: Knochen schafft Knochen. Ferner ist die lebhafte Beanspruchung des Gebisses für jedes
Tier, und besonders für die Raubtiere, nützlich. Die Zähne
bleiben dabei gesund, die gründliche Beanspruchung der
Kauwerkzeuge befördert die Verdauung, und infolgedessen
wird auch das Temperament des Tieres lebhafter. Es ist
übrigens erstaunlich, wie viele Knochenmassen ein Raubtier aufnehmen kann: von einem etwa dreißig Pfund wie-
genden Pferde- oder Rinderkopfe bleibt schließlich kaum ein
Drittel des Gewichts übrig. Diese starke Knochenfütterung
findet auch in vielen Krankheitsfällen gute Verwendung.
Ich erwähnte schon, daß die Dresseure ihren jungen Zöglingen in der Periode der Zahnung besonders kräftige Knochenfütterung geben, damit das Gebiß sich rascher erneuert.
Aber auch da, wo es sich bei erwachsenen Raubtieren um
Erkrankungen der Zähne handelt, ist solche Knochenfütterung oft zweckmäßig. So hatte ich beispielsweise einmal
einen hervorragend schönen Berberlöwen, der an schwerer
Zahnfistel an den Fangzähnen und den beiden Zahnreihen
des Oberkiefers litt. In solchen Krankheitsfällen, wo die
Krankheitsursache bei richtiger Beobachtung gleich erkannt
werden kann, habe ich mich meistens von der Hilfe der
Tierärzte freigemacht. Diesem Löwen zum Beispiel gab ich
zunächst Nahrung, welche die Entzündung nicht weiter durch
Beunruhigung förderte. Er erhielt Milch, Eier, gehacktes
und geschabtes Fleisch. Die dick angeschwollenen Lippen
traten auf diese Weise wieder in die normale Form zurück,
das Tier kräftigte sich wieder — es war vorher vollkommen
abgefallen — und gelangte in einen Zustand, der es ermöglichte, allmählich zu kräftigerer, hauptsächlich zur Knochenfütterung überzugehen. Dabei wurde das Tier selbstverständlich genötigt, sein Gebiß kräftiger und häufiger zu

gebrauchen, und die schadhaften Zähne brachen schließlich ganz von selbst aus. Der Löwe ist jetzt einer der schönsten meines gesamten Tierbestandes, und ich habe überdies die Genugtuung, daß ich ihn nicht der immerhin mit Lebensgefahr verbundenen Narkose ausgesetzt habe, welcher man ihn hätte unterwerfen müssen, um die Zähne auf operativem Wege zu entfernen.

Besonders interessant ist die Krankheitsgeschichte eines Elefanten, den ich am 9. März 1904 erhielt. Er hatte damals 1,39 Meter Schultermaß, befand sich in sehr schlechtem Futterzustande, war wie ein Skelett abgemagert und versagte fast völlig bei der Nahrungsaufnahme. Er wog am:

8. Juli	$347^{1}/_{2}$ kg
18. Juli	350 „
7. August	375 „
28. August	485 „

Man sieht, daß die Pflege ihm ausgezeichnet bekam, er hatte im Zeitraum von zirka fünf Wochen ungefähr 140 Kilogramm zugenommen. Ein Elefant kann eben mit anderen Gewichtsveränderungen rechnen als ein Mensch. Leider bekam er, wie der Fortgang in der Tabelle zeigt, Mitte September Kolik mit so schweren Folgen, daß er innerhalb zweier Tage zirka 85 Kilogramm Gewichtsverlust zu verzeichnen hatte. Auch diese Krisis wurde überstanden, und die Gewichtszunahme ging in folgenden Schritten vorwärts:

18. September	400 kg
26. September	450 „
9. Oktober	550 „
21. Oktober	645 „
1. November	660 „
17. November	720 „
4. Dezember	750 „

Ich bemerke, daß ich diese ganze Kur ohne Medikamente durchgeführt habe, und daß ich während meiner langjährigen Praxis überhaupt immer mehr zu der Überzeugung gekommen bin, es sei das beste bei Tieren (ob bei Menschen, will ich als Nichtfachmann nicht entscheiden), die Natur sich selbst helfen zu lassen und sie nur zu unterstützen, ihr aber nicht vorzugreifen.

Einen der interessantesten Fälle aus den Krankheits-
geschichten meiner Tiere erlebte ich mit einer indischen
Büffelkuh, die vor der Einschiffung noch in ihrer Heimat
erkrankte. Bei dieser hatte sich aus nicht aufgeklärten Grün-
den eine eiternde Entzündung an der Schnauze gebildet, die
stark erhöhte Temperatur zur Folge hatte und dem Tier
infolge der Schmerzen die Nahrungsaufnahme im höchsten
Maß erschwerte. Eine Untersuchung ergab, daß das eiternde
Geschwür von einer Unzahl von Schmarotzerwürmern angefüllt war. Die arme Kuh wurde zunächst auf wissenschaftliche Methode gequält, eine Heilung wollte aber nicht eintreten. Eines Tages kam ein alter Hindu hinzu, besah sich
das kranke Tier und nahm Interesse an dem Fall. Als ihm
mitgeteilt wurde, wie viele Versuche zur Heilung schon vorgenommen waren, schmunzelte er und meinte, er wolle die
Kuh innerhalb eines Tages kurieren. Die Krankheit war
so weit fortgeschritten, daß wir das Tier als verloren be-
trachteten und nichts dagegen einzuwenden hatten, den
Hindu seine Versuche anstellen zu lassen. Er verschwand
und kehrte nach einigen Stunden mit einem Bündel blüten-
tragender Zweige eines uns unbekannten Strauches zurück.
Ich weiß heute noch nicht, zu welcher Gattung diese Pflanze
gehört, und kann nur sagen, daß die Blüten einen ziemlich
durchdringenden Geruch verbreiteten. Wir glaubten nun,
er würde aus dieser Pflanze eine Abkochung bereiten und
damit die Wunde des Tieres waschen. Das tat er aber
nicht. Er band die Zweige an der Schwanzquaste der Kuh
fest. Das Tier wurde natürlich davon beunruhigt und schlug
sich mit dem Schwanze um den Kopf, versuchte auch die
Zweige vom Schwanz loszureißen und brachte sie dabei beständig mit Maul und Schnauze in Berührung. Nach nicht
allzu langer Zeit fielen die Würmer von selbst aus der
Nase heraus; ob sie durch den Geruch der Pflanze betäubt
waren oder sich entfernten, um dem Geruch zu entgehen,
vermag ich nicht zu sagen. Das Geschwür wurde nun ausgewaschen, und nach kurzer Zeit trat eine gründliche Heilung ein. Dies ist einer der Beweise für die mannigfache
Verzweigung meines Geschäfts.

Einfach, wie dieses Heilmittel ist, wenn man es erst
kennt, sind alle jene Kuren, die ich auf Grund eigener Er-

fahrungen herausgefunden und mit der Zeit in ein ziem=
lich geordnetes System gebracht habe. Ich habe mein gan=
zes Leben lang versucht, mit altbewährten Hausmitteln zu
arbeiten, wo es sich um Erkrankungen handelte, die nicht
besondere Infektionserscheinungen zeigten, mit anderen
Worten, jene Krankheiten, zu deren Verständnis keine be=
sondere wissenschaftliche Vorbildung gehört. Es ist ja auch
geradezu ausgeschlossen, jedesmal, wenn einer von meinen
Tausenden von Schützlingen aus dem Tierreiche einen
Schnupfen oder einen kranken Fuß hat, tierärztlichen Rat
und Hilfe in Anspruch zu nehmen.

Als eines der Beispiele, wie ich mir in solchen Fällen
durch eigene Beobachtung und Nachdenken stets zu helfen
suchte, möchte ich noch die Geschichte eines Eisbären er=
zählen, den ich vor jetzt wohl ungefähr vierzig Jahren im
Kopenhagener Zoologischen Garten kaufte. Das Tier, ein
ungewöhnlich schönes und großes Exemplar, war schon
mehrere Jahre dort und mochte ein Alter von zwölf Jahren
besitzen. Man hatte den ihm angewiesenen Raum wohl nicht
mit der genügenden Sachkenntnis eingerichtet, und dem
Bären waren die Krallen an den Hinterpranken nicht nur
ins Fleisch hinein, sondern völlig durch dasselbe hindurch=
gewachsen und auf der Oberfläche wieder herausgetreten.
Dieses Übel tritt häufig bei Eisbären ein, bemerkenswerter=
weise jedoch nur an den Hinterpranken. Der Eisbär hat,
wie sich jeder Beobachter im Zoologischen Garten über=
zeugen kann, die Gewohnheit, bei allen Wendungen, die er
macht, sich kurz auf dem Hinterteil herumzudrehen. Sowohl
hierdurch, als durch seine anderen Bewegungen kommen die
Hinterpranken fast gar nicht in Tätigkeit, so daß die Krallen
an diesen Zeit haben, ins Ungemessene zu wachsen, während
sie an den Vorderpranken durch ständigen Gebrauch abge=
nutzt werden. Ich übernahm also diesen Patienten, dessen
Heilung der Zoologische Garten in Kopenhagen für ziem=
lich aussichtslos hielt, und überlegte mir lange, wie ich ihn
am besten kurieren könnte. Endlich entschloß ich mich für
folgende Methode: Ich ließ einen großen Umsatzkasten
bauen, etwa eineinhalb Meter hoch, zwei Meter lang, aber
nur einen halben Meter breit, und nötigte den Eisbären,
aus seinem größeren Käfig in diesen schmalen hinüberzu=

wandern. Der Umsatzkasten hatte vorn Gitterstäbe, die ihn in der ganzen Höhe abschlossen. Mir war nun darum zu tun, den Eisbären zu zwingen, sich mit seinen Füßen auf diese Stäbe zu stellen, um an die Füße heranzukönnen, ohne das Tier fesseln oder narkotisieren zu müssen. Mit Hilfe zweier Leute — über mehr verfügte ich damals nicht — kantete ich den Kasten um, der mit dem Eisbären drin wohl an tausend Pfund wog. Der Bär stand nun mit seinen Füßen auf dem Gitter. Jetzt wurde der Kasten mit Schraubenböcken und Tauen etwa achtzig Zentimeter hochgehoben und auf kräftige Blöcke gesetzt. Der Rest der Arbeit war verhältnismäßig leicht. Ich kroch unter das Gitter und schnitt von unten her die Nägel mit einer kräftigen Eisendrahtzange aus. Natürlich hatte ich vorher das betreffende Bein des Bären, an welchem ich arbeiten wollte, befestigt, so daß er es mir nicht wegziehen konnte. Nun hatte ich es verhältnismäßig leicht, die abgeschnittenen Nägelstümpfe aus dem entzündeten und faulen Fleisch herauszuziehen, und ich konnte jetzt hoffen, meinen Bären wieder zu einem gesunden Tier zu machen. Er siedelte in einen andern Käfig über, dessen eine Hälfte mit Zink ausgeschlagen war, und die ich, sobald das Tier den Käfig beschritten hatte, mit eiskaltem Wasser füllte, während ich den andern Teil des Käfigs etwa eineinhalb Meter höher kantete. Der Bär war auf diese Weise gezwungen, mit seinen Hinterpranken im Wasser zu liegen. Dieses wurde beständig erneuert, neu gekühlt und ganz klar und rein gehalten. Nach vierzehn Tagen war der Bär vollkommen geheilt; er wurde wieder ein tadelloses Exemplar seiner Rasse und wanderte gegen einen hohen Preis in eine Menagerie.

Jedermann, der einiges Interesse für die Tierwelt besitzt, hat wohl schon erfahren, wie weitverbreitet die Vorliebe für Alkohol und Zucker auch unter den Tieren ist. Mit dem Hinweis darauf, daß man Rennpferden vor dem Start Sekt zu trinken gibt respektive ihnen mit Sekt die Nüstern wäscht, sage ich wohl nur den wenigsten etwas Neues. Daß Affen gern Wein und Alkohol auch in anderer Form trinken, ist vielfach verbürgt. Ich selbst sah mich einmal genötigt, einem Elefanten, der des Guten etwas zuviel bekommen hatte, noch eine weitere größere Ration zu geben,

damit der angeheiterte Bursche mir nicht den ganzen Trans=
port in Unordnung brächte, sondern lieber wirklich einen
schweren Rausch bekäme und, von diesem überwältigt, einen
ruhigen Schlaf täte. Die Anwendung des Alkohols auf
Bären, und zwar in einer recht grausamen, uns empörenden
Absicht, erfuhr ich gelegentlich eines Verkaufs von mehreren
großen europäischen Bären an den Menageriebesitzer Mal=
ferteiner. Dieser betrieb eine Wanderschaustellung und be=
merkte erst, als er die Bären von mir übernommen hatte,
daß die Käfige, die er besaß, für die ungewöhnlich großen
und starken Tiere nicht widerstandsfähig genug waren. Die
Gefahr lag vor, daß die Bären mit Nagen, Kratzen und
Brechen sich ihre Freiheit bald erringen würden. Zu dieser
Zeit tauchte eine Zigeunerbande auf, die sich für die Bären
sehr interessierte. Malferteiner stellte fest, daß die fahren=
den Burschen über einige Barmittel verfügten, und schloß
deshalb den Verkauf der Bären mit ihnen ab. Mit großer
Neugier sah er der Übernahme der Bären entgegen. Die
Zigeuner hatten keinerlei Gerät und keine Käfige bei sich,
um die Tiere zu befördern. Auf die Frage, wie sie das aus=
zuführen dächten, hatten sie verschmitzt gelacht und Herrn
Malferteiner versichert, er möge das nur ihre Sorge sein
lassen. Das Unternehmen der Leute schien ihm um so ge=
wagter, als die Bären keineswegs gezähmt oder abgerichtet
waren. Das erste, was die Zigeuner taten, als die Bären
in ihren Besitz übergegangen waren, war, daß sie sie hun=
gern ließen. Zwei Tage lang bekamen die armen Tiere
nichts zu fressen. Darauf schleppten die Zigeuner ein Faß
gesalzener Heringe herbei. Der Widerwille gegen diese
Nahrung half dem Meister Petz nichts, der Hunger war
stärker als die Abneigung. Am dritten Tage waren die
Heringe aufgefressen. Nun stellte sich natürlich ein jämmer=
licher Durst bei den Tieren ein; Wasser bekamen sie aber
nicht. Dagegen stellten ihnen die grausamen neuen Besitzer
einen Bottich vor die Nase, der mit stark versüßtem Spiritus
gefüllt war. Gierig stürzten sich die Bären über die wohl=
schmeckende Flüssigkeit und betranken sich vollkommen. Sie
sanken in einen todähnlichen Schlaf. Jetzt stiegen die Zi=
geuner furchtlos zu ihnen in den Käfig, die großen Raub=
tiere waren völlig ungefährlich; man konnte mit ihnen um=

gehen wie mit einem Sack Mehl. Die Zigeuner brachen
ihnen die Fangzähne mit Zangen ab und kniffen ihnen die
Krallen an den Tatzen weg; es kam ihnen nicht darauf an,
wenn sie bei dieser Operation tief ins Fleisch der Pranken
rissen, die Bären erwachten nicht davon, und Mitleid
kannten die Zigeuner nicht. Darauf wurden den beiden
Raubtieren Ringe durch das Nasenbein gezogen und eine
Kette um den Hals, eine andere durch den Nasenring gelegt.
Die so gefesselten und wehrlos gemachten Geschöpfe luden die
Zigeuner auf einen Wagen und fuhren mit ihnen fort. Nach
mancher Stunde der Fahrt wachten die armen Tiere auf,
fielen vom Wagen herunter und mußten nun, von der Kette
gehalten, hinterhertraben. Zum Überfluß hatten ihnen die
Zigeuner noch Maulkörbe vorgelegt, die aber völlig unnötig
waren, denn die noch immer halbbetäubten, vom Schmerz
geschwächten Tiere dachten gar nicht an einen Angriff.

Ein ganz besonderes Gebiet von Krankheiten der Tiere
in der Gefangenschaft ist das der Selbstverwundung der
Tiere; man könnte sich auch krasser ausdrücken und von
Tieren sprechen, die sich selbst auffressen. Solche Fälle traten
stets nur bei Raubtieren ein, bei diesen aber wohl ohne
Unterschied der Gattung. Zweimal erlebte ich es, daß gefleckte Hyänen, die bis zu diesem Augenblick durchaus wohl
waren und sich normal verhielten, plötzlich mit lautem Geschrei, ich möchte sagen, über sich selbst herfielen und sich
ganze Stücke aus dem eigenen Körper herausrissen. Dieser
grauenhafte Vorgang ereignete sich so schnell und uner-
wartet, daß es unmöglich war, helfend einzugreifen. Beide
Tiere hatten sich so entsetzliche Wunden beigebracht, daß sie
unrettbar einem schnellen Tode verfielen. Vor einigen Jahren brachte sich ein großer Jaguar an der Tatze des linken
Hinterlaufes derartige Wunden bei, daß er trotz sorgfältiger
Pflege vier Monate lang ans Krankenlager gefesselt und
erst nach sechs Monaten wieder geheilt war. Männliche
Löwen haben solche unerklärliche Selbstverstümmelungen
nie vorgenommen, dagegen erlebte ich zweimal Ähnliches
mit Löwinnen, die sich ihren Schwanz geradezu abkauten
und abfraßen, soweit sie nur heranreichen konnten. Beide
Tiere mußten wegen ungeheuren Blutverlustes und großer
Schwäche getötet werden.

Veranlaßt mich mein Beruf und die Größe meines Be-
triebes auf diese Weise zu einem Seitensprung in das Gebiet der Tierarzneikunde und der Pharmakologie, so liegt es
noch näher, daß ich häufig die Grenzgebiete der bekannten
Zoologie streifen muß. Man kann sich denken, daß meine
Expeditionen zum Tierfang in dem unbekannten Innern der
großen Kontinente häufig Berichte von Eingeborenen mitbringen, die von Tierarten Kunde geben, welche uns unbekannt scheinen. Nicht so oft, wie man vielleicht anzunehmen
geneigt ist, sind solche Berichte der Eingeborenen Über-
treibungen oder gar bewußte Lügen, vielmehr führt eine
gewissenhafte Prüfung ihrer Berichte häufig zu neuen Entdeckungen. Berühmt geworden ist ja in der gesamten Tier-
kunde unserer Tage die Auffindung der Überbleibsel des
Riesenfaultieres in Südamerika; in aller Erinnerung ist auch
noch das Aufsehen, welches die Entdeckung des Okapi
machte. Häufig aber geben auch die primitiven Überliefe-
rungen aus dem Kunstleben der Eingeborenen Fingerzeige
über das Vorhandensein unbekannter Tierarten. So erhielt
ich beispielsweise vor einigen Jahren aus ganz verschiedenen Quellen Berichte über solche Malereien auf Felsen und
in Höhlen im Innern von Rhodesia. Der eine Bericht
stammte von einem meiner Reisenden, der andere von einem
hochgestellten Engländer, der zur Jagd auf großes Wild
hinausgezogen war. Der erste hatte sich dem Innern des
Kontinents vom Südwesten aus, der andere vom Nordosten
aus genähert. Beide Berichte stimmten merkwürdigerweise
darin überein, daß ihnen die Eingeborenen von dem Vorkommen eines Ungeheuers erzählt hätten, das, halb Elefant,
halb Drache, in den unzugänglichsten Sümpfen hauste. Ja,
vor mehreren Jahrzehnten brachte mir mein vortrefflicher
Reisender, Herr Menges, der im Jahre 1871 mit Gordon-
Pascha die Expedition am Weißen Nil hinauf mitgemacht
hatte, schon Berichte über ein ähnliches sagenhaftes Geschöpf. Auch Zeichnungen dieses Tieres, von den Eingeborenen auf die Wände von Höhlen gemalt, finden sich
im Innern Afrikas. Nach allem, was mir davon bekannt
geworden ist, kann es sich nur um eine Art Brontosaurus
handeln. Die Berichte, von so verschiedener Seite kommend
und trotzdem so übereinstimmend, bringen mich fast zu der

Überzeugung, daß dieses Tier heute noch existieren muß. Ich habe auch unter Aufwendung erheblicher Kosten eine Expedition in jene Länder hinausgeschickt, sie mußte aber unverrichteter Sache heimkehren. Trotzdem gebe ich die Hoffnung noch nicht auf, unserer Zoologie den Beweis der Existenz dieses Geschöpfes zu erbringen und damit vielleicht zu weiteren Entdeckungen Anlaß zu geben. Denn wenn man sich erst überzeugt, daß tatsächlich ein solches Tier heute noch lebt, das man seit Jahrtausenden für ausgestorben hält, so wird die Suche nach weiteren, zur Zeit noch unbekannten Tierarten neuen Ansporn erhalten.

IX.

Stellinger Notizen

Wo vor wenigen Jahren nichts zu sehen war als weite
Kartoffeläcker und ein ungepflegtes, von Gestrüpp be=
decktes Feld, erhebt sich heute eine blühende Landschaft,
deren Charakter zwar nicht mit demjenigen der Norddeut=
schen Tiefebene übereinstimmt, aber dem Zwecke entspricht,
für den sie geschaffen wurde. Gebirgsformationen und Fels=
schroffen steigen in die Luft empor, zu ihren Füßen grünen
weite Triften und schimmern blaue Gewässer, über die sich
zierliche Brücken spannen.

Berge, Triften und Gewässer aber sind mit einem eigen=
artigen Leben angefüllt, das sich in unaufhörlicher Be=
wegung befindet und dem Blick immer neue Aussichten er=
öffnet. Die Tierwelt der ganzen Erde ist, und zwar unter
neuen Bedingungen des Gefangenenlebens, in den Umkreis
dieses Parkes eingeschlossen. Wenn man die Schritte nach
jenem großen Gebäudekomplex lenkt, der das Hauptrestau=
rant des Gartens enthält, und, diesem Gebäude den Rücken
zugekehrt, den Blick geradeaus schweifen läßt, eröffnet sich
ein seltsames und gewaltiges Panorama: das Tierparadies.

Ganz im Vordergrund, in der Ferne von niedrigen Felsen
abgeschlossen, blinkt das Wasser eines großen Vogelteiches,
eingesäumt von einer weiten Laufbahn, auf welcher sich
Flamingos und Kraniche, Pelikane und Ibisse tummeln,
während das Wasser von unzähligen Schwänen, Enten,
Gänsen der verschiedensten Art belebt ist. Darüber hinaus
umfaßt das Auge mit Befremden einen weiten, ebenfalls
von Felspartien eingesäumten Plan, auf welchem sich so
viele Pflanzenfresser verschiedener Art ergehen, daß hier
wirklich eine kleine Ecke des Paradieses abgezweigt erscheint.
Schafe, Ziegen und Antilopen klettern gemächlich über die
sanft geformten Felsen, unten schreiten bedächtig prächtige

indische Brahma-Zebus neben struppigen Yaks aus der
Mongolei, hochbeinigen Guanacos aus Südamerika und
wolligen Lamas aus Peru. Mit wiegendem Gange folgt
ein Dromedar dem bunten Zebra, das an seinen Verwandten, dem Esel und Pferd, vorüberschreitet. Hirsche aus
fernen Ländern haben sich hier ein Stelldichein mit den
deutschen Vertretern ihrer Art gegeben, gewaltige Büffel
und winzige Zwergziegen grafen friedlich nebeneinander —
in unablässiger Bewegung, aber in ungestörtem Frieden
wogen die einer täuschenden Freiheit zurückgegebenen Tiere
über den Platz hin und her.

Was aber das Auge jenseits der Grenze dieser Trift erfaßt, erscheint aus der Entfernung ganz unwirklich und
traumhaft. Nur um wenige Schritte vom Gehege der Pflanzenfresser entfernt, tummelt sich in einer offenen, ganz frei
gelegenen Felsengruppe eine Anzahl von Löwen, und noch
weiter hinaus wächst ein breiter Gebirgsstock kühn zur Höhe,
dessen Felsvorsprünge bis zum Gipfel mit Bergtieren belebt
sind. Unbeweglich steht auf hohem Grat ein Markhorbock,
dessen Schraubengeweih sich prächtig vom blauen Hintergrund der Luft abhebt; jetzt beugt das Tier sich zurück, um
im nächsten Augenblick gleich einem Vogel im Fluge über
eine Kluft hinwegzuschnellen. Wie unten auf der Trift die
Heufresser, so finden sich auch auf diesem Hochgebirge im
kleinen die verschiedensten Tiere zusammen. Mähnenschafe
aus Nordafrika und die berühmten sibirischen Wildschafe,
Himalaya-Wildziegen in ganzen Familien und mannigfache
andere Tiere führen auf allen Seiten der Felspartien ihre
Kletterkünste aus.

Die Freiheit, welcher sich alle diese Geschöpfe erfreuen,
ist Schein und Wahrheit zugleich. Die Löwen in ihrer Grotte
können zwar ihre Kräfte frei entfalten, kein Gitter schließt
sie von der Umgebung ab — wohl aber ein breiter Graben,
der durch die ganze Terrainanlage und durch eine mit Ge-
wächsen bepflanzte Barriere unsichtbar gemacht ist. Die
Illusion ist so vollkommen erreicht, daß die meisten Besucher sich erst durch eine Besichtigung des Grabens von
der Tatsächlichkeit der Anlage überzeugen lassen.

Meine ersten Versuche, Tiere auf diese Art in Freiheit
vorzuführen, machte ich im Jahre 1896 auf der Ausstellung

in Berlin, später auch in Leipzig und einigen anderen
Plätzen, hauptsächlich aber 1904 auf der Weltausstellung in
St. Louis.

Ehe diese Anlagen ins Leben traten, habe ich Versuche
darüber angestellt, wie weit das Sprungtalent verschiedener
Arten von Tieren reicht. Katzenartige Raubtiere wurden
auf die Fähigkeit hin schon in meinem großen Außenkäfig
am Neuen Pferdemarkt geprüft. Um zunächst festzustellen,
wie hoch diese Tiere in senkrechter Richtung zu springen vermögen, wurde an einem drei Meter über dem Erdboden
ragenden Palmenzweige eine ausgestopfte Taube befestigt.
Die in den Käfig eingelassenen Löwen, Tiger, Panther und
Leoparden bemerkten die Taube bald und bemühten sich um
die Wette, die Beute vom Baum herunterzuholen. Löwen
und Tiger brachten es mit ihren Sprüngen kaum über zwei
Meter hoch, die schwarzen Panther und Leoparden brachten
es auf Sprünge von drei Metern Höhe, so daß sie wohl den
Palmenzweig packen, aber die Taube, welche auf dem höchsten Punkt des Zweiges befestigt war, trotz aller energischen
Versuche nicht herunterholen konnten.

Der Weitsprung wurde häufig in der Arena mit Tieren
ausprobiert, die durch Dressur noch extra zum Springen
abgerichtet waren. Der größte Weitsprung, den Leoparden
ohne Anlauf machen konnten, betrug drei Meter, ich bin
indes überzeugt, daß bei der Möglichkeit eines großen
Anlaufs vier bis viereinhalb Meter erzielt würden. Unter
den Löwen und Tigern brachte es ein Königstiger ohne
Anlauf zu einem Sprung von drei Metern, bei großem
Anlauf wird man auch hier einen bis eineinhalb Meter
zulegen können.

Auf Grund dieser Versuche sind die Einrichtungen in
Stellingen getroffen worden. Sollten die Tiere es auch versuchen, mit einem Anlauf von zehn Metern den Graben zu
nehmen, so würden sie schon in der Mitte des Grabens auf
halber Sprungweite in die Tiefe fallen, denn die äußerste
Stelle des Absprungs ist von der entgegengesetzten Seite
8,60 Meter entfernt. Unterhalb der Schlucht befindet sich
noch eine Felsleiste, damit die Tiere, sollten sie beim Spielen vom Plateau der Grotte abgleiten, nicht gleich in den
tiefen Graben fallen. Wollte nun eins der Tiere von dieser

Schutzleiste, natürlich ohne Anlauf, den Sprung wagen, dann müßte es schon sieben Meter weit durch die Luft fliegen, um die gegenüberliegende Seite zu erreichen, denn genau sieben Meter beträgt die Breite des Grabens von einer Mauer bis zur anderen. Die Tiere sind bei dieser Art von Absperrung viel sicherer untergebracht als hinter Gittern. Aus den Gelassen mit vorgelagerten Gräben ist ein Entweichen gänzlich ausgeschlossen, während es mir bekannt ist, daß Gitterverschlüsse schon hier und da durchbrochen worden sind.

Der weite Park gleicht einer wohlbevölkerten Stadt, deren Bewohner der Besucher wohl sieht, ohne an ihrem intimen Leben teilzunehmen. Er schaut gleichsam im Vorübergehen durch die Fenster der Gebäude, um einen Blick in das Familienleben der Bewohner des Tierparadieses zu erhaschen. Denn auch hier, wie in der Menschenstadt, bestehen Freundschaft und Feindschaft, Neigungen und Abneigungen, Liebesverhältnisse werden geknüpft und gelöst, es gibt Geburten und Todesfälle, und auch die Botschaft von Haus zu Haus, die von den Menschen, welche der Pflege aller dieser Tiere obliegen, übernommen worden ist. Mit den täglichen Neuigkeiten aus der Tierwelt des Gartens könnte man wohl eine kleine regelmäßig erscheinende Zeitung füllen. Alle Tiere befinden sich unausgesetzt unter strenger Beobachtung, und ihre Behandlung ist, auch bei größter Mannigfaltigkeit des Bestandes, eine individuelle.

Allen Tieren ist, wie den Menschen, der Spieltrieb angeboren. Die Lust zum Spiel geht durch den ganzen Garten, und es wird ihr schon jetzt Rechnung getragen, während in Zukunft noch ganz besondere Einrichtungen zur Befriedigung dieses Triebes getroffen werden sollen. Die einzelnen Geschöpfe beanspruchen Spielsachen, die ihrer Figur und ihren Neigungen angemessen sind. Für die Seelöwen, die ein angeborenes Talent zum Balancieren von Gegenständen besitzen, genügt ein ins Wasser geworfener Knüppel, mit dem sie alsbald zu jonglieren beginnen. Das Rhinozeros dagegen ist von Natur ein Athlet und muß mit Apparaten versehen werden, an denen es seine Kraft erproben kann. Durch den Stall von Max, einem unserer Rhinozerosse, wurde eine Latte geschoben und an diese ein

stramm mit Heu gefüllter Sack gehängt; das Ganze glich
also einem jener Übungsapparate, wie sie die amerikani=
schen Boxer benutzen. Diese Gebrauchsauffassung schien
auch Max zu teilen, denn er begann sofort, sich mit dem
Sack herumzuboxen, und ward dieses Spiels gar nicht müde.
Die Auerochsen, die ja ebenfalls Kraftgenies sind, erhielten
als Spielgegenstand ein Fäßchen, das sie hin und her rollen
und mit den Hörnern in die Luft werfen.

Neben Futter und Spiel steht als dritter großer Be=
wegungsfaktor die Liebe und die Freundschaft, die ja nur
eine andere Form der Liebe ist. Gäbe es unter den Tieren
auch den Klatsch, der in der Menschenwelt so weit verbreitet
ist, der Garten wäre voll davon. Und hauptsächlich würde
er sich natürlich um die Liebschaften drehen, die hier ihr
Wesen treiben. Was kann es Aussichtsloseres geben als die
Neigung zwischen einer riesigen Elefantenkuh und einem
Känguruhmännchen. Und doch ist eine solche Freundschaft,
die einen geradezu innigen Grad erreicht hat, beobachtet
worden. Täglich spielten die beiden Tiere miteinander, der
Elefant liebkoste das Känguruh mit seinem Rüssel, und
eins mochte nicht ohne das andere sein.

Außerordentlich häufig sind die Neigungsverhältnisse
unter Vögeln verschiedener Art. Ein Kronenkranich und
ein amerikanischer Strauß gesellten sich zueinander, ebenso
ein Enterich und eine Möwe.

Zu den interessantesten Tieren des Gartens gehören die
im Nordlandpanorama wohnenden drei Walrosse. Mit sei=
nen gewaltigen Hauern hält sich das Walroß, wenn es
gereizt und wütend gemacht ist, am Rand des Bootes fest
und sucht es umzustürzen. Den modernen Geschossen gegen=
über hat es aber längst seine Gefährlichkeit verloren.

Die ersten beiden Walrosse, welche ich erhielt, gingen
innerhalb weniger Wochen zugrunde. Zwei andere hielten
sich annähernd zwei Jahre. Die Tiere sind sehr empfindlich
und bedürfen großer Pflege, namentlich erkälten sie sich
leicht. Das letzte Walroß, welches damals übrigblieb, zog
sich schon im Spätherbst eine Erkältung zu, die wir aber
durch Dampfbäder beseitigten. Als das Tier starb, war es
etwa drei Jahr alt, besaß aber schon ein Gewicht von
reichlich acht Zentnern. Ich nehme an, daß das Walroß

etwa mit dem zehnten Jahre ausgewachsen ist und dann
ein Gewicht von 2500—3000 Pfund erreicht. Die Tiere ver-
brauchen aber auch ungeheure Quantitäten Nahrung. Die
beiden ersten Walrosse, die ich besaß, ganz junge Tiere,
fütterte ich anfangs mit je zwanzig Pfund Fischen pro Tag.
Entgrätete und in kleine Stücke geschnittene Kabeljaue, See-
hechte, Dorsche, Schellfische und Heilbutte wurden im Wasser von den Tieren aufgeschlürft. Die beiden anderen Exemplare fraßen im Alter von zwei bis drei Jahren täglich
je achtzig Pfund Fische — ein ungeheurer Appetit, der in
Hinsicht auf die ausgewachsenen Tiere Riesenquantitäten
von Nahrung voraussetzt.

Nach vielen Mühen und manchen fehlgeschlagenen Versuchen gelang es mir im Oktober 1907 endlich wieder, drei
Walrosse meinem Tierpark einzuverleiben. Sie wurden in
der Karischen Straße in der Nähe der Weigatsch-Inseln
gefangen. Von dem Walroßfänger, welcher die Tiere gefangen hatte, wurden sie ausschließlich mit Seehundsspeck
ernährt, auch in der ersten Stellinger Zeit erhielten sie diese
Nahrung. Als der Seehundsspeck indes zu Ende gegangen
war, weigerte sich das männliche Tier, irgendeine andere
Nahrung anzunehmen, während die beiden Weibchen sich
mit Kabeljaufleisch füttern ließen. Alle Versuche, den Bullen zum Fressen zu bewegen, schlugen fehl, und schon sah
ich das Ende des kostbaren Tieres vor Augen, als ich auf
den Gedanken kam, schließlich noch einen Versuch mit Hai-
fischfleisch zu machen, welches dann endlich nach einer vier-
zehntägigen Hungerperiode angenommen wurde. Später
hat sich das Tier, wie die beiden Weibchen, herbeigelassen,
Kabeljaufleisch zu nehmen, das ihnen in grätenlosem Zustand dargereicht werden muß. Die drei jungen Walrosse
fraßen im letzten Monat 5035 Pfund Kabeljau, Lengfisch
oder Seelachs im Werte von zusammen 710 Mark. Etwas
teure Kostgänger!

Zu diesen bereits in meinem Tierpark vorhandenen drei
jungen Walrossen kamen am 9. September 1908 noch fünf
junge Exemplare, zwei weitere Männchen und drei Weibchen, so daß ich jetzt den Besuchern meines Tierparks acht
dieser in der Gefangenschaft noch recht seltenen Tiere vorführen kann. Die Walrosse werden von besonders dazu ge-

bauten Booten aus harpuniert. Die Bauart dieser Fang-
boote, die etwa zwanzig Fuß lang und sieben Fuß breit
sind, ist derartig, daß die Bretter nicht übereinanderliegen,
sondern aufeinanderstoßen, wodurch die Wand des Bootes
ganz glatt wird. Außerdem beschlägt man den Boden des
Schiffes mit Blech. Vorn befindet sich eine Plattform von
vier Fuß Breite, die einen Pfeiler trägt, der fest im Kiel
des Bootes eingezapft ist. An diesem Pfeiler werden die
Harpunen mit langen Leinen befestigt, welch letztere, stets
zur Benutzung bereit, aufgerollt auf der Plattform liegen
müssen. Sechs Zoll vom Bug entfernt, sind an jeder Seite
vier Vertiefungen in der äußersten Kante der Schiffswand
angebracht. Wird ein Walroß harpuniert, so wird die Leine
der Harpune in diesen Ausschnitt hineingelegt, um dadurch
zu verhindern, daß sich die Leinen miteinander verwickeln,
wenn mehr als eine Harpune benutzt wird. Außerdem wird
auf diese Weise ein Kentern des Schiffes verhütet, das
unbedingt eintreten müßte, wenn das getroffene Walroß
die Leine nach hinten zu längs der Wand des Schiffes ziehen
würde. Auf der Plattform steht der Fänger, während drei
Mann rudern. Die Harpune wird auf eine Distanz von etwa
zweiundzwanzig Metern geworfen; der Rekord, der in dieser
Beziehung erzielt wurde, betrug etwa vierunddreißig Meter.
Das harpunierte Walroß geht sofort in die Tiefe, kommt
aber nach einiger Zeit zum Atemholen wieder an die Oberfläche. Bleibt die Leine schlaff, so wissen die Fänger, daß
sie mit ihrem Boot gefährdet sind, denn dann steigt das
verwundete Tier ganz in der Nähe des Schiffes aus dem
Wasser hervor, um anzugreifen. Harpunierte Weibchen
schwimmen gewöhnlich geradeaus und ziehen die Leine
straff. Manchmal allerdings muß diese gekappt werden, und
zwar, wenn das harpunierte Walroß auf einer Eisscholle
lag und den Weg zur Flucht nun jenseits ins Wasser nehmen will. Um die Tiere nach dem Harpunieren möglichst
schnell unschädlich zu machen, werden sie mit ganz besonders
konstruierten norwegischen Walroßbüchsen erschossen. Wird
eine Walroßherde an der Küste lagernd überrascht, so tötet
man zunächst die am Rande des Ufers liegenden, damit
die weiter am Lande befindlichen durch die Körper der
toten am Entweichen gehindert werden.

Um die Jungen lebendig zu fangen, ist es gewöhnlich notwendig, die Mutter zu erlegen. So wurde eins der in Stellingen befindlichen Tiere auf die Weise erbeutet, daß man die getötete Mutter ganz dicht an das Boot heranzog und sich nun vollständig ruhig verhielt. Es dauerte dann gar nicht lange, bis das Junge kam und der toten Mutter auf den Rücken kletterte. Nun war es natürlich nicht schwer, sich des unbeholfenen jungen Tieres zu bemächtigen.

Die Geschlechter der Walrosse halten sich getrennt, Weibchen und Junge leben für sich, ebenso wie die Männchen, und nur die Paarungszeit im September und Oktober vereinigt Männchen und Weibchen am Lande.

Die Nahrung der Walrosse setzt sich hauptsächlich aus pelagischem Auftrieb zusammen, einem aus zahllosen kleinen Organismen bestehenden Tierbrei, in dem winzig kleine Krebse vorherrschend sind. Außerdem lebt das Walroß von Sandwürmern, wie sie in großer Zahl im Magen erbeuteter Tiere gefunden werden. Einmal beobachtete Hansen sogar, wie ein Walroß einen toten Seehund anging; es hatte mit seinen Zähnen Löcher in den Kadaver gestoßen und war nun dabei, den Speck des Seehundes schlürfend in sich aufzunehmen. Es war aber leider nicht festzustellen, ob der Seehund erst von dem Walroß getötet worden oder ob er schon vorher tot war.

Die Stoßzähne des weiblichen Tiers sind um ein Drittel kürzer als die der Männchen, außerdem bei ausgewachsenen Weibchen auch beträchtlich dünner. Das Gebrüll der Walrosse wird in der Windrichtung zwei Seemeilen weit gehört und ist so durchdringend, daß sich die Jäger bei Nebel häufig mit dem Kurs des Schiffes danach richten.

Die ersten beiden gefangenen Walrosse wollten nach dem Fang neun Tage lang nichts fressen, während das dritte Exemplar nur achtundvierzig Stunden die Nahrungsaufnahme verweigerte und durch sein gutes Beispiel dann auch die anderen beiden zum Fressen animierte. Besonders interessant aber war es, als die fünf neuangekommenen Walrosse ihren drei Genossen im Bassin des Stellinger „Eismeerpanoramas" zugeführt wurden. Die fünf Neuankömmlinge waren in Kisten auf Wagen bis in die Nähe von ihren

Kameraden gefahren worden. Bei dieser Gelegenheit be=
wiesen die Tiere ein derartig ausgeprägtes Zusammen=
gehörigkeitsgefühl, wie es ihrer oft beobachteten hohen
Intelligenz entspricht. Sei es nun, daß die drei älteren
Tiere ihre Nähe durch den Geruch wahrnahmen oder durch
das Gehör — jedenfalls gerieten sie in eine mächtige Er=
regung. Der Bulle kam, gefolgt von den beiden Weibchen,
aus dem Wasser heraus, und alle fingen nun laut zu brüllen
an. Dabei konnte man beobachten, wie das Tier vor Er=
regung geiferte und seine Augen sich durch Blutüberfluß
rot färbten. Als die jungen Tiere aus ihren Käfigen her=
ausgelassen wurden, nahmen die drei anderen sie unter
sichtbaren Zeichen der Begrüßung in Empfang, indem sie
sie von allen Seiten zärtlich beschnupperten. Ich rief nun
sofort den Wärter mit Fischfleisch herbei und begann mit
ihm die Tiere zu füttern. Als die Neuangekommenen sahen,
wie gut es sich ihre älteren Genossen schmecken ließen,
begannen auch sie ihre Mahlzeit mit bestem Appetit zu ver=
zehren und benahmen sich nach kurzer Zeit schon so zahm
und zutraulich, als ob sie gleich den anderen schon lange
im Tierpark gewesen wären.

Den Leser wird es vielleicht interessieren, an dieser Stelle
eine kleine Statistik über die Bevölkerung der Tierstadt und
ihre leiblichen Bedürfnisse vorzufinden. Der Bestand an
Tieren, einschließlich der Dressurgruppen, betrug beispiels=
weise im August 1908:

91 katzenartige Raubtiere, darunter 49 Löwen, 26 Tiger
und 3 Löwen=Tiger=Bastarde, 18 Eisbären und 12 Bären
anderer Arten, 40 Hyänen, Wölfe, Hunde in 15 Arten,
15 Schimpansen, Orang=Utans und Gibbons, sowie 109 Af=
fen in 22 verschiedenen Arten, 13 Elefanten, 3 Nilpferde,
2 afrikanische Nashörner, 4 Tapire, 3 Giraffen, 21 Kamele,
Dromedare und Lamas, 57 Hirsche und Rehe, 43 Rinder,
darunter 2 Wisents, 12 Bisons und 17 Büffel, 84 Wild=
schafe, Schafe, Steinböcke und Ziegen in 18 Arten, 43 Anti=
lopen, darunter Elenantilopen, Wasserböcke, Leukoryx= und
Kudu=Antilopen, ein Warzenschwein, 73 Einhufer, darunter
21 Zebras; als Mitbewohner des Nordlandpanoramas
3 Walrosse, 4 Seelöwen, 1 Seebär und 3 Seehunde in
ebenso vielen Arten. An Nagetieren sind 96 Exemplare in

8 Arten vorhanden, ferner 8 Gürteltiere, 12 Känguruhs, 36 Schildkröten, 12 Warane, Leguane usw., 11 Krokobile und Alligatoren, sowie 68 Schlangen. Das Reich der Vögel umfaßt 1072 Stück, die sich in der Hauptsache zusammen= setzen aus 48 afrikanischen Straußen, 18 südamerikanischen Straußen, 11 australischen Straußen und 13 Kasuaren — dazu 295 Schwimmvögel, 273 Stelzvögel, darunter 90 Fla= mingos und 82 Kraniche, 187 Hühnervögel, 116 Sing= vögel, 69 Papageien, 21 Tukane und 16 Raubvögel. Die gesamte Tierstadt ist demgemäß bewohnt von annähernd 2000 Stück, die einen Gesamtwert von 1 125 000 Mark re= präsentieren.

Was in der Küche dieser Stadt draufgeht, vermag der Leser sich schon einigermaßen vorzustellen, wenn er erfährt, daß ausgewachsene Löwen und Tiger täglich 10—15 Pfund Fleisch verzehren, daß jeder ausgewachsene Elefant, wenn er müßig geht, 10 Pfund Hafer, 5 Pfund Kleie, 40 Pfund Rüben und 60 Pfund Heu zu sich nimmt — die Rationen erhöhen sich, wenn die Tiere arbeiten —, und daß ein Nil= pferd nicht unter einer Tagesration von 10 Pfund gequetsch= tem Hafer, 6 Pfund Kleie, 6 Pfund Roggenbrot, 20 Pfund Rüben und 20 Pfund Heu auskommen kann. An Delikatessen sind die unverdorbenen Mägen der Tiere nun freilich nicht gewöhnt, dennoch bietet der Speisezettel eine ziemliche Ab= wechselung, freilich eine noch größere Fülle, wie man aus der folgenden Futterliste für ein Jahr und bei einem Tier= bestande, wie vorher angegeben, ersehen kann.

Durch die Nahrungsmittel=Abteilungen des Tierparks gingen im Laufe eines Jahres:

85 107 kg	Pferdefleisch	8 600 kg	Pferdekels
34 945 „	Rindfleisch	7 600 „	Hundekels
120 St.	Tauben	18 300 „	Quetschmais
270 „	Kaninchen	7 000 „	Kartoffeln
150 „	Hühner	850 „	Pferdemelasse
55 128 kg	Fische	4 500 „	Wurzeln
	davon 28 825 kg für	99 555 „	Rüben
	Walrosse	4 300 „	Kohl
18 156 kg	Weißbrot	250 „	Salat
15 425 „	Roggenbrot	400 „	Johannisbrot

Prophete rechts, Prophete links, das Weltkind in der Mitten

Das Souper

800	kg	Leinkuchen	1225	kg	Hanf
3000	„	Eicheln und	1205	„	Buchweizen
		Kastanien	975	„	Hirse
210	kg	Datteln	1625	„	Reis
4500	St.	Eier	60000	„	Preßstroh
1140	kg	Hafermehl	86000	„	Preßheu
13838	l	Milch	76559	„	Wiesen- und
12100	kg	Weizen			Schilfheu
88837	„	Hafer	15000	„	Kleeheu
7600	„	Gerste	6000	„	Renntiermoos
44650	„	Kleie	122400	„	Timotheeheu
800	„	Erbsen	6850	„	Häcksel
16700	„	Mais	22980	„	Haferstroh

Hierzu kommen noch Fleischsuppen, Milch- und Frucht-suppen, Bickbeerwein, Mehl, Kirschen, Trauben und andere Früchte für die Anthropomorphen, ferner nahezu 50000 kg Roggen- und Haferstroh, sowie, obgleich es nicht ganz in diese Rechnung paßt, 30000 kg Torfstreu und etwa 240000 kg Koks und Kohlen. Die Ausgaben, welche diese Liste beansprucht, betragen rund 150000 Mark.

*   *
*

Weit drüben, wo sich eine zierliche Brücke über die Landstraße schwingt, ist in diesem Jahre ein zweiter Teil des Parks eröffnet worden, in dem zu Schaustellungen fremde Völker ihre Lager aufschlagen werden, und wo auch eine neue große Dressurhalle errichtet worden ist. Schon be-reitet sich für das kommende Jahr die Eröffnung einer dritten großen Abteilung des Tierparks vor. Auf diesem neuen, im Osten gelegenen und annähernd sechs Hektar großen Gelände wird u. a. ein sechzig Meter langes Kaffee-haus mit Parterre und erster Etage errichtet, das im Som-mer bei großem Besuch dem Publikum Gelegenheit bieten soll, sich auszuruhen und zu erquicken. Außerdem wird es bei plötzlich eintretendem Unwetter einer größeren Men-schenmenge als Zufluchtsstätte dienen können. Dieses Ge-bäude wird unter Dach reichlich 2500 Personen beherbergen

können, und eine vorgebaute Terrasse wird Sitzplätze zur
weitere 2—3000 Personen bieten. In der Mitte des Geländes wird ein etwa ein Hektar großer Teich angelegt und
an zwei Stellen mit Brückenübergängen versehen. Um den
Teich herum wird eine Miniatureisenbahn von reichlich
600 Metern Länge gebaut. Die Züge, die sowohl Kinder
als Erwachsene aufnehmen können, werden von einer Lokomotive befördert, die genau einer deutschen Schnellzugs-
lokomotive nachgebildet ist. Zwischen den Gebüschen am
Teichufer werden nach und nach in lebensgroßen künstleri-
schen Nachbildungen die Tiere der Vorwelt aufgestellt; bis
in die Baumwipfel wird die Donnereidechse, der ungeheure
Brontosaurus, dessen Gesamtlänge bis zu vierzig Metern
beträgt, seinen Kopf erheben; den Stegosaurus und den Ce-
ratosaurus oder die Horneidechse, die fünfzehn Meter hoch
emporragt, alle diese Riesen wird man hier finden und sich
in die Vorwelt zurückversetzt glauben. Das noch übrige
Terrain ist für ein großes Affenhaus, ein besonderes Gebäude für Menschenaffen, sowie für einige Gelasse zur Aufnahme seltener Rinder- und Antilopenarten bestimmt, während in südlicher Richtung an der Kaiser-Friedrich-Straße
eine umfangreiche Straußenfarm eröffnet wird.

Auch über diese Unternehmungen[1]), die sich zum größten
Teil in der Ausführung befinden, greifen schon neue Pläne
hinaus, um ein kürzlich angekauftes allerneuestes Terrain
von zehn Hektar, das dem Tierpark gegenüber nordöstlich
am Lokstedter Weg liegt, zu einer Farm umzugestalten, auf
der neue interessante Züchtungen mit Rindern und Ein-
hufern vorgenommen werden sollen. Diese Zuchtversuche
nehmen schon jetzt ihren Anfang, doch werden noch einige
Jahre vergehen, ehe alles praktisch ausgebaut ist. Die erste
Bedingung für solche Unternehmungen größeren Stils ist
Geld und immer wieder Geld, und deshalb ist ein besonne-
nes und systematisches Arbeiten nötig, in ökonomischem
Einklang mit den verfügbaren Mitteln.

Bei dieser Gelegenheit möchte ich eine irrtümliche Auf-

---

[1]) Diese Unternehmungen sind seit der Niederschrift des
Buches ins Leben getreten.

faffung richtigstellen, die weite Verbreitung gefunden hat.
An dem weitverzweigten Unternehmen, das jetzt in Stel=
lingen zentralisiert ist, sind weder Banken noch sonstige
Finanzkreise beteiligt; der Tierpark wie das gesamte Ge=
schäft sind mein alleiniges Eigentum. Dagegen ist das
Terrainunternehmen Stellingen, das durch mich gegründet
wurde, eine Gesellschaft mit beschränkter Haftpflicht, an der
ich mit einem bestimmten Prozentsatz beteiligt bin.

Menschenaffen

Die Anthropomorphen-Affen sind schon von jeher meine Lieblinge gewesen, ihnen habe ich stets in der Pflege die größte Sorgfalt angedeihen lassen. Und so war es bei der Schaffung des neuen Tierparks mein Wunsch, diese Affen darin besonders zur Geltung gelangen zu lassen. Wo sich mir nur Gelegenheit bot, habe ich schöne Exemplare angekauft, und ich habe dabei viel Lehrgeld bezahlen müssen, da diese zartbesaiteten Kinder der feuchtheißen Tropen sehr unter dem Klima unserer nördlichen Breiten zu leiden haben. Aber ich habe auch viel Freude an diesen Affen erlebt, namentlich an dem schönen Orangpaar Jacob und Rosa und dem klugen Schimpansen Moritz, die in Hamburg durch ihre vielen lustigen Streiche bekannte Persönlichkeiten geworden sind und täglich zahlreiche Besucher meines Tierparks durch ihre Späße belustigten. Die beiden Orangs erwarb ich von einem Farmer, welcher diese Affen auf Borneo als ganz kleine Tiere erhielt und mit der Flasche aufzog. Sieben Jahre hindurch hielt er drüben diese Affen in der Gefangenschaft. Ihnen wurde volle Freiheit gewährt, sie bildeten Mitglieder der Familie und waren von klein auf stets an den Umgang mit Menschen gewöhnt. Des Mittags aßen sie mit ihrem Herrn am Tisch und erhielten das gleiche Essen wie er und seine Angehörigen, kurz, sie wurden als Kinder gehalten und betrugen sich auch gesittet und manierlich bei Tisch. Als sie nach Europa überführt wurden, blieben sie während der Reise die ganze Nacht frei an Bord, sie konnten hingehen, wo es ihnen beliebte, und wurden bald die Lieblinge der ganzen Besatzung des Schiffes, die nicht müde wurde, mit den Tieren zu spielen. Als die Affen in meinem Tierpark anlangten, war es mir sofort klar, daß ich diesen gesunden und durch die lange Seereise abgehärte-

ten Tieren kein beengtes Obdach in einem ungenügend ventilierten Tierhause bieten durfte, wollte ich sie gesund und
längere Zeit am Leben erhalten. Zu diesem Zwecke ließ
ich einen großen Wagenkäfig herbeischaffen, dessen offene
Gitterwandungen nur nach der Ost- und Nordseite durch
Segelleinen bedeckt waren. Des Nachts stand den Tieren
ein Schutzraum in Form einer allseitig geschlossenen großen
Holzkiste zur Verfügung, die dem Wagenkäfig angefügt war.
Auf diese Weise hielt ich die Affen im vorigen Jahr den
ganzen Sommer durch. Um ihnen den Mangel an Gesellschaft zu ersetzen, stellte ich einen besonderen Wächter an,
dem es ausschließlich oblag, diese Tiere zu pflegen und sich
mit ihnen dauernd zu beschäftigen. Dadurch hoffte ich, die
Tiere seelisch so zu beeinflussen, daß sie den Verlust der
Freiheit verschmerzten und keine Langeweile empfanden.
Meine diesbezüglichen Anschauungen sind richtig gewesen;
ich erlebte die Freude, daß die beiden Affen nicht nur vortrefflich gediehen, sondern sich auch nach geistiger Seite
hin ausgezeichnet entwickelten. Als die kalte Jahreszeit
herankam und der Aufenthalt im offenen Gitterwagen den
Tieren nicht mehr zuträglich war, ließ ich im Giraffenhaus
eine Abteilung für die Affen herrichten, um sie dort überwintern zu lassen. Als ein weiterer neuer Spielkamerad
kam zu den beiden Orangs bald ein zirka siebenjähriger
männlicher Schimpanse namens Moritz hinzu, welcher bis
auf den heutigen Tag als Dritter im Bunde der beiden
Orangs das Publikum durch seine Klugheit und tollen
Streiche unausgesetzt zu belustigen versteht. Diese drei Anthropomorphen überwintern vorzüglich im Giraffenhaus.
Es war darin nie tropisch warm, sondern nur temperiert,
denn es wurde stets durch Offenhalten von hochangebrachten
Fenstern für ausgiebige Lüftung gesorgt. Als es Sommer
wurde, ließ ich von dem Auslauf der Giraffen ebenfalls
einen Teil für diese Affen absperren und ihn durch Drahtgitter abgrenzen. Der Ein- und Ausgang aus dem Innen-
raum ins Freie oder umgekehrt ist den Tieren durch Fall-
klappen, die durch ihre eigene Schwere die Öffnung schließen, ermöglicht. Die Affen können nach eigenem Ermessen
sich die Klappe hochschieben, was sie auch in kürzester Zeit
gelernt haben. Innen- und Außenraum sind mit Turn-

geräten ausstaffiert, damit sich die Affen nach Herzenslust
vergnügen können. Ihr Benehmen gab denn auch zu recht
interessanten Beobachtungen Anlaß. Dabei möchte ich aus-
drücklich hervorheben, daß ihnen eine außerordentlich hohe
Begabung innewohnt, die erst durch den intimen Umgang
mit den Menschen ausgelöst wird und so recht zur Geltung
kommt. Bei allen losen Streichen, welche diese drei Affen
ausführten, war der Schimpanse Moritz stets der Ton-
angebende. Er ist immer der Rädelsführer, der die Gutmütigkeit der Orang-Utans benutzt, um bei seinen Dumm-
heiten zum Ziele zu gelangen. Eine besonders große Freude
hat er daran, den Herren und Damen die Hüte vom Kopf
zu reißen und mit seinem Raube, den er einer gründlichen
Visitation unterzieht, auf eine Turnstange, die im Innern
seines Käfigs angebracht ist, zu flüchten. Um das zu erreichen, gebraucht er stets eine List, deren Ausführung ihm
gewöhnlich auch vortrefflich gelingt. Harmlos sitzt er,
sobald Besucher, namentlich Damen mit großen Hüten,
herannahen, an der Seite der Gitterfront auf einer großen
hölzernen Schlafkiste und beobachtet gespannt das Herannahen seiner ahnungslosen Opfer. Die beiden Orangs, die
mit Vorliebe am Gitter sitzen, haben die Gewohnheit, den
Leuten zur Begrüßung die Hände aus dem Käfig heraus
entgegenzustrecken. Sobald nun ein Herr oder eine Dame
dem Orang die Hand gibt, beugt sich die betreffende Person
unwillkürlich gegen die Gitterwand — blitzschnell schießt der
Schimpanse von seiner Kiste herab, greift mit sicherer Hand
nach dem Gegenstand seiner Wünsche, und flugs geht es
mit seinem Raub auf die Turnstange. — Da es gerade
keine angenehmen Szenen waren, die dadurch entstanden,
und ich nicht Lust hatte, täglich Hüte zu bezahlen, sah ich
mich genötigt, die Affen von dem Publikum durch eine
Barriere abzusperren. Schließlich war ich sogar gezwungen,
die Affen durch eine Glaswand vom Publikum zu trennen,
da die kostbaren Tiere von den Besuchern wiederholt Futter-
mittel erhielten, die ihnen nicht zuträglich waren, so daß
zweimal das Leben eines Affen gefährdet war. — Sobald
der Wärter bei den Affen nicht anwesend ist, langweilt sich
Moritz und sucht durch allerlei Schabernack sich seine Langeweile zu vertreiben. Mit Vorliebe sucht er sich hierbei den

Orang Jacob als Opfer seiner Scherze aus und springt demselben, ohne daß dieser vorher eine Ahnung davon hat, auf den Kopf, um ihn umzuzerren. Dann gibt es eine tüchtige Balgerei, wobei aber Moritz stets Herr der Situation wird, indem er sich den Umarmungen Jacobs geschickt zu entwinden weiß und mit einigen Sprüngen aus dessen Nähe flüchtet. Obwohl der Orang gleich hinter dem Flüchtling hereilt, gelingt es ihm doch nur selten, seiner habhaft zu werden, denn der Orang springt niemals und ist in seinen Bewegungen weit bedächtiger und weniger flink. Außerordentlich erfinderisch zeigt sich der Schimpanse Moritz bei seinen Versuchen, das Freie zu gewinnen. Da das Giraffenhaus, in dessen abgetrennter Abteilung die drei Affen untergebracht sind, sehr hoch ist, so hatte man die trennende Holzwand nicht bis zur Decke hinaufgeführt, da man annahm, daß es für die Affen unmöglich wäre, bis auf die freie Kante dieser Holzwand und somit ins Freie zu gelangen. Moritz war aber anderer Ansicht. Er simulierte hin und her, wie er die Freiheit erreichen könnte. Es spricht nun für die tatsächlich sehr weitgehende Verständigung dieser Affen unter sich, daß Moritz seine Freundin, den weiblichen Orang Rosa, so zu beeinflussen wußte, daß sie mit ihm vereint einen Befreiungsversuch ausführte, bei dem aber nur Moritz, nicht Rosa profitierte. In dem Käfig der Affen befand sich schon vor längerer Zeit eine große hohle Blechkugel. Moritz veranlaßte seine Freundin nun eines Tages, mit ihm zusammen diese große Kugel auf die in der Ecke befindliche große Schlafkiste der Affen hinaufzupraktizieren. Sodann mußte sich Rosa auf diese Kugel stellen und sich an der Wand des Käfigs aufrichten. Moritz sprang nun auf Rosas Rücken — und mit einem tüchtigen Satz und geschickten Griff hatte er das Freie erreicht. Einmal auf diese Weise aus dem Käfig gelangt, dauerte es nicht lange, und Moritz befand sich mit ein paar gewandten Sprüngen zwischen den Giraffen. Diese nahmen merkwürdigerweise so gut wie gar keine Notiz von dem Schimpansen. Kamen sie Moritz zu nahe, so erhielten sie einen wohlgezielten Schlag von ihm. Als der Wärter in das Haus trat und den Affen in Freiheit sah, konnte er sich zuerst keinen Begriff davon machen, wie dieser aus seinem

Käfig gekommen war. Nicht lange danach konnte er Moritz
und Rosa bei einem zweiten Versuch dieser Art überführen,
und die Folge davon war, daß die Trennungswand erhöht
wurde. Der erfinderische Moritz wußte aber dennoch Rat.
Nicht umsonst hing ein dickes Tau im Käfig auf den Boden
herab. Moritz wußte es, indem er daran turnte, so in
Schwingungen zu versetzen, daß es nur eines geschickten
Sprunges zur rechten Zeit bedurfte, um wiederum die Höhe
der Wand und damit das Freie zu erreichen. Schließlich
wurde ihm aber durch Schließung sämtlicher offenen Stellen seines Behälters die Möglichkeit genommen, sich auf
solche Weise zu befreien. Nun hatte Moritz schon lange den
Wärter beobachtet, wenn dieser mit den Schlüsseln im Schloß
herumhantierte, auch von ihm manchmal die Schlüssel scherz-
weise zum Spielen erhalten. Eines Tages überraschte Moritz
nun den Wärter damit, daß er, als ihm die Schlüssel gegeben wurden, den Versuch machte, die Schlüssel der Reihe
nach durchzuprobieren, welcher wohl zum Öffnen des Schlos-
ses der geeignetste sein möge. Schließlich hatte das Tier
den richtigen gefunden, und es gelang ihm auch mit einiger
Anstrengung, die Tür des Käfigs aufzuschließen. Als ich
zufällig hinzukam und mir dies erzählt wurde, fragte ich
unwillkürlich: „Moritz! Wie hast du das fertiggebracht?"
Und als ob der Affe den Sinn meiner Worte begriffe, glitt
über sein Gesicht ein schlaues Lächeln, und er wies mir den
Schlüssel, als ob er sagen wollte: „Mit dem da habe ich es
ausgeführt."

Für die hohe Intelligenz der Tiere spricht auch die Tatsache, daß Jacob ein Stück Eisenstab als Hebel zu verwenden wußte, um das Hängeschloß durch Einsetzen des
Hebels in den Henkel zu sprengen. Die Tiere hatten ein
Stück Eisen von ihren Turngeräten losgebrochen und benutzten mit vereinter Kraft tatsächlich dieses Eisen als
Werkzeug, die geschilderte Manipulation auszuführen, so
daß die Tür ihres Käfigs aufging und sie alle drei ins Freie
gelangten. Gewiß ein Beweis von der Denkkraft dieser
Tiere! Auch der aus Drahtumzäunung konstruierte Außen-
zaun dieser Affen hielt ihren Befreiungsversuchen nicht
stand. Rosa weiß äußerst geschickt den Draht an seinen
Befestigungsstellen zu brechen und zu lösen, so daß dadurch

eine Öffnung entsteht, durch die sie bequem ins Freie gelangen kann. Wiederholt hat sie der Wärter an den Haupteingang geführt und ihr dort etliche Bananen gekauft.
Diesen Weg hatte sich der Affe wohl gemerkt. Als er auf
die geschilderte Weise das Freie erlangt hatte, lief er spornstreichs dem Haupteingang zu, wahrscheinlich zu dem Zweck,
sich dort die geliebten Bananen zu holen.

Eine geradezu außerordentliche Freude bereitet jedem
Tierfreund zuweilen die Beobachtung des Affendiners. Die
drei Affen erhalten außer saftigen Früchten, wie Bananen,
noch Milch und Brot zum Frühstück; als Mittagessen aber
ganz dieselben Speisen, die in meinem Privathause auf den
Tisch kommen. Sie sind keine Kostverächter und haben sich
an gute Hausmannskost gewöhnt, die ihnen vortrefflich
mundet. Auch guten Rotwein, mit Wasser vermischt, erhalten sie zeitweise zur Mahlzeit. Dabei erweist sich Jacob
als besonderer Weinliebhaber, während Rosa als Affen-
dame dem Alkohol weniger Geschmack abgewinnt. Der Wärter hat die drei Affen bei Tisch so sehr an Manieren gewöhnt, daß es eine Freude ist, den Tieren zuzusehen. Moritz
funktioniert dabei als „Ober"! Er muß die Speisen herbei-
schleppen, ein Geschäft, das er mit großem Ernst besorgt.
Nach der Mahlzeit muß er auch abräumen. Während des
Essens sitzen die Affen geduldig vor dem gedeckten Tisch
auf Stühlen und warten der Dinge, die da kommen werden.
Die Suppe wird geschickt mit dem Löffel ausgeschöpft. Sehen
sich die Tiere unbeachtet, dann vergißt sich dieses oder jenes
einmal und benutzt anstatt des Löffels seine Mundlippen,
die ihm die Natur in besonders ausgebildeter Weise auf
die Welt mitgegeben hat. Ein Wort des Wärters, und
der aus seiner Rolle gefallene Kulturaffe greift schleunigst
nach seinem Löffel. Es spielen sich jeweilen bei diesem
Mittagsmahl interessante Szenen ab, die die Lachmuskeln
der Beschauer beständig in Aktion versetzen. Der Wärter
versteht es meisterlich, sich mit den Tieren zu verständigen;
sie achten genau auf seine Worte, verstehen, was er von
ihnen will, und handeln dementsprechend sehr verständig.
Während Jacob und Rosa gegen tadelnde Worte oder gar
gegen Bestrafung mit Schlägen sehr empfindlich sind, ist
Moritz es in dieser Hinsicht weit weniger. Will der Wärter

daher von ihm etwas erreichen — soll er zum Beispiel pho-
tographiert werden —, dann muß der Stock in nächster Nähe
sein, sonst kann der Wärter sich darauf gefaßt machen, daß
er sich die Kamera des Photographen etwas in größerer
Nähe besieht. Den phlegmatischen Orangs gegenüber ist der
Schimpanse der geborene Sanguiniker, bei dem Freude und
Schmerz in rascher Folge wechseln. Kaum hat er diesen Gedanken gefaßt, so läßt er ihn auch schon wieder fallen und
greift einen neuen auf, ohne irgendeinen ganz auszuführen.
Die neueste Errungenschaft bei seiner Ausbildung bildet die
Erlernung des Radfahrens. Moritz hat es in wenigen
Wochen erlernt, so daß er jetzt schon auffallend sicher fährt.
Die Sache macht ihm augenscheinlich großen Spaß, er ist
eifrig dabei, die Pedale zu treten, und fährt oft so schnell
durch den Tierpark, daß ihm der begleitende Dompteur
kaum zu folgen vermag.

Von großem Einfluß auf die Gesundheit und das Wohlbefinden der Tiere ist das Zusammenhalten mit ihresgleichen oder mit andersartigen Spielgenossen. Auf diese
Weise fühlen die Tiere sich niemals vereinsamt, sind zu
Spiel und Scherz geneigt und werden stets in Bewegung
gehalten. Dadurch entwickeln sich die jungen Tiere sehr gut,
ihr Appetit wird angeregt und ihre Verdauung gefördert.
Die Anthropomorphen-Affen sind sehr für den seelischen
Einfluß des Menschen empfänglich. Je mehr sich der Mensch
mit diesen Tieren abgibt, um so weniger empfinden sie ihre
Gefangenschaft und um so besser gedeihen sie. Bisher will
es nicht gelingen, die Gorillas längere Zeit am Leben zu
erhalten. Kaum daß diese Tiere nach ihrer Ankunft in
Europa einige Wochen in der Gefangenschaft überstehen,
so werden sie von Tag zu Tag teilnahmsloser gegen ihre
Umgebung, verweigern schließlich alle Nahrung und liegen
eines Morgens, ohne vorher eigentlich körperlich krank gewesen zu sein, entseelt in ihrem Käfig. Ich glaube annehmen zu dürfen, daß es seelische Leiden sind, welche die
melancholisch veranlagten Geschöpfe dahinraffen. Wohl sind
ab und zu Gorillas längere Zeit in der Gefangenschaft gehalten worden, doch bilden solche Fälle Ausnahmen.

Vielleicht gelingt es auch mir noch später, den richtigen
Weg zu ihrer Erhaltung zu finden. Meiner Ansicht nach

scheiterte die Sache bisher nicht an der äußeren Pflege, die diesen Affen zuteil wird, sondern an der seelischen Behandlung. Ich glaube bestimmt, daß die Gorillas an Heimweh zugrunde gehen. Als einen Beweis, wie sehr das Erinnerungsvermögen bei den Anthropomorphen ausgeprägt ist, führe ich folgende Tatsachen an: Als nach Jahresfrist der frühere Besitzer der beiden geschilderten Orangs meinen Tierpark wieder einmal betrat und die beiden Affen besuchte, erkannten sie ihn sofort an der Stimme und ließen deutlich in ihrem Benehmen Zeichen der Freude erkennen. Übrigens sind bei diesen Tieren die Anfänge des Lachens deutlich in ihrem Gesichtsspiel nachzuweisen. Sie ziehen dabei die Mundwinkel auseinander und lassen die Zähne zwischen den Lippen hervortreten. Das Mienenspiel ist namentlich bei dem Schimpansen Moritz lebhaft.

Eine geradezu einzigartige Szene war es, als im Juni dieses Jahres Herr Oberleutnant Heinicke von der Schutztruppe in Kamerun einen jungen Gorilla mitgebracht hatte und dieser den beiden Orangs und dem Schimpansen vorgestellt wurde. Dem Gorilla, der sich die drei Kumpane nur genau ansah, konnte man äußerlich nicht viel Aufregung anmerken, wohl aber den anderen drei Affen. Der Schimpanse drückte zunächst sein Erstaunen durch laute Rufe aus und versuchte dann durch Ausstrecken der Arme durch das Drahtnetz des Gitters den Gorilla an sich heranzuziehen. Als ihm dies nicht gelang, wurde er unwillig und bewarf ihn mit Sand und Steinen. Auch die Orangs zeigten das größte Interesse für den neuen Ankömmling und gaben sich Mühe, seiner durch die Drahtwand des Gitters habhaft zu werden. Der Orang Jacob ahmte dem Schimpansen das Bewerfen mit Steinen nach, während Rosa in der Erregung zu speien anfing, was geradezu spaßhaft aussah.